八秒で跳べ

8 seconds

YUYA TSUBOTA
坪田侑也

文藝春秋

目次

装画　スカイエマ

題字・表紙　藤原有敬

装丁　永井翔

本書は書き下ろしです

八秒で跳べ

8 Seconds

8 Seconds

First published 2024 in Japan by
Bungei Shunju Ltd.
This book is published in Japan by
direct arrangement with
Boiled Eggs Ltd.

頭はすっきりと冴えていた。身体もよく動いてくれた。

相手のトスがレフトに上がる。せーの、と声を出しながら体育館の床を蹴る。蹴った勢いがそのままジャンプの高さに変換された。腕をめいっぱい伸ばす。いつもどおりのブロックの高さ。ただ、いつもより身体がネットに近かった。

トスがネットに近くて、このスパイクは止められると直感したせいだ。止めてやると思った。そのせいで、真上ではなく少し前に向かって飛んでしまった。ネットに接触してしまう予感に全身が強張る。そのとき、ばちん、と音がした。

相手選手の表情が悔しげに歪む。スパイクがネットに阻まれた音だった。ネット越しに見た相手の顔はよく覚えている。頭に鮮明に焼き付いていた。

床が抜け落ちたような感覚に襲われたのは、その直後、着地の瞬間だった。

まずい、と思ったときにはすでに体勢が崩れていた。視界が揺れる。とっさに足元を見下ろす。シューズの裏側が見えた。足首から下が、ぐにゃりと曲がっていた。痛みが鋭く右足首で弾け、下半身を一気に駆け上がってくる。周囲の音が遠のく。

ここまでの記憶はたぶん、結構間違っている。想像の部分が付け足されている。実際は一秒にも満たない出来事だっただろうから、相手の表情もありえない方向に曲がっていた足首も、こんなに鮮やかに覚えているわけがない。

それでも僕は、初めからまた記憶を辿り直す。それ以外にすることがなかった。

「……やっぱり仕方ないよ」

北村《きたむら》が言った。僕は黙って、携帯の画面に走る亀裂を指でなぞる。もう何度も似たような言葉を聞いていた。沈黙が続くたび、北村はそれを嫌がるように「仕方ない」とか「腫れてる?」とか口にした。

部室は静かで、寒かった。そろそろ体育館に戻る、と言って氷水を張ったバケツから右足を抜き、タオルで拭く。皮膚は分厚い膜に覆われているみたいに感覚が曖昧だった。靴下をつけ、紐を緩めたシューズに足を入れて、慎重に立ち上がった。北村は僕の足元にあったバケツを持って、先に部室を出た。バケツから氷水が少し溢《こぼ》れた。

外に出ると、冷たい夜風がむき出しの腕と脚を撫でていった。さあっと鳥肌が立つが、持ち上げた右足首だけは、ぼんやりとした熱を発している。

北村は腰をかがめて、流しに氷水を捨てていた。まるで、絶対にミスできない場面で自分にサーブが回ってきたときのような、そんな深刻な表情でバケツを傾けていた。

「……あのさ、景《けい》」

体育館に続く渡り廊下の途中で僕は振り返った。

北村は空のバケツを抱えている。バケツのふちに付いた水滴が電灯の明かりを反射している。紅く染まった欅《けやき》並木を背に、北村は言葉を継いだ。

第一章

前夜

1

フェンスの向こう、学校のそばに立ち並ぶ欅はまだ青々とした枝葉を広げていた。もうすぐ十一月だというのに夕方の風もぬるく、半袖短パンの練習着で外にいても肌寒さは感じない。練習が始まったらきっと暑いくらいだろう。

部室から取ってきたバレーシューズを指に引っかけて、僕は渡り廊下を歩いていた。六限が終わった直後だから、部活の準備のために多くの人が行き交っている。バドミントン部がシャトルの盛られたショッピングカートを押して体育館棟に入っていって、入れ違いで大柄な男子が出てきた。彼は僕の姿を認めると、表情を変えずに軽く顎を引く。耳にイヤホンをつけているのが見えたので、「よう」という形に口を動かして返した。

でも結局それだけじゃ耐えきれず、

「それまだ暑いだろ、梅太郎《うめたろう》」

と僕は声をかけた。

同期の伏見《ふしみ》梅太郎は片耳からイヤホンを取って、なに？　という顔を作る。外したイヤホンからは、僕は詳しくないけど、アイドルグループの「夏は盛り上がろう！」みたいな感じの曲が漏れていて、どうしたらそんな底抜けに明るくて季節外れの曲を聴きながら仏頂面ができるんだ、とさらに笑ってしまいそうになった。

「上下スウェット。見てるだけで暑そう」

「いや、今日はさみい」

梅太郎は不貞腐れたように答えた。紺色のスウェットに全身を包んでいたが、その上からでもがっしりした体格はよくわかる。胸板が分厚く、肩幅が広い梅太郎の見た目は、バレーボール選手というより、どちらかと言ったらラグビーやアメフトの選手に近かった。

「なのに、なんで寒がりなんだ」

「なのにってなんだ」

「てか、曲止まってないけど」

「ああこれな、いい曲だろ。夏フェスの定番。寒さもぶっ飛ぶ。テンションも上がる。景も聞けよ」

「はい？」

「テンション上げろよ」

冗談にしては僕の顔にじっと注がれた目はまじで、それにそもそも梅太郎は器用に冗談を言えるタイプでもなく、

「なんだそれ」

と、とりあえず笑って返してみた。

ふん、と梅太郎は鼻から強く息を噴き出す。

「もう試合まで練習日数、あんまねえじゃん」

答えになっているような、なっていないようなことを言って、梅太郎は部室の方に歩いていった。ああ試合前のナーバスな感じか。梅太郎っぽいなと広い背中を見送りながら思い、僕は体育館棟に入った。革靴を脱ぎ、シューズに足を突っ込む。

体育館のフロアに入る瞬間は、割と好きだ。

扉を抜けると、視界がわっと広がって、爽快な気分になる。ハイキングをしていたら唐突に周りの林が切れ、目の前に湖が現れるような、そんな感覚だ。

男子バレー部は三つ並ぶうちの、舞台に隣接した最奥のコートを使っていた。いまは何人かの一年生がネットを張ったり、モップがけしたり、忙《せわ》しなく練習の準備に動いていた。ネットの設営をちょっと手伝ってから、僕はコートの端に座ってストレッチを始める。

「お疲れ」

顔を上げると、目の前を学ラン姿がすっと横切った。僕は、うす、と挨拶を返す。いつの間にか体育館に戻ってきていた梅太郎が、

「どうした、遅かったな。授業?」

と、そいつに声をかけた。

「ごめん、化学の実験が長引いた」

北村走一《そういち》は舞台に上がって、背中に「MEIROKU VOLLEYBALL TEAM」という白い文字がプリントされたバックパックを下ろした。

「ああ、北村のクラス、あいつだろ?　あの白縁眼鏡の。めんどくさいよな」

「そうそう。たにやん」

「俺、一年のとき、あいつの授業で寝てたら頭叩かれて起こされたわ。ふざけんなよって思った。普通起こさないだろ。放置しておいて、あとでその授業の内容をテストに出して答えられなかったね残念、ってやるのが教師のやり方じゃないのかよ」

文句を垂れる梅太郎をふふんと笑いながら、北村は学ランの上着を脱ぐ。バレー部では誰も更衣室を使わず、着替えはいつも舞台の上で、緞帳《どんちょう》の裏とかに隠れながら済ませていた。

北村のワイシャツの袖からは、白くて細い手首が覗いている。シャツの下の身体も、引き締まっているといえば聞こえはいいが、僕にはどうしたってやせぎすな中学生のように見えた。北村のことは中一から知っているから、余計にそう思えてしまうのかもしれない。

ぶつくさ言う相手を北村から僕に変えた梅太郎にふんふんと相槌を打ちながら、シューズの紐を結ぶ。もうすでに朝から何時間も授業を受けたあとだけど、これからまた別の一日がスタートする。練習の前はいつもそんなふうに感じた。期待と気だるさと、まあなんにしても練習は始まるんだ、やらないわけにはいかないよな、という諦めにも似た感覚、それら全部が均等に配合されていた。体育館に入った瞬間の爽快感はもう欠片《かけら》もなかった。

立ち上がって、練習メニューが記されたホワイトボードを見やる。

上の方に大きく『春高予選まであと二日』と書かれていた。

今週末から、明鹿《めいろく》高校バレー部の春高予選が始まる。

十九時前の駅のコンコースは人で溢れていた。鰯《いわし》の群れのように同じ方向へ人が流れていく朝とは違って、改札を通っていったり、駅ビルに入っていったり、誰かを待つように立ち止まっていたり、構内は無秩序に混雑していた。僕は北口から駅に入り、改札の前を素通りして、南口に向かう。部員のほとんどが駅で電車に乗っていってしまうので、一緒に南口のデッキに出るのは辻谷恭平《つじたにきょうへい》だけだ。

辻谷は身長が高く、線が細い。手足も長くて、それをぶらぶらと振るようにして歩くから、操り人形みたいだ、マリオネットだと入部早々誰かに言われて、それ以来「マリオ」と呼ばれていた。ゲームキャラクターの方のイントネーションで呼ぶと「違う、もっと平たく」と訂正してくるから、割と気にいっているふうではあった。

「景、もうクリスマスだぞ」

デッキの階段をリズミカルに降りながらマリオが宣言する。僕たちは、ガード下の駐輪場に向かっていた。

自転車での通学は校則で禁じられていて、それは校門の前の道が急坂なので多くの生徒が自転車で一度に通ると危なく、周辺の住民にも迷惑がかかるからという理由らしかったが、例外的に自宅の最寄り駅までの自転車利用は認められていた。だから僕やマリオのように、学校から少し離れた場所、ちょうど歩くには遠く、バスで通うには本数が少なくて不便な場所に住んでいる生徒は、駅前に自転車を置いて歩いて学校を目指すという、ちょっと面倒な通学方法をとっていた。

マリオの視線の先にはコンビニがあって、店先の幟《のぼり》に「クリスマスケーキ予約受付中！」と書いてある。

「まだ十一月にもなってないのに」

「でもハロウィンが終わったら、次のイベントはクリスマスじゃん？」

マリオは深刻そうにため息をついた。「どうするよ、俺たち」

「なに、ケーキ予約するの？」

「違うわ。ほらさ、考えてみてよ？　来年のクリスマスなんか受験でばたばたしてるだろ、きっと。だから実質、高二のクリスマスがラスト。ラストクリスマスじゃん？」

「ラストクリスマスは、去年のことだけど」

「あれ、景って彼女いないよね？」

「いない」

「よかった。同志だ。中学のときは？」

「まあ、一応」

「おい、待て。いたのか？　おいおい、同志じゃなくて裏切り者だったわ。俺は自分が情けなくて悔しいよ。景はやっぱり、しれっと彼女作ってるタイプだよな」

「いやいや、中学のときの話だし。それに二カ月くらいで別れたって」

言ってから、しまったと思った。へえ、と振り返ったマリオは案の定目を輝かせ、

「どんな子だったの？」

とにやにやする。僕は小さくため息をついて、ごまかすための言葉を探した。

中学のときに付き合っていたのは、軟式テニス部の女子だった。小柄で、少し離れているけど大きな目が特徴的な同級生で、いつも日焼けとにきびを気にしていた。クラスの中心にいるタイプだったから、休み時間の教室で爆発みたいに生じる笑いの輪には、いつも加わっていた。でも放課後二人きりでマックで喋っているときは静かで、つまらなそうで、記憶をいくら辿《たど》っても、二人でいたときに目の前で笑っていた彼女の顔は思い出せない。居心地の悪さなら、鮮明に覚えていた。

「別に普通。いい子」

「なんだよそれ。いいし、中学の話なら北村に聞けばわかるでしょ?」

「あいつはたぶん知らないよ」

ふーん、と頷くマリオはなにかまだ聞きたそうにしている様子だったので、会話を打ち切るべく、歩調を早めて逃げた。僕にとって、異性なんて意味不明で得体の知れない存在なのに、同級生の大部分にとってはそうではないらしく、好きな人とか付き合っている人とか、みんなそういう恋愛の話ですぐ盛り上がる。僕はいまいち乗り切れなかった。

乗り切れないだけだから放っておいてくれればいいものを、「退屈そう」とか失礼なことを言ってくる奴もいた。ちょうど今日の昼休みのことだ。

高一のとき絶対にバレないカンニングの方法を知っているらしいと有名だった前の席の男は、

二年に上がってからは、もっぱら学年の男子から恋愛相談を受けてばかりいた。今日も隣のクラスの奴となにやら真剣に話し込んでいて、その声はイヤホンのノイズキャンセリング機能の隙間をついて、厚かましく耳に侵入してきた。僕はマフラーを丸めて作った即席の枕に、より深く顔を埋める。しかしいつまで経ってもなかなか寝付けず、しばらく顔の位置を変えたり、椅子に座り直したり、枕の高さや弾力を微調整したりと、もぞもぞ動く羽目になる。

これはもう前の席が、告白だのアプローチだの、そういう話でうるさいせいだ。完全にそうだ。それ以外にない。ひとこと言ってやろうと顔を上げると、隣のクラスの奴はちょうど満足そうに「ありがとな」と言って離れていくところで、その相談相手は「健闘を祈るよ」と手を振っていた。

「どうした宮下《みやした》。どうせ眠れないんだろ？」

客を見送った浦井《うらい》が振り返って言った。手に持った紙切れをひらひら揺らしながら、眼鏡の奥で目を細める。紙切れは相談の対価にいまもらったんだろう、学食の三十円引きサービスチケットだった。

「……ノイズなのにキャンセルされない」

「そりゃあ昼休みの教室はうるさいからねえ」

浦井は、自分は関係ないとばかりに携帯を取り出すと横向きにして、麻雀のオンラインゲームを始めた。僕はまたマフラーの塊に顔を突っ込む。

「ねえ、まえから不思議だったこと訊いてもいい？」

僕が寝ようとしたのに気づいたらしく、浦井は顔を上げずに切り出した。渋々、イヤホンを外す。

「……なに」

「そのグレイのマフラーって、寝るとき用に持ってきてるわけだよな？　まだマフラーを使うほど寒くないわけだし。枕として持ってきてる。枕のマフラー。マフラーの枕。駄洒落だとしたら、無理があると俺は思うよ。それにさ、そのマフラー、ずっと机の中入れてるよな？　持って帰って洗ってないでしょ。知ってる？　C組のケロッグ、夏休みの間、柔道着をロッカーに入れたままにしてて、二学期になって見てみたら、真っ青になっていたらしい。カビだよ。真菌だ」

「C組のケロッグ？」

「ケロッグ。サッカー部のケロッグ。学校に毎日コーンフレーク持ってくるから、ケロッグ。最近、うちのクラスの三田《みた》さんと付き合い始めた。知ってるだろ？」

「知らない」

知らないけど、ケロッグって奴が三田さんと付き合った経緯にはどうせまた浦井が一枚嚙《か》んでいるんだろうな、とは想像がついた。

「そもそも、弁当食べた直後の机にマフラー敷いて寝るなんて、気持ち悪くないか？」

「別に気持ち悪くないけど」

「はたから見てると気持ち悪いよ。なんか臭《くさ》そうだし」

浦井は顔をしかめた。不安になって、マフラーを鼻に押し当ててみたが、少し埃っぽいだけでそれ以外は特になんの匂いもせず、ほっとした。

もともとは父親が使っていた、ポリエステル生地の安物のマフラーだ。九月の中ごろに、たんすの奥から引っ張り出してきた。広げると小ぶりのバスタオルくらいの大きさがあったので、丸めて枕にするにはちょうどよかった。それまでは机の上で腕を組んで、その上に額か頬を押し付けて寝ていたのだが、そうすると起きたとき、高確率で肘のあたりが痺《しび》れたし、それに机の濃密な木の匂いが直接顔に届くのも不快だった。僕は二学期が始まってからずっと、快適な昼休みの睡眠を求めていた。

六月のインターハイ予選で三年生の大半が引退した。

当然、ポジションにいくつか空きが生まれる。その空きはちょうど満員電車で座席から人が立ち、入れ替わりに誰かがその席に座るような形で、埋められる。そんなふうにして、ベンチだった僕は夏からレギュラーメンバーに入った。体力はある方だから、練習量が増えたことに音《ね》を上げたわけじゃないけど、朝早く学校に行ってじっと座って六限まで授業を受けて、そのあと放課後になってから今度は必死になって身体を動かす、そういう、一日を通してのバランスの悪さみたいなものが、結構身体にこたえて、昼には決まって睡魔に襲われるようになった。

でも、もう慣れたらしい。浦井たちの話し声で起きてしまうくらいだ。「眠れないんだろ？」という言葉は悔しいけど的を射ている。

「今日はどんな相談だったの？」

暇つぶしに訊いてみると、浦井は「守秘義務」と首を振った。うるせえと思う。

「そうだ。宮下くんのご相談もいつでも受け付けてるよ」

浦井はちらっと目を上げた。「君ならこういう割引券がなくても、嫌な顔ひとつせず、付き合いましょう」

「いいよ、僕は。恋愛なんか無縁、無縁」

そう返すと浦井は、えー、と不満そうな声を出し、大袈裟にため息をついた。本心から断っているのに、まるで僕が悪者みたいなため息だ。こいつと喋るのはもうやめよう、と思ってイヤホンに手を伸ばす。

「宮下ってあれだよな」

「なんでしょう」

「毎日、退屈そう」

浦井は眼鏡を持ち上げ、にやにやしながら言った。「なんとかしてやりたい」

「この恋愛脳が」

宮下の場合恋愛に限らずだよ、と続ける浦井を無視して、携帯を取り出した。テトリスのアプリを開く。

「ほら、暇そうだ」

画面を覗き込んできた浦井が勝ち誇ったように言ってきた。僕はイヤホンをつけ、ノイズをキャンセルし、音楽を再生した。

「そういえばマリオ、今日梅太郎と話した?」

　クリスマスだ彼女だ、という話を変えたくて、駐輪場で自転車を引き出しながら僕は訊いた。少し離れたところで自転車の鍵を外していたマリオが、

「喋ったけど。どうして?」

と答える。

「あいつ、なんていうか、ぴりぴりしてなかった?」

「まあそりゃあ大会前だし」

　マリオは自転車を通路に出して、「それに例の件もあるじゃん?」

「例の件?」

「……あれ、景聞いてなかった?　退部届の話」

　怪訝な顔を向けられ、僕は首を横に振った。

「まじか。梅太郎、景には絶対言ってると思ってた。じゃあやべ、俺もしやいま口滑らせた?」

　でもマリオはいっさい悪気のない顔で、まいいか、とつぶやくと、

「なんか、バレー部の誰かが退部届を事務室から取ってたらしくて」

と、説明してくれた。

　事務室の前のカウンターには、欠席届や奨学金申請書などの書類がまとめて置かれている。その中に退部届もあって、それをバレー部員が入手しているところを梅太郎のクラスメイトの

サッカー部が目撃したようだった。

「サッカー部？　ケロッグ？」

「いやケロッグじゃない。なんでケロッグなんだよ。でさ、いらいらした感じで梅太郎は俺に教えてくれたわけよ」

並んで自転車を押しながら、マリオは言う。

「いらいらって」

「こんな時期にどういうつもりだよって。春高予選直前だし、それに今年はまあ、特別じゃん？　残った三年生にも失礼だって怒ってた」

梅太郎がいらだたしげに言葉を吐く姿は簡単に想像できた。今日の練習前の梅太郎の態度にも納得がいく。でも退部届を取ることが、大会の直前であることはともかく、先輩に失礼だというのは僕にはよくわからなかった。

春高予選。「春の高校バレー」という全国大会の、県予選。

春と銘打たれてはいるが、本選は年が明けてすぐ、一月の第一週に開催される。ちょうど、年賀状で「賀春」とか「初春」とか書くのと同じ原理で「春」を冠しているのだと、本当は違うんだろうけど僕はそう理解していた。

とにかく、春高は一月に行われる、高校バレーで最も重要な全国大会だ。強豪校の三年生はこの大会を最後に引退する。だから盛り上がるし、「三年間悔いはありません」とか「後輩たちにまた同じ舞台に立ってほしいです」といった発言がメディアで取り上げられたりもする。

　ただ、強豪ではないほとんどの高校の三年生は、大学進学に備えて夏のインターハイ予選が引退試合になるのが普通だった。例えば、うちの高校がそうだった。インターハイ予選では地区大会を順当に突破し、県予選で一勝か二勝したあと、負けて三年は引退し、新しい代がスタートする。

　しかし今年は、マリオが言うように特別だった。三年生のうちの主力だった三人が夏で引退せずに、春高予選までチームに残ることを決めたからだ。

「それで、誰だったの。その退部届をとってたバレー部員っていうのは」

　駐輪場の外の道に自転車を出し、僕は尋ねた。いやあ、とマリオは首を傾げる。

「それはわかんないんだって。顔は見てないらしく」

「え、じゃあなんでバレー部員だって」

「バッグじゃね？」

　マリオは背中に手を回して、言った。マリオがいま背負っているのは市販の鞄だったが、僕は明鹿高校のバレー部であることがローマ字で書かれた、部オリジナルのバックパックを思い浮かべ、ああと納得した。試合の日は全員そのバッグで揃えるが、普段の通学で使っている部員ももちろんいる。あれを背負っていたら、たしかに後ろ姿を見るだけでバレー部員であることは一目瞭然だ。

　退部届を事務室でもらっている、バレー部のバッグを背負った奴。

　ふと、今日の練習前、ぽんと放り出すように舞台に部のバッグを置いた北村走一の姿を思い出した。

「……マリオは誰だと思う?」

「ん、あー退部届もらってたやつ?」

マリオはのんびりと、そんなこと考えもしなかったという調子で言う。

「まあ当然、一年か二年の誰かだろうけど。でもタイミング的に考えて、辞めるなら春高予選が終わったあとでしょ? いまは別に気にしてないや」

マリオはへらっと笑った。それを見て、僕は味方を得たような気分になる。梅太郎の固い態度やいらだちがうまく理解できなくても、別にどうでもいい。そんな当たり前のことに思い当たって、胸の上あたりがすかっと晴れた感覚がした。

そのとき、死角から「すみません」と声が飛んできた。

マリオと僕の自転車が、道を塞《ふさ》ぐ形になっていたらしい。ああごめんなさい、とマリオは自転車をどかす。同い年くらいの女子がその脇をすり抜けていった。明鹿の制服だ。一瞬横顔が見えただけだったからよくわからなかったけど、もしかしたら同学年かもしれない。肩に届くくらいの長さの髪と、リュックにつけた白いぬいぐるみのようなストラップを揺らしながらその女子はそのまま歩き去り、少し先の路地に入っていった。

「じゃあな、景」

自転車にまたがったマリオが、僕を振り返って親指を立てた。

「とにかくお互い、いいクリスマスが迎えられるよう頑張ろうぜ」

「僕もかよ」

マリオは手を振ると、すうっと滑るように駅前の道から消えていく。僕も反対方向に走り出す。

さっきの女子生徒が入っていった路地に差しかかって、なにげなく目を向けた。狭い路地の奥には、豚骨ラーメンの店と畳屋と画材店の看板があった。そのラーメン屋は初めて知ったので、今度マリオを誘って行くかと思った。

2

ふわり、とトスが放物線を描く。

それに合わせて、尾久遊晴《おくゆうせい》が跳んだ。

相手ブロッカーが腕を伸ばして、スパイクを阻《はば》もうとする。遊晴より、十センチ近く背が高い。小柄な遊晴は、バレーをしていないと中学生みたいに見える。でも、コートでは誰よりも高い。誰よりも長く空中にいる。宙に止まって見えるほどだった。いつ見ても、遊晴の周りだけ重力が小さいんじゃないかと思わされる完璧な跳躍で、身長差を簡単に覆してみせる。

快音が響いた。遊晴のスパイクはブロッカーの腕の脇を通過して、コートのエンドラインぎりぎりに、狙い澄ましたように突き刺さった。

遊晴は「しゃあ！」と無邪気に叫び、拳を掲げる。ベンチとギャラリーが、おお、と沸いた。

「絶好調じゃーん」

ハイタッチを交わしながら、マリオが嬉しそうに言った。僕も自然と気分が高揚していた。遊晴は楽しそうにバレーする。その姿を同じコートで間近にすると、自分まで上手くなったかのような錯覚を覚えた。いや錯覚ではなくて、実際遊晴の調子がいいと、チーム全体がノってくる。そうやって、明鹿高校男子バレー部は強くなった。夏のインターハイ予選で初めて県大会の準決勝まで進み、三年生が三人、引退せずに春高予選まで部に残った。

いまのチームなら全国も目指せる。残った三年生はそう言った。

遊晴のスパイクでマッチポイントの二十四点に到達。相手の点数は十三点。

主審の笛が鳴って、サーブが打ち出される。相手レシーブが乱れた。緩いボールが返ってくる。三年の柿間《かきま》さんがぽんとレシーブを上げた。トスに繋《つな》がる。

今度はライトにいる僕にトスが振られた。それほど早いトスではなかったけど、エースの遊晴に気を取られていたブロックは、慌てた様子でこちらを振り返った。

試合中トスが上がってくると、自分が消える。

中学のころから変わらない感覚だ。

太腿やふくらはぎの筋肉が滑り出して、身体は意識の外側で流れるように動く。筋肉の繊維一本一本に染み込んだ助走の動きが、スムーズに再現されていく。次の瞬間には宙にいた。ボールとブロッカーの手がなんとなく視界にあって、そのさらに次の瞬間には、手のひらに弾けるような衝撃が生じた。

引き伸ばされた一瞬の中に生じる、心地いい感覚。

遊晴ほど軽やかな動きじゃないだろう。それでも、身体が反射だけで自動的に動いていくこの感覚は、いつだって気持ちよかった。

相手選手は僕の打球を捉えられず、コートの外に弾く。これで二十五点。チームメイトと手を叩き合わせた。ボールを打ったときの衝撃と、ハイタッチが右手の上で混ざる。

主審が長く笛を吹き、紺色のユニフォームを身につけた僕たちはコートの端に並んだ。

春高予選一回戦は、明鹿高校の圧勝だった。


遊晴は両手に持った縄を回し、リズミカルにその場で跳ねる。三回跳ねたあと、今度は縄を回すスピードを上げる。二重跳びを三回して、さらに縄の速度を上げた。周囲の空気が、ひゅんひゅん鳴った。

「よっしゃ、五回！」

縄が足に引っかかって、遊晴は言った。周りを囲んでいた一年生の歓声が中庭に響いた。

遊晴は近くに座っていた僕を振り返って、縄を差し出してきた。

「え？　なに、やだよ。やらないよ」

「えーやろうぜ、三重跳び」

遊晴は、残念そうに口を尖らせた。「景、できそうじゃん」

「いい、いい」

「遊晴さん、俺もできますよ！　貸してください」

遊晴を囲んでいた一年生のうちの一人が手を挙げた。いやお前は無理だろ、と遊晴は首を振るが、自分なら六回できますよ、とその一年に挑むように言われて、じゃあやってみろよ、と顔を綻ばせながら結局縄を渡した。

突き抜けるような青空だった。刷毛《はけ》ではいたような雲が一片頭上に張り付いていて、それときおり首筋を撫でる柔らかい風が秋であることを主張していたけど、日差しは十月末とは思えないほど強かった。

明鹿のメンバーは午後の二回戦に備えて、試合会場の高校の中庭で各自ウォーミングアップしていた。ただ日差しのおかげで、アップを熱心にしていなくても、筋肉が冷えることはなく、みんなそれぞれ、無駄話をしながら身体を動かしたり、ボールの感覚を確認したりして、時間を潰していた。試合開始はまだ先で、緊張感はない。中庭に姿の見えない部員もいた。

遊晴に縄を渡された一年生は三重跳びに失敗し、遊晴や周りの他の一年に、ああだこうだ言われている。僕はその場を離れ、体育館に向かった。

体育館の中はすごく暗く感じられた。光源は天井の照明のみで、陽の光が入ってプレイの邪魔にならないよう、窓にはすべて遮光カーテンが引かれている。そうして閉じられた空間に、熱気が充満していた。

コートは二面作られている。春高予選も最終日となれば、郊外の県営アリーナで試合することになって、そこは広く、床の素材も違ったりしてバレーボールに最適な環境になってはいるのだが、僕はこういう普通の高校の体育館の方が落ち着くから好きだった。

二階部分のギャラリーの柵には、各高校の横断幕が張られている。明鹿のものもある。ユニフォームと同じ紺色に、橙色の字で『一意専心』。良くはないけど、悪くもない。「書き初め四字熟語」で検索してヒットするような、当たり障りのない言葉だ。ただ、他の学校の横断幕は『勝利に繋ぐ！』『一人はみんなのために！』『全員バレー』とかそんな感じで、少なくともああいう横断幕じゃなくてよかった、といつも思った。

その横断幕の上から各校の保護者やOBたちが顔を出して、声援を送っていた。メガホンを通ってくぐもった声は、シューズが床と擦れる音やスパイクの破裂音と混じりあう。混じりあって、体育館の空気全体がぐわんぐわんと脈動しているようだった。大会だ、と当たり前のことを僕は思った。

観客の山から少し外れたところに、柿間さんの姿があった。鉄柵にもたれかかって、コートを見下ろしている。その隣には北村もいた。

「お疲れ様です」

僕は二人に近づいていって、柿間さんに声をかけた。

「お、景。みんないま、なにしてんの？」

「外います」

「あ、アップしてんのか」

「いやほぼ日向ぼっこみたいな感じで。遊晴は三重跳びしてましたけど」

「なにやってんだ」

「この試合、どことどこですか」

「照星《しょうせい》学園と、どこだっけ」

「笹《ささ》ヶ丘《おか》です」

北村が答えた。だそうです、と柿間さんは付け足す。

「ああ、照星。結構強いエースがいるとこっすね」

「そうそう、あの二番の奴」

照星学園のエースは襟足を刈り上げた短髪で、髪型についてだけ言えば遊晴と似ていたが、相手を射殺すような鋭い眼光と点を決めたときの気迫は、軽やかにバレーする遊晴とはまるっきり対照的だった。

「インハイ予選のときも、俺らこうして見てたよなあ」

柿間さんは口をへの字に曲げて、つぶやく。僕も柿間さんと同じように、六月の試合、照星学園と稲村東《いなむらひがし》高校の試合を思い出していた。

エースには試合中、何本も何本もトスが上がる。負けているときは特に。もはや宿命とも言える執拗さで、トスが回ってくる。インターハイ予選で稲村東高校に終始圧倒されていた照星も、エースにトスを集め、そして集まった分だけエースのスパイクは稲村東のブロックに阻まれた。照星のエースは荒い息で膝に手をつき、恨めしげに稲村東の真っ赤なユニフォームを睨みつけていた。

僕たちは、その試合の勝者と対戦する予定だった。だからギャラリーに並んで、試合を黙って見ていたのだが、二校の実力差は歴然で、照星にはチャンス到来、みたいな瞬間もなかった。そして僕たちも、そのあとの準決勝で稲村東高校に惨敗した。

「この感じだと、照星が上がってきそうですね」

照星学園は着実に点数を重ね、目の前の試合は終盤に差し掛かっていた。

「だね」

と、柿間さんは同意する。「来週、初戦は照星。そのあと、稲村東」

「稲村東以外が勝ち上がってくることは」

「ないでしょ、さすがに」

柿間さんは堅い声で言い切った。ですよね、と返す。

夏のインターハイ予選。明鹿が県大会の準決勝まで進んだのは初めてのことだった。そのころ僕はまだベンチだったが、レギュラーの先輩たちの高揚感は手に取るようにわかった。もっと勝ち進める。準決勝の相手、稲村東は全国常連の強豪校だけど、それでも勝てるんじゃないか。そんな空気が部に流れていた。でも結局、あっさり負けた。手も足も出ないってこういうことか、とベンチから見ていた僕は思った。県大会ベスト四という結果を残し、インターハイ予選は負けて、終わった。

その稲村東高校と、春高予選でもトーナメント表の同じ山にいる。お互い勝ち上がれば、今度は準々決勝で戦うことになる。その偶然を、夏に負けたときコートに立っていたメンバー、特に引退せずに残った三年生がどう思っているかは、僕にだって容易に想像できた。

「そういえば梅太郎はどこ行きました？　中庭にもいなかったんですけど」

「ああ、梅ならあっち」

視線の先には、他校の選手と喋る梅太郎がいた。練習試合や大会のたびによく見る光景だったが、僕なんかは他校の奴となにをそんな楽しそうに話すことがあるんだろうといつも不思議に思ってしまう。

「……喋る相手がいて、うらやましいよ」

柵の上で組んだ腕に顎をのせて、柿間さんは、ふうと息を吐き出した。

「俺もさ、梅みたいにいままでいろんな学校の同学年の奴と仲良くなってきたけど、まあ当然、今日この体育館にはそいつら誰もいないわけじゃん？　それがなんか、めっちゃ寂しい」

「あーっと、今日は別の会場にいるとかですか？」

「夏で引退してるからでしょ」

柿間さんの向こう側から、北村が口を挟んだ。柿間さんは顔の下半分を腕の間に埋めたままくぐもった声で、そうそう、と発する。

「俺が仲良かった他校の同期たちは、みんなもう引退した」

僕がなにも言えないでいると、また柿間さんはゆっくり口を開いた。

「……このままさ、春高予選で勝ち進んで、稲村東にも勝って、最後まで負けないで、春高出場が決まったら、決まったらっていうか出場が決まって数日経ったら、俺ちょっと、あーあって思うかも。だって、引退は一月だぜ？　やばいでしょ。バレー漬けの生活がまだまだ続く。さすがにバレーに高校生活捧《ささ》げすぎだろ」

　柿間さんの頭越しに北村と目が合った。北村がどう感じているのかはわからなかったが、僕はその弱気で自嘲するような調子の言葉を聞いて、なんとなく嬉しくなっていた。いつも以上に柿間さんを身近な存在に感じた、というか。

「いや、試合前にする話じゃないな！」

　柿間さんは顔を上げると、明るく言い放った。「お前ら、俺がこんな話したの絶対秘密にしとけよ。同期はもちろんだし、二年でも遊晴とか梅太郎には聞かせらんない。てか忘れて。記憶から消しといて」

　頼むな、と柿間さんは僕と北村を交互に見た。

「たしかに梅太郎は理解してくれなそう」

　北村は小さく笑った。「は？　意味わかんないです、とか言いそうですね」

　うわ言いそう、と柿間さんも笑う。

「でも僕、柿間さんの気持ちわかる気がします」

　わずかに照れくささを覚えながら、僕は言った。「というか、わかります」

　絶対に言っておきたいと思ったから発した言葉だった。しかし振り返った柿間さんに、探るような目を向けられる。ありがとな、とか言われるんだと思っていたから、あれなんか間違えたかな、と急に不安になった。

「いや、景。わからなくていいよ」

柿間さんはきっぱりと言い放った。僕は思わず身を固くする。

先輩は眼下の試合に目を落とした。

「さっき言ったの、まあ嘘ではないけど、でもメインの感情じゃない。勝って、あーあまだ引退先かって思うより、負けたときの悔しさの方が絶対、何百倍もでかい」

一言ずつ、響きを確認していくように柿間さんは言った。

真下のコートで、照星学園のエースのスパイクをレシーバーが弾いた。高く上がったボールは僕たちの近くの柵に当たって、ごんと音を立てる。主審の笛が鳴って、両チームの選手たちはエンドラインに並ぶ。セットが終わったらしい。

「照星にも、稲村東にも勝つよ」

柿間さんはにやりと不敵に笑った。

「景たち後輩には悪いけど、やっぱり俺らは簡単に引退する気はない」

僕はなにも答えなかった。なんて返したらいいのかわからなかったし、わからなかったということも気取られないように、第一セットが終わって人がいなくなったコートに目を向けたままにした。輪郭の曖昧な靄《もや》のようなものが胸の辺りで生まれたのを感じ、息苦しくなる。僕と同じくなにも言わない北村に、なんか反応しろよとは思った。

「なにしてんの」

梅太郎が戻ってきた。僕と柿間さんの間に割り込んでくる。「敵わないな、みたいな顔で照星の試合見て」

「そんな顔してた？」

僕はゆっくり答えた。「まあ実際、照星のエースは強いし」

「そうでもないだろ」

梅太郎は乱暴に言い切った。胸の内で、靄のようななにかがさらに広がっていくのを感じる。

柿間さんが「頼もしい後輩だなあ」と朗らかな笑い声を上げた。

「あざす。柿間さん、外にアップしに行きません？」

「そうだね、そろそろ行こうか」

「景は？」

「僕は、まだいいや」

梅太郎は頷くと、照星はサーブレシーブが雑だ、とか、フルセットになったらだるいすね、とか柿間さんと話しながら体育館を出ていった。僕と北村だけ取り残される。

僕たちは一人分の間隔を空けたまま並んで、いつの間にか再開した試合のネットを挟んでボールが飛び交う様子をぼうっと眺めた。ふと、早く試合したいと思った。

「景ってさ」

北村が唐突に口を開いた。細長い腕を身体の脇に放り出し、指に引っ掛けたウイダーインゼリーをゆらゆら揺らしている。もう飲み切っているようで、几帳面に細長く折り畳まれていた。眠くなるような動きだった。

少し癖のついた前髪の下では、これも眠くなるような動きで瞳が揺れていた。なにか言いづらいことを口にするときの、北村の中学からの癖だった。

「なに？」

「景って、冷めてるよね」

照星のエースがスパイクを大きくアウトにする。相手校は「ラッキー！」とはしゃいで、照星は「次、次」と声を掛け合う。

試合に目を落とす中学時代からのチームメイトを見やった。まさか同じ高校に進むとは、さらにまさかバレー部で一緒になるとは、中学のときは想像もしなかった。

「他のメンバーは、稲村東にも、他の強豪にも勝って全国行くって意気込んでるのに、景はそうじゃない。というか負けると思ってる。そうでしょ？」

「……そんなつもりで試合に出てるわけないだろ」

「でもほら、中学のとき、最後の大会でも泣いてなかった」

「いつの話してるんだよ」

「覚えてるでしょ？」

「別にあれは泣くような試合じゃなかったから。あっさり負けたし」

「みんなは泣いてた」

「お前も泣いてなかっただろ」

「俺はレギュラーじゃなかったし」

試合に出てないから泣かないなんて、それこそ冷めているんじゃないかと思ったが、不毛な議論になりそうで、やめた。

その代わり、反撃してやろうと思った。特になんの根拠も証拠もないけど言ってやろう。勝手に内心を決めつけられて、僕は苛立っていた。

「バレー部の誰かがさ、退部しようとしてるらしいじゃん」

「……なにそれ」

「噂になってる」

「誰が言ってるの」

「梅太郎の友達が退部届を取るバレー部の奴を見かけたんだって」

北村がこっそり僕の横顔を窺ってきたのが、視界の隅でわかる。その仕草で確信を抱いて、

「お前なんでしょ?」

と続けた。辞めるのが誰だろうとどうでもよかったんだけど、意図せず、責めるような口調になってしまった。

僕は柵の向こう側に両腕を垂らす。

「なんで辞めるの?」

北村はどっちの質問にも答えなかった。どう答えようか迷うそぶりすら見せなかった。でも、理由は聞かなくても、北村なら納得がいく。そもそも入部したてのころは、どうして北村が高校でもバレーを続けたのか疑問に思っていたくらいなのだから。最初体育館で姿を見たときは、

嘘でしょ、と心の底から驚いた。

「……すぐに辞めるわけじゃない」

しばらくして、北村はつぶやいた。

「先生にも先輩にもまだ言ってないし」

「いつ?」

「え?」

「いつ辞めんの」

「さあ。わからない」

「わからない、って」

「春高予選が終わるまでは部にいるよ」

北村はまるで他人事のように平板に言った。

「じゃあ春高予選が終わったら?」

「誰だって、一回くらいあるでしょ?」

北村は僕の質問を無視して言った。「バレー辞めたいって思うこと。一回くらいは」

下のコートで、スパイクがブロックに当たって高く跳ねた。その落下点へ選手が走る。頭から滑り込んで、ボールはかろうじて宙に上がった。歓声が大きくなる。

「さあ、どうだろ」

僕は目を細めて、答えた。

「向こう、特にレフトの奴、へばってきてますね」

「ああ。次のセット、フェイント多用してくるだろうからきっちり上げよう」

遊晴と主将の言葉に、円陣を組んでいた部員がおうと呼応する。顧問の杉内《すぎうち》先生はパイプ椅子に座ったまま、皺に囲まれた小さな目を天井に向けていた。

二回戦も、序盤から明鹿のペースで試合は進んでいた。第一セットは中盤にすっかり点差がついて、そのまま危なげなく先取した。

タオルで汗を拭く。コート脇でマリオや梅太郎と言葉を交わしながら第二セットの開始を待っていると、誰かが杉内先生に手招きされたことに気づいた。首を伸ばして見ると、先生の前に立ったのは北村だった。「はい、はい」と何度か頷いている。

北村が退部するつもりだということは、まだ誰にも言っていなかった。大会の日にわざわざ言うことじゃないし、万が一梅太郎の耳に入って、それでいらいらしはじめたりしたら、面倒くさい。

だから先生に呼ばれた北村を見て、複雑な思いを抱いたのは僕だけだったはずだ。複雑な思いというか、もっと言えば同情みたいなものを感じた。

第二セットも、長いラリーはほとんどなく、淡々と試合は進行した。どんどん点差が開いていく。こちらが十五点目を取ったとき、相手の得点はまだ八点だった。

北村がベンチの側にいる審判に声をかけたのは、セット終盤、僕がそのセット二回目のサーブを打つために後衛に下がったときだった。笛が鳴って、僕は北村と交代する。北村は僕と目も合わさず、コートに入っていった。

さっきセットが始まる前、先生に呼ばれて、サーブで出るぞ、と言われていたんだろう。ただ点差から考えて、流れを変える要員とかではない。きっと、せっかくの公式戦なんだから試合に慣れさせる意味でも出しておこう、みたいな意図だ。

辞めようとしてるのにな、とベンチに戻った僕は思った。もうバレーを辞めようと思っているのに、試合に出ろと言われるのはどんな気分だろう。

「すぐ戻るぞ」

杉内先生に言われ、はい、と頷いて、サーブに向かう北村に目をやった。

バレーのサーブにはいろいろ種類があって、たとえば軽くジャンプして高い打点から無回転で強く打ち出せば、空気抵抗を受けて軌道がぶれて、取りにくい打球になる。しかし北村にはそこまで強力なサーブは打てない。となると相手レシーブを崩すためには、どこを狙うかが重要だ。そのあたりの判断も先生が見たいポイントなんだろうけど、でもどうやら、いまの北村に冷静にコースを狙うような余裕はなさそうだった。

「北村さん、大丈夫ですかね？」

ベンチで一年の部員が遠慮がちに漏らした。

エンドラインの後ろに立った北村は、足元で何度もボールをバウンドさせている。表情は強張っていた。点差だってあるし、それに部活を辞める決意を固めているなら、もうバレーボールに諦めはついているんだろう。プレッシャーを感じる意味がわからない。さあ、と僕は首を傾げる。笛が鳴った。

「北村さん、ナイッサーブ」

北村は胸の前にボールを持ち、相手コートをじっと見つめる。そういえば、ユニフォーム姿でコートにいる北村をベンチから見るのは初めてかもしれない。こうして見ると、いつの間にか背が大きくなったように感じられて驚いたが、すぐに親戚のおじさんの感想かよと内心で笑った。

「あれ、笛鳴りましたよね」

一年が言った。たしかに北村はボールを持ったまま、動き出そうとしなかった。コートにいるメンバーも、不安そうにちらちらと北村の方を振り返り始めた。相手コートの選手ですら、じれったそうに首を伸ばしている。

「八秒になるかも」

僕はつぶやいた。

主審が笛を鳴らしてから、八秒以内にサーブを打たなければ反則になる。相手に一点が入る。主審は厳しい目で、北村を見つめていた。いま何秒だろう。僕は数えていなかったからわからない。だが、体感的にはもうぎりぎりのはずだ。過ぎているようにも思える。

そのとき、北村は思い出したかのように、突然動き出した。

慌てたような動作だった。両手でボールを放ると、少しジャンプする。飛びつくような不恰好なジャンプだ。ボールを叩く。コースは悪くないが、威力が強すぎた。緩やかに回転もかかっていた。

しかし、相手選手はそのボールに手を出した。

そして、後ろに弾いた。おお、という声がベンチから上がる。

乱れたボールを別の選手が拾う。ボールはスパイカーの方に高く上がった。でもネットに近い。相手の前衛の選手はジャンプして、そのトスを無理やり打ち切ろうとする。

しかしスパイクはネットを越えず、相手コートに落ちた。

「ナイスサーブ！」

明鹿のコートとベンチが沸き立つ。遊晴や柿間さんが拳《こぶし》を掲げて喜んでいた。コート内のメンバーとタッチを交わしながら、北村はぎこちない笑顔を浮かべる。

完全にアウトの軌道だった。相手が触ってくれてラッキーだった。でも案外、打つ前に固まって時間を使ったおかげかもしれない。弾いた奴はなかなかサーブを打たない北村にイライラして、それで焦りが出たとか。

笛が吹かれて、試合が再開する。北村は今度は固まらなかった。笛が鳴ってすぐ助走を始める。数歩進んで、ボールをぽんと放り、軽く跳んで、ボールを打ち出す。しかしサーブはもう一度、同じ軌道を走った。今度は相手も手を出さず、見送った。ボールは頭上を大きく越え、エンドラインの向こう側に落ちた。線審の赤い旗が上がる。

杉内先生に目配せされた。僕はすぐにベンチを離れて、交代を審判に申し出た。

入れ替わりでコートに入るとき、「一本目、ナイスサーブ」と声をかける。やっぱり僕とは目を合わせず、北村はベンチに戻っていった。

3

金曜日の部活帰り、僕は幹線道路沿いを自転車で走っていた。

日が落ちると、街はようやく暦どおり秋になる。柔らかく肌に触れる風は、どこか甘ったるい香りをはらんでいるようで、自転車はやっぱり秋が一番気持ちいいなと思う。落ち葉をしゃくしゃくとタイヤで潰していくのも楽しい。特に今日は、昨夜から朝早くまで雨が降っていたおかげで、空気がひんやりとしていた。でもまだ寒くはない。これが冬になると最悪だ。夏はスピードに乗れば涼しい風を感じられるからまだましだけど、冬はただとにかく、寒い。寒いを通り越し、肌が露出している部分が痛むこともあった。歯を食いしばって首をすくめ、一心不乱にペダルを漕ぐしかなくなる。このまま寒くならないでほしい。

春高予選の次の相手は、やはり照星学園高校だった。今度の日曜、照星に勝って、同じ日に行われる準々決勝に進めば、おそらく稲村東高校と戦うことになる。それもわかっていたことではあったけど、この一週間、放課後の体育館の空気はいっそう硬く、張り詰めたものになっていた。ぴりぴりと音が聞こえるようだった。三年生は試合開始数分前みたいな顔を常にしていたし、杉内先生も、ふだんは練習につきっきりになることはめずらしく、もっぱら三年に任せていたが、今週の練習は始めから終わりまで、ずっと体育館にいた。指示も出したし、ときには球出しもした。

忘れ物に気がついたのは、大きな交差点の信号に引っかかったときだった。

明日は、大会直前の調整として練習試合が組まれていた。会場はうちの学校だからみんなシューズは体育館に置いたままで、僕も深く考えずそうしてしまったのだが、そういえば今日はシューズを持って帰って、紐を取り替えるつもりだった。この前左足の紐が擦れて細くなっているのに気がついて、アマゾンで頼んだのだ。たぶんもう届いている。明日の朝、アップが始まる前に取り替えることも考えたが、練習試合の前だからなにかとばたばたしているだろう。十九時前だし、まだ校門は開いているはずだ。ここからなら、学校まで自転車で十分もかからない。僕は来た道を引き返した。途中で脇道に折れ、住宅街に入る。駐輪場のある駅前までは戻らず、高架下をくぐって、直接学校に向かうつもりだった。

しばらく走ると、鹿坂《しかざか》に出た。学校の敷地に沿って伸びる坂で、中腹に校門がある。明鹿高校の横にあるから鹿坂なのか、鹿坂の横にあるから明鹿高校なのかはわからないし、もっと言えば「鹿坂」なんてどこにも書いてはいないのだけど、明鹿生はみんなそう呼んでいた。学校の敷地自体は平坦なので、鹿坂の両側は校門まで切り立った崖が続いている。やっとまだらに紅くなりはじめた欅が道に沿って立ち並んでいた。

自転車で学校まで来てしまった。校則違反になるんだろうか。先生に見つかったら怒られるかも。ぼんやり考えながら、ペダルを踏んだ。筋トレはあんまり好きじゃなくて、スクワットもほとんどやってこなかったが、中学一年生のときから飛んだり跳ねたりを繰り返してきたおかげで足腰は強く、鹿坂の急勾配も悠々と登っていける。

今朝までの雨で、路面はじっとりと濡れていた。昨夜は風も強かったからだろう、ここ数日ですっかり色づいた欅の葉は地面に散り、生徒に踏み潰されて、アスファルトに張り付いていた。

校門の前で自転車を止める。数十分前に出たときよりも、学校の敷地は暗く見えた。教員室の明かりだけ灯っている。校門に近づいて、扉に手をかけた。動かない。

脇の教職員用の小さな出入り口も見る。こっちも施錠されていた。

こんなに早く鍵が締まるとは思っていなかった。帰るしかないか。せっかく戻ってきたのに。僕は自転車にまたがると、なんとなく諦めがつかなくて、意味なくさらに坂を登った。体育館の横を通り過ぎる。さっきまで騒がしかった体育館は、いまは当然闇の中で沈黙していて、それは大型の獣が身体を丸めて寝ているさまを思わせた。

坂の頂上でブレーキを握る。やっぱり帰ろう。校門以外の出入り口は知らないし、あったとしても鍵がかかっているだろう。もういいか、明日の朝早く来れば、靴紐はまあなんとかなる。

登ってきた鹿坂を振り返った。人の影も車の影もない。しんと静まり返っていて、虫の声だけが学校の敷地から聞こえてくる。見慣れた通学路の見たことのない景色に、ふいに気分が高まっていくのを感じた。この一週間、体育館の固い空気を吸い続けた胸の内が、じわりとほぐされていく。

僕は息を吸い込み、思い切りペダルを踏み込んだ。下り坂だから、すぐにぐんとスピードに乗る。耳元で風が鳴った。体育館が後ろに流れ、校門も通り過ぎる。それでも僕はブレーキを握らなかった。

そのとき、前方で白い影が揺らめいた。

進行方向の、斜め上。自然とその影に目が向く。僕の口から「え」と声が漏れた。

崖の上のフェンスになにか白いものが刺さっていた。もう少し近づいてわかった。人だ。まるで物干し竿に干された布団みたいに、フェンスのところで身体が折り曲がった、人間だ。街灯に照らされて脚が光っていて、それで初めて制服のスカートを穿いているんだとわかる。鼓動が早まる。ぐんぐん近づいて大きくなるその姿を、僕は呆気に取られて見上げた。

ちょうど人影の真下あたりに差し掛かったとき、それは唐突に動いた。串刺しになって死んでいるわけじゃないと気づく。

崖をなにかが転がり落ちてきた。一瞬、その人間自身が落ちてきたのかと思った。どさっと音を立て、なにかが目の前に落下した。とっさにハンドルを切って避ける。振り返ると、黒のリュックが道に落ちていた。白いぬいぐるみのストラップがついたリュック。

頬をぬるい風が切っていく。視線を上に向けた。謎の人物は頭を敷地の方、足を外に出して、フェンスを乗り越えようとしていた。学校の中に入ろうとしているのか、それとも逃げ出そうとしているのか。

どっちなんだろうと思った瞬間、空が降ってきた。

空が降って、地面は上っていく。視界が右に傾く。少し遅れて、前輪が滑ったのだと気づいた。

そこからは一瞬の出来事だった。自転車が右に倒れる。反射的に足を出す。右足の裏がアスファルトを捉えた。車体がのしかかってくる。僕の体重とともに重量が右足に集中する。ハンドルから手を離し、身をよじって、右足より遠くに左足を出して、身体を逃した。左のふくらはぎが倒れる自転車のペダルと擦れる。

夜の通学路に、がしゃん、と大きな音が響いて、自転車は倒れた。

鹿坂に静寂が戻ってくる。倒れた自転車のそばに僕は放心状態で立っていた。背中を冷や汗が伝う。いつの間にか呼吸が荒くなっている。

振り返ると、フェンスの上の人影はこっちを向いて固まっていた。目が合った。ちょうど街灯がスポットライトみたいに当たり、驚いた表情が浮かび上がっていた。明鹿のセーラー服を着ている。見覚えのある顔だと思った。

しかし僕が思い出す前に、鉄棒で前回りするときのような動きで、その女子はフェンスの向こう側に消えた。あっと声を発する間もなかった。遅れて、どさっ、と聞こえてくる。

「大丈夫ですか」

しばらくして、暗がりから蚊の鳴くような声が続いた。

僕は少し考えてから、

「……転びかけました」

と声を張る。事実をただ言ったつもりだったが、ちょっと非難がましくなってしまった。

「回避しましたけど」と付け加える。

「……すみません」

姿は見えないまま、さらに小さくなった声が返ってきた。

僕は、倒れた自転車を腕の力で元に戻す。前輪に濡れた欅の葉が張り付いていた。これのせいで滑ったのかもしれない。いつの間にかポケットから滑り落ちていた携帯も拾い上げた。亀裂が稲妻のように斜めに走っていて一瞬ひやりとしたが、画面じゃなくて保護フィルムが傷ついただけのようだった。時間のあるときに張り替えよう。自転車にまたがる。

ただ、ずっとなんとなく、嫌な予感はしていた。嫌な予感があったから、僕はここまでの動作で一度も右足に体重を乗せなかった。ほとんど左足だけで立っていた。でも本当は、転んだ瞬間にわかっていたのだ。

右足でペダルを踏む。その瞬間、鈍い痛みが駆け上がってきた。

4

翌朝、こわごわと右足首を触った。

少し押してみる。場所を変えて、同じことをやる。

やっぱり大丈夫だった。

寝るときは転倒したときの衝撃が違和感に形を変えて残っている気がしたのだが、いまは触っても押しても、ベッドから下りて立ってみてもなんともなかった。その場で足踏みしてみる。軽くジャンプしてみる。痛みはない。普段どおりだとわかって、胸を撫で下ろした。大会二日前に自転車でこけて怪我なんて、冗談じゃない。

　昨日は足の痛みに気づいた直後、フェンスを乗り越えようとしていた女子のことなんて頭からさっぱり消えて、逃げるように家路を急いだ。右足に負担がかかるのが怖かったから下り坂は勢いに任せて、平坦な道はほとんど左足だけでペダルを踏みつけ、とにかく急いで帰った。

　家に帰ると、母が財布を手に、入れ替わりで居間を出ていくところだった。

「ただいま」

「あ、おかえり。私コンビニ行ってくるから。景はチンして食べてなさい」

「キムチ買いに行くんだって」

　食卓について納豆をかき混ぜている大学生の姉が言い添えた。リクルートスーツを着たままだから、姉もちょうどいま帰ってきたところらしい。

「豆乳鍋はキムチ入れないと。あなたもそうしたいなら、お風呂入って待っときな」

　母は言った。食卓の中央に置かれた鍋が湯気を上げている。僕は玄関のドアに手をかけた母に「湿布ってどこにある？」と聞いた。

「え、湿布？　テレビの左の棚の二段目」

「あー、了解」

「どうしたの、怪我した？」

「怪我っていうほどでもないんだけど。試合近いし一応」

なんとなくとっさに誤魔化すと、母は「そうだ、試合」と思い出したように言った。

「お父さん、日曜はやっぱり用事があって行けないって。私は行くけど」

「わかった」

「北村さんとか伏見さんと行くから」

いそいそと母は出かけていった。僕は母に言われた棚を探って、湿布を見つける。使用期限はちょっと過ぎているが、それなりに効果はあると期待する。

「試合なの？　いつ」

テレビのニュースに目をやったまま、姉が言った。

「あさって」

「へえ。日曜じゃん。そっか、日曜も部活で潰れるのか。高校生は忙しいね。まあ就活生だって忙しいわけだけど」

「張り合ってくるなよ」

「それに高校生と違って、考えることでいっぱい。で、試合には出んの？」

「出るよ。レギュラーだから」

「ふうん」

「ふうんって。すごいとか頑張ってとかないの」

「ほら風呂入ってきな、先」

「僕は別に、鍋にキムチ入れなくてもいいんだけど」

「違う。汗臭い。それで食卓につくのは許せない」

「姉ちゃんだってスーツのまま飯食うなよ」

「部屋着になっちゃったら、経済のニュースなんか見る気失せるでしょ」

　テレビでは専門家が金融緩和がどうのこうのと話していて、姉は真面目くさった表情で「なるほど」とか言っているが、よく聞けば男性アナウンサーと同じタイミングで相槌を打っているだけだった。

　夕食後、足首を氷で冷やして、湿布を貼った。それから、祈った。神か天か運命かわからないけど、とにかく祈りながら寝た。寝入り端《ばな》に、そうだたしかあの女子、フェンスを乗り越えていたあの変な女子生徒は、去年隣のクラスだった、だから顔に見覚えがあったんだと思い当たったが、名前はまったく思い出せなかった。

　結局、祈りが通じたんだろう。翌日学校に行くために自転車を漕いでも右足首が痛み出すことはなかったし、アップでダッシュしても、スパイク練習でジャンプしても、試合が始まってからだって、いつもとなにも変わりなかった。部員の誰かに「痛めたの？」とか指摘されることもなかった。たぶん誰も気づいてなかった。僕自身、誰にも言わなかった。

　ただ昼ごろには、どういうわけか痛めた方と反対の足の筋肉に疲労が溜まって、つりそうになっていた。

あとから思えば、それが最初の異変だったんだろう。次におかしいなと思ったのは、午後の試合が始まってすぐのことだった。

ブロックを飛んだあと、スパイクの助走のためにネットから距離を取ったとき、突然右足が重たくなった。じわりと自らの存在を主張するかのような嫌な熱が生じて、それは明らかに、昨晩痛かった場所から広がっていた。背筋がすっと冷えた。

なんとかしなくちゃいけない。とりあえずそのセットは、ブロックもスパイクも思いっきりジャンプせず、セーブした。「景、どうした?」と遊晴は目ざとく声をかけてきたが、適当に言い訳して、なんとかそのセットは乗り切った。

まだ痛みというほどじゃない。スポーツ選手がよく言う「違和感」っていうのは、こういう感覚を指すんだろうけど、無視できないわけじゃない。

明日に備えて今日は早めに終わる予定だったから、あと二時間弱耐えるだけ。残り三セットくらいだ。みんなに見られないように体育館の端に寄って、足首に触れながら考えた。一セットで五十回ラリーがあるとして、その半分程度は前衛にいて、一回のラリーでブロックとスパイクを合わせて、わかんないけど仮に平均二回ジャンプすると考えると、あと今日ジャンプするのは百五十回ほど。正確じゃないだろうし、意味もない計算だが、百五十回だと思ったら不安になってきた。いや大丈夫だ、と言い聞かせる。試合が終われば、あとはこっそりアイシングして、湿布を貼って寝る。昨日の夜と同じだ。で、明日は二試合。四、五セットやるだけで、終わる。

しかし最終セットで、僕の右足首は呆気なく僕を裏切った。

右足を揺らすと、ちゃぷんと水が跳ね、氷がからからと乾いたような音を立てる。膨らんで変色した足首の輪郭が揺らいだ。

水をフロアに溢すといけないし、なによりどんな顔で体育館にいればいいのかわからなかったので僕は部室にいた。部室で氷水を張ったバケツに右足を突っ込んで、ぼうっとしていた。時間の進み方がやけに遅く感じられる。氷水を用意してくれた一年生はとっとと体育館に戻ってしまったので、一人だった。まあ僕だって、大会前日に怪我した先輩と密室に二人きりなんて嫌だ。

部室は雑然としていた。誰かのウェアやタオル、なにかのパンフレットとか教科書が床に散らばっている。壁際の棚に並んだ、いつのものかわからないトロフィーをしばらく眺めた。昔は金色だったのだろうが、いまは埃《ほこり》をかぶって、全体的に黄土色っぽくなっていた。壁の落書きに目を移す。絵、誰かの名前、下品な単語、下品な絵。天井の隅の「こっちを見るな」という文字。落書きを眺めるのに飽きて、今度は近くに落ちていたポカリスエットの原材料名を隅から隅まで読んだ。砂糖、果糖ぶどう糖液糖、果汁、食塩、と声にも出してみたが、気は紛《まぎ》れなかった。

ふと、椅子の下に光沢のある紙が落ちているのに気がついた。

なんとなく拾い上げる。二カ月前に開催された文化祭のチラシだった。埃に塗《まみ》れている。「第五十八回明鹿祭」という文字の下に文化祭期間中、何度も見かけた絵が描かれていた。

濃紺の背景に、ペガサスのような生き物。でも額のあたりから枝分かれした角が二本生えているし、足も細いから、きっとこれはペガサスではなく鹿なんだろう。翼の生えた白い鹿が前脚をあげ、いままさに飛び立とうとしている。

初めて見たとき、すごく上手な絵だと思った。全身真っ白で、さらに翼も生えている架空の生き物のはずなのに、翼の毛並みや脚の筋肉の盛り上がりは細かく丁寧に、写実的に描き込まれている。濃紺の背景もよく見ると濃淡があって、さらに星のように明るい色がところどころに散っていた。明鹿高校の文化祭でペガサスの鹿バージョンを描くというのも、なかなかいいアイデアに思えた。

また床に戻すのもなと近くの棚に置こうとして、僕はふと手を止めた。

チラシの左下の方に、名前が印刷されていた。文化祭のとき何度も見たチラシなのに気がつかなかった。

『絵・真島綾《ましまあや》（二年B組）』

その名前を見て、はっとする。昨夜、鹿坂で街灯に照らされていた顔が「真島綾」という名前と繋がった。一年のとき、隣のクラスだった。二クラス合同の授業の出欠確認とかで名前を聞いて、記憶の片隅に残っていた。

名前を思い出したからどうというわけではなかったが、昨夜の出来事はやっぱり現実にあったことなんだなとは思った。自転車で転んで足を痛めたことも、さっき試合中に足を捻《ひね》ったことも、どれも実際にあったこと。足を揺らして、氷をからから鳴らしてみる。乾いた音はたしかに僕の耳に届く。

そのとき、部室のドアが開いた。

北村が顔をのぞかせる。バケツに足を突っ込んだ僕を見て、目をすがめた。僕はチラシを棚に置く。

「大丈夫？」

そう訊くほかないんだろうけど、見てわかるでしょ、と思った。

北村は扉のそばの壊れかけたベンチに腰掛けた。

「謝ってた、相手のレフトの人」

「ああ、聞いた。僕もさっき謝られたし」

「向こうの足、踏んだの？」

「まあ」

とだけ僕は返した。

「そっか。そうだ、携帯。景のこれだよね」

北村は僕に携帯を差し出した。手を伸ばして受け取る。ポカリスエットの粉の原材料はそろそろ暗記してしまうくらい読んでいて、退屈していた。

「画面、割れてるね」

「ああそう、昨日落として」

そう答えながらなんとなく隠し事をしている気分になって、「でも割れたの保護フィルムだから」と意味なく付け足してしまう。

携帯を起動させると、いつものくせでテトリスのアプリに指が伸びる。ゲームをスタートする。ゆっくり落下していく色とりどりのブロックを追った。しかしブロックを三つ並べてから、ホームに戻る。母さんにはラインしておいた方がいいかな、と思った。足を引きずりながら家に帰って、それで驚かせるのは悪い。電話しようかとも思ったが、必要以上の心配をされそうでやめた。「足怪我した」とだけ送り、少し悩んでから、「骨までやったかも」と付け足して、これだと結局心配されそうだと思って、「でもなんとか大丈夫そうです」とも送った。

それからSNSを開く。時系列順の投稿を追いながら、ふと思い立って、「真島綾」と検索してみた。なにも出てこなかったので、今度はその名前をローマ字で入力した。非公開だったが、アカウントはすぐに見つかった。何人か知り合いもフォローしている。しかし投稿は一件もしていないようで、フォロワーも少ない。フォローリクエストは送らず、画面を消す。

「杉内先生が今日中に病院行けって」

北村が言った。

「今から?」

「そう。まだ開いてるところあるから行きなさいって。明日は無理でも、来週の日曜に間に合うかどうか確認したいって」

そう言って、北村は整形外科の名前と場所を挙げた。僕はそれを上の空で聞く。来週の日曜に間に合うかどうか。来週の日曜は春高予選の準決勝と決勝だ。明日稲村東に勝たなければ進むことはできないが、果たして稲村東に勝つことと僕の怪我が来週までに治ること、実現する確率が高いのはどっちなんだろう、と考えていた。

「景？」

「うん、わかった」

僕は頷くと、もう一度携帯を立ち上げて母親に「病院寄ってから帰ります」とラインする。

用件は済んだのかと思ったが、北村が部室から出ていく様子はなかった。脱いだスウェットをわざとらしいほどゆっくりとした動作で膝の上で丁寧に畳んで、畳み終えたと思ったら、また開いた。

「……みんなは？」

沈黙に耐えかねて、僕は言った。

「いま着替えてる」

「どう、雰囲気は？」

「よくはないかな」

「まあ、そっか」

「でも、足を踏んだなら仕方ないよ。突っ込んできた向こうが悪い。景は不運ってだけで」

「遊晴とかならまだしも、僕なら替えはきくしね」

重い空気が気詰まりで、おどけるつもりで言ったが、北村は答えなかった。しばらく黙ったまま、スウェットを畳《たた》んだり、広げたりし続けた。角を揃え、皺を伸ばす。また広げて、袖を折るところから始める。

僕は、そろそろ体育館に戻る、と言って壁を支えに立ち上がった。バケツを持って、北村が先に部室を出る。僕はそれに続く。

外の空気はひんやりしていた。来週から一気に寒くなると、天気予報で言っていた。北村が流しに氷水を捨てる音を聞きながら、体育館に続く渡り廊下を一歩ずつゆっくり進んだ。体育館に入って梅太郎たちと顔を合わせたら、僕はなんて言うんだろう、と他人事みたいに考えた。

「……あのさ、景」

通路の柱につかまって振り返る。空のバケツを持った北村が立っていた。フェンスの向こうに立ち並ぶ鹿坂の欅が目の端に映った。橙色に染まった葉が街灯に照らされている。

「言っておきたいことがあって」

北村の瞳が揺れた。僕は急《せ》かさず、黙っていた。満足に歩けないんだし、体育館にはできれば顔を合わせたくないチームメイトたちが待っている。急ぐ理由なんてなかった。

北村は決心をつけたように、僕のことをまっすぐ見据えた。その目は、この前の試合でサーブを打つ前、相手コートに向けていた目と似ている気がした。

「……明日の試合、景の代わりに俺が出ることになった」

北村ははっきりと、一つひとつの言葉の意味を確かめるように言った。

まあそうだろうな、とすぐに思う。

そして自分でもさすがに驚いたけど、勝手にしてくれ、とも思ってしまった。

第二章

炭酸

1

　赤いブロックが落ちていく。その次は凸の字をしたブロック。端に空いていた隙間にはまって、二列消えた。またブロックが上に現れて落ちてくる。

　イヤホンで音楽を聴きながら、ブロックが溜まらないようひたすら指を動かす。今日から慣れないバス登校で、バス停から学校までは松葉杖で歩くことになるからと時間に余裕を持って登校したら、結局かなり早く着いてしまった。早朝の教室に人はまだまばらで、清潔な空気が満ちている感じがした。

　突然、ぬっ、と眼前に頭が割り込んできた。後頭部で視界が遮られる。

「わ」

「ソ連の思惑どおりだね」

　頭の持ち主は頭を引き、姿勢を正すとそう言った。

「は？」

「テトリスって、西側諸国の生産性を落とすために旧ソ連が開発したゲームなんだ」

　得意げに言う浦井を無視して、画面に目を落とし、S字のブロックを回転させた。「生産性を落とすためのゲームだぞ」と浦井はもう一度言ってから、

「高一からやってるだろ？　よく飽きないな」

とぼやく。

「ソ連のせいだから仕方ない」

「ソ連うんぬんは、まあよくある陰謀論の類《たぐい》なんだけど。あれ、宮下怪我してる？」

浦井はそこでようやく、机に立てかけていた二本の松葉杖に気づいた。僕は答える代わりに、ギプスと包帯に包まれ、革靴じゃなくてサンダルを履いた右足を揺らす。

「でも一回テトリス飽きて、やめたことあるよ」

「その期間はどうせ別のゲームやってたんだろ？　てか、足なに、どうしたの。骨折？」

「マインスイーパ。骨折じゃない」

「ほら似たようなもんだ。宮下はもっとソシャゲとかやった方がいい。高校生らしく」

席についた浦井は、

「骨折じゃなかったら、なんなの？」

そう言ってから、なんの断りもなく、松葉杖の片方を手に取った。ためつすがめつ観察する浦井に「右足首の靱帯《じんたい》の部分断裂」と、病院で言われたまま答える。

「昨日の試合で？　大会だったんでしょ、バレー部」

「いや怪我したのはおとといの練習試合」

「ふうん」

浦井はよく知らない芸能人同士の結婚を聞いたときみたいな、薄い反応を見せた。それは僕にとって新鮮で、昨日の大会会場での居心地の悪さを溶かしてくれるようだった。

「ほら、ちょっと使ってみてよ。歩くの案外難しいから」

なんとなく自慢したいような気分になって、もう一方の松葉杖も浦井に渡した。浦井は脇に挟んで歩こうとしたが、僕より背が低いから杖の高さが合わず、一歩進んだだけで窮屈そうに立ち止まった。「持ち手のところ、なんか湿ってる」と生意気に顔をしかめるから、二本とも奪い返して、脚の間に挟み込んだ。

「じゃあ、昨日の大会は出られなかったわけだね」

浦井は自分の席に着いて言った。まあね、と僕は頷く。

ちょっとした間が空いて、浦井も結果は知ってるんだな、と悟った。さすがに耳が早い。気を遣《つか》ってほしくなくて、手をひらひらと振った。

「ま、相手は格上だし、僕は出てないし」

細長いブロックが空いたスペースに縦に収まって、四列が一気に消えた。画面の真ん中に「excellent !」と表示された。


土曜の夜、整形外科で診察を受け、レントゲン写真を撮り、骨折ではないことがわかって、「右足首の靭帯の部分断裂」だと診断されると、そのとき借りた松葉杖で日曜は試合会場に向かった。松葉杖で歩くのは思った以上に大変だった。秋になって一番風の冷たい日だったのに、歩き出してすぐに大粒の汗が噴き出てきた。よりによって、会場の学校は駅から遠かった。

怪我をしている足は宙に浮かせない方がいいと整形外科では言われた。たしかに右足を浮かせて左足と二本の松葉杖だけを支えに歩くと、割と素早くは動けるが、代わりに松葉杖を持つ手のひらが鈍く痛んだ。見てみれば紫色に変色しかけていて、脇のあたりにも似たような痛みがあった。たぶん体重が掛かりすぎてしまったせいなんだろう。言われたとおり松葉杖をつくと同時に怪我している右足も出すことにすると、痛みなく歩けた。でも遅い。仕方ないことだけどかなり遅くて、そのくせ汗は出る。どんどん体力が奪われる。

そうしてやっとの思いでたどり着いた試合会場で、僕のやることは少なかった。いや実際のところ、ほとんどなかった。杉内先生とレギュラーメンバーに診察結果を報告したくらいだ。

「大丈夫か？」

「はい、いや、なんとか」

「まあ今日はゆっくり見てな」

「はい。すみません」

「景が謝ることじゃないよ」

三年生の一人ひとりとこんな感じの会話を交わして、それでもう暇になった。試験期間中、勉強しながら、終わって解放されたらあれしようこれしようと考えていたはずなのに、いざ終わってみるとなぜかしたかったことが一つも思い浮かばない、あの手持ちぶさたにちょうど似ていた。

こんな日だから話す相手もいなくて、だいたいの時間は仕方なく、体育館のギャラリーに一人でいた。ギャラリーも隅の方、特に明鹿の保護者が固まっている場所からは遠くて気づかれなさそうな位置で、松葉杖を脇に挟んで立っていた。

全部、部屋の中から見た窓の外の景色のようだった。手すりにもたれかかって、緑と白と赤のボールがネットを挟んで飛び交う光景をぼんやり眺める。ボールだけ目で追っていたら、次第に選手たちの姿が消えていって、ボールがひとりでにコート内を跳ね回っているような錯覚を覚えた。我に返って視界に選手の姿が戻ってくると、今度は、こいつらはボールを打ち合ってなにがしたいんだろうな、とか思った。同時に「景が出られなくてもやることは変わらない」という、朝のミーティングで主将が放った言葉が蘇ってくる。

マリオと遊晴が僕の元にやってきたのは、準々決勝が始まる一時間くらい前だった。

照星学園との初戦は快勝だった。序盤は例の相手エースの活躍で拮抗した展開になったけど、一人で奮戦するのはさすがに無理があったらしく、結局明鹿が二セット連取。ストレート勝ちに終わって、準々決勝に進んだ。隣のコートでは稲村東がやっぱり相手を圧倒し、準々決勝に駒を進めていた。

「こんな隅っこにいたのかよ」

遊晴は冗談っぽく眉を寄せて、肩を叩いてきた。その口調はいつもどおり屈託なく、ぎこちなさの欠片もなかったから、変にうわずった声で「うん」と答えてしまった。

「なんだ、その声。てか、一年の誰かと一緒にいるんだと思ってた」

「あーいや、後輩といると、気を遣われちゃうから」

「そっか、景ってあんま一年と仲良くないもんな」

遊晴は悪びれる様子もなく、そんなことまで言う。ただいまはそれが心地よくて、今日初めて人と会話したような気分にまでなった。

「それでどうしたの、二人とも。なにしに来たの」

「当然、景の顔を見にきたんじゃん」

「足はどう、景」

マリオが口を挟んだ。遊晴が口を開くまで、マリオが少しよそよそしかったことに僕は気づいていた。でも仕方ない、それが普通だと思う。居心地は悪いけど、それが大会前日に怪我で離脱した選手に対する普通の反応だ。

「一応、二、三週間は松葉杖、かな」

深刻に聞こえないように意識して僕は言った。

「相手の足踏んだんだもんね、仕方ないか」

「突っ込んでジャンプしてきた向こうが悪い」

マリオに続いて、遊晴が吐き捨てるように言った。それから、

「で、どうなの」

と声音を変えて続ける。僕は話題が変わったことに安心していた。

「北村とはなんか話したの？」

「え？」

「ほらあいつ、今日試合出ることになって明らかに緊張してるじゃん？　声かけてやった？」

「あーまだ」

首を振って答えながら、どうせ話す気ないのにまだって言っちゃったな、と思った。

外でアップしていた北村の姿を思い出す。みんなそれぞれ、何人かで固まってストレッチしたりランニングしたりと思い思いに動く中、北村は一人きりでボールを抱え、その縫い目でも数えるようにひたすらじっと見つめていた。

本当は怪我をしてポジションを代わってもらった選手として、僕が真っ先に声をかけるべきなんだろう。その圧力、というほどでもないけど、話しかけてあげたらどうなんだよ、みたいな雰囲気は、特に三年生からひしひしと感じた。でも正直なところ僕は、緊張している人間になんて言えばいいのか、よくわからなかった。控え選手の中の、僕と同じポジションの経験がある何人かのうち、唯一の二年生が北村で、だから北村が僕の代わりに出るのはまあ順当だし、緊張せず練習どおりやればいいだけなのに、と思ってしまう。

「話しかけづらいでしょ、逆に」

マリオが言った。遊晴は、たしかにね、と案外素直に頷いて、

「俺もさっき北村にさ、『まあ気楽に、練習どおり行こうぜ』とか言ったけど、俺があいつの立場だったら『うるせえ黙れ、簡単に言うな』って思うよ絶対」

「でも北村、試合中は割と動けてたね」

僕に同意を求めるようにマリオは言う。ついさっきの照星との試合を思い出し、動けてたっていうのは活躍してたとは意味が違うよなと思いながら、そうだね、と返した。

「先週のサーブがあったから、俺ちょっと心配してたんだけど」

「ああ、あの八秒ぎりぎりまで固まったやつか」

遊晴も頷《うなず》く。「ベンチ帰ってくとき、バレーなんか地獄の競技、みたいな顔してた」

僕はとっさに、あいつ、と言いかけた。でも続く言葉は飲み込んだ。遊晴もマリオもこれから大事な試合なのに、北村が部活を辞めようとしている話なんか打ち明けて水を差すのは悪いと思った。それになんというか、北村がまだ隠したがっていることを二人に話してしまうのは、まるで僕が北村と競い合っていて、それで退部の話を切り札に出し抜こうとしているようで、嫌だった。

「そう考えると、今日の北村は普通だね」

「あいつの立場で、試合で、それも春高予選で普通のことができるのはすげえよ」

遊晴がそう言って、会話は途切れる。遊晴もマリオもめずらしく口数が少なかった。

ふと遊晴の、柵の上に置かれた手の動きが気になった。指の先端をそれぞれ順にもう一方の手で揉んで、右手が終わると今度は左手の指をほぐし始める。左の指が終わればまた右に戻る。手は忙しなく動いていた。

視線に気づいたらしく、遊晴は動きを止めた。

「おい、勝手に見るな。金取るぞ」

「ああ、ごめん」

「まともに謝んないでよ」

遊晴は困ったように笑って、息を吐いた。「俺、ただ緊張してるだけなんだから」

「ここに来たのもさ、遊晴が落ち着かない、散歩しようぜって言うからなんだよ」

マリオが横から言った。遊晴は、いいだろ別に、と子どものように口を尖らせる。

遊晴は中学時代に一度、全国大会を経験している。それもその中学のエースだったから、尾久遊晴の名前は県内では有名で、だから明鹿高校に進んだらしいという噂を聞いたときは嘘だと思ったし、入学式でその姿を見つけたときでさえ嘘としか思えなかった。もっと高いレベルの高校に進むはずの選手だと思っていた。すぐに遊晴はその持ち前の無邪気さとか人懐っこさとかで部に溶け込んだけど、でも技術はやっぱり頭ひとつ抜けていて、気づいたら明鹿のエースになっていた。

その遊晴が、試合前に緊張してるとか落ち着かないとか言うのは、どうにも似合わなくて僕は戸惑ってしまう。「めずらしいね」と返した。

遊晴は柵を摑んだまま背筋を反らし、天井を見上げた。

「……今日だけ。今日だけだよ」

隣のマリオもゆっくり頷いた。僕は口を開いて、でもなにも言えずやっぱり閉じる。

頑張れよ、とか、応援してる、とか、たぶん二人にそういうことを言いたかったんだと思うけど、どういうわけか言葉にはならなかった。

よく知らない高校の試合が眼下のコートで進行していく。同じスピードで一日も流れていく。

いつの間にか別の高校の試合になり、マリオと遊晴はギャラリーから消え、知った顔がコートでアップを始めて、明鹿と稲村東の試合が始まり、終わって、夕方になった。

　オレンジ色の空の下で、レギュラーメンバーはじっと動かなかった。三年生はぽつぽつと小声でなにか話している。僕の位置からは柿間さんの顔だけよく見えた。目は真っ赤になっていた。遊晴はしゃがみ込んで顔を上げない。そのそばにマリオが立っていた。

　僕は、なるべくみんなの視界に入らないように離れたところで松葉杖を握っていた。コートの中にいたら、さすがに感じ方は違っていたかなと思う。負けて、呆然として、少し泣いたりもするだろうか。

「あっけないいな」

　視界の外から声が飛んできた。振り返った僕は、ぎょっとする。

「顔、どうしたんだよ」

　梅太郎の顔はびしょびしょに濡れていた。

「顔洗ってすっきりさせてきた」

　目の周りも腫れている。「二年の俺が泣くわけにはいかねえから」

「拭《ふ》いた方がいいよ」

　梅太郎は素直に頷くとユニフォームを持ち上げて、顔を擦る。紺色のユニフォームが濡れて黒っぽくなっていく。鼻水を、ずる、と啜《すす》り上げた。

「悪いな、景」

「え?」

「勝てなかった」

「それは」

「めちゃくちゃ悔しい」

「うん」

「来年は勝つ」

「うん」

「稲村東に次は負けねえ」

「うん」


梅太郎はそれ以上なにも言わず、他のメンバーが固まっている方にゆっくり近づいていった。広いのに弱々しく見えるその背中を見送りながら、僕の「うん」はどう聞こえただろうと思った。それから首を回して、北村を探した。


北村は体育館の陰にあるベンチに座っていた。足を投げ出して、ぼうっと遠くを見ながら、差し入れのウイダーインゼリーを飲んでいた。松葉杖を突いて、僕は近づく。なんで試合後にエネルギー補給してるんだよ、と言う代わりに、

「みんなの方、行かないの?」

と声をかけた。

北村はゆったり首を持ち上げ、

「俺が向こうにいるのは、違うでしょ」

と小さく笑った。

「別に違くないだろ。試合に出てたんだし」

「そうだけど」

北村は足元に視線を落とす。「でも俺は、みんなと同じようには泣けないから」

ウイダーインゼリーのパックをぎゅっと握り潰す。

北村は、捨ててくる、と言って立ち上がってから、なにか思い出したように僕を振り返った。

「いつなんだっけ、景が復帰できるの」

「……まだわかんないけど、でも一カ月はかかる」

「じゃああと一カ月は、俺は部活辞められないわけか」

北村は僕の松葉杖をじっと見つめ、静かに言った。

「一カ月なんかあっという間だろ」

両手に握った松葉杖の感触を強く意識しながら返す。北村は二、三度かすかに頷いた。

「……今日一日は、あっという間だった」

それに関しては僕も北村とまったく同じ思いだった。

2

四限の体育が終わって教室に帰る途中、購買の前で「鶏マヨ丼買ってくる」と浦井が言った。

「宮下もなんかいる?」

じゃあピルクルと答えると、そうかカルシウム摂取しないといけないもんな、と勝手に納得して、骨じゃなくて靱帯だからと僕が訂正する前に、浦井は人だかりの中に消えていった。僕は仕方なく松葉杖を抱えて廊下の端で待つ。早く教室に戻って弁当を食べたい。

制服姿の生徒たちの間にちらちら覗くジャージの浦井をなにげなく目で追いかけていたら、購買の中に柿間さんがいることに気がついた。柿間さんは何人かで話しながら廊下に出てくる。からあげ弁当とおにぎり二つとプロテイン飲料を手にしていた。昨日引退したのにまるで現役部員のような昼ご飯だと思ってから、僕は反射的に顔を背けてしまった。先輩だから本当は挨拶しないといけないし、それに柿間さんは三年生の中でも一番接しやすい人だったけど、思わず身体ごと壁の方に向けてしまった。

気づかれないように壁の掲示を読んでいるふりをして、耳は去っていく声に集中する。松葉杖なんて目立つ格好してるんだから顔を背けたって意味ないかも。そう気づいたときには、もう柿間さんの声は聞こえなくなっていた。妙な脱力感が身体中に満ちていく。

購買の方に向き直るのは面倒で、というのも松葉杖だと回れ右をするのが難しく、性能の悪いロボットみたいによちよち細かく足踏みして方向転換しないといけないから、僕はそのままぼんやり掲示物を眺めた。

いままで気にしたことなかったけど、購買前の掲示板は大量の貼り紙で埋まっていた。地域のイベントや美術館の特別展の紹介、音楽系部活のコンサートの案内、運動部の部員を募集するポスター、それらが特に分類されることなく貼られていた。

バレーボールが描かれたポスターも見つけた。ボールのそばには棒人間が描かれ、「男子バレー部部員募集中！」という文句が添えられている。棒人間は異様に長い手足をぶらんと投げ出すような格好をしていて、顔はなぜかバレーボールの模様になっていた。五秒くらい見つめてから、ようやくスパイクを打つ瞬間の絵だとわかった。

部員募集のポスターを作るなんて話、入部してから一度も聞いたことがないから、きっと何年も前に作られたものなんだろう。こんなポスターじゃ人は集まらないだろ、と呆れて笑いそうになった。

掲示物を眺めるのにも飽きて、浦井はまだかな、とよちよち振り返る。

その拍子に、ちょうど購買から出てきた女子と目が合った。

目が合ったのは二秒くらいだった。最初の一秒はなんでもなかった。たまたま視線がかち合ってしまったというだけのよくある出来事で、少し気まずい程度だった。

でも後半の一秒ではっとした。その女子も「あ」と小さく漏らす。その拍子に身体が跳《は》ね、スカートのポケットからはみ出ていたブリックパックの飲み物が床に落ちた。赤とクリーム色のパッケージが無惨に凹む。落としたのは、なんの偶然か、ピルクルだった。

しかし彼女は、落としたピルクルに目もやらず、口を半開きにして、僕の顔と松葉杖を交互に見比べる。

「あの、落としたけど」

気づいていないのかと思って声をかける。続けて僕は「え」と漏らしそうになった。

声をかけた瞬間、彼女は明らかに僕から離れる方角に足を一歩出していた。

「真島さん」

思わず、名前が口をついて出る。

真島綾は左足を元に戻した。しまったという顔と怯えたような顔、どちらとも取れる表情を浮かべていた。

「……あーっと、逃げてはないです」

声は意外とはっきりしていて、騒がしい購買前の廊下でも紛れることなく僕の耳に届く。

「というか、どうして私の名前」

「えっと、去年隣のクラスだった」

とはいえ、ずっと名前を覚えていたわけじゃない。「チラシでも名前見たし」

「チラシ?」

「明鹿祭の」

納得したように、ああ、と言って、彼女は僕の背後に視線を投げた。つられて振り返ると、その視線は掲示板の端、目線の高さあたりにぽっかり空いたスペースに注がれていた。ついこの間まで、明鹿祭のポスターが貼られていた場所なんだろうと気がつく。

いまさら思い出したように真島は屈んで、ピルクルを拾った。肩に届くくらいの長さの髪が揺れる。肌の白さを際立たせる真っ黒な髪だ。いや肌が白いせいで髪がより黒っぽく見えるのかもしれない。ちょっと不健康にも見えるほどだったが、はっきりした眉と大きな目と、それと膝丈のスカートのポケットから覗く購買のメンチカツパンが、その不健康っぽさを打ち消していた。

昼休みなのに彼女はリュックを背負っていた。リュックには、白いぬいぐるみのストラップがついている。

「先週の金曜の夜」

僕は綱渡りでもするような、頼りない気分で会話を続けた。

拾い上げたピルクルをメンチカツパンとは反対側のポケットに滑らせて、真島は首を傾げる。

「なんのことだろ」

「鹿坂で会った」

彼女のリュックもそのストラップも、あの夜、学校のフェンスから鹿坂の濡れたアスファルトに落ちてきたものだ。

数秒間首を傾けたまま、その角度を変えずに真島は固まる。口をもぞもぞと動かしたかと思うと、やがて諦めたように、「そりゃあ覚えてるか」と言った。

「そりゃあ、忘れないよ」

「だよね、そうだよね」

真島は頷くと、僕の身体を足から頭まで無遠慮に眺めた。「あのさ、ものすごく聞きづらいんだけど」

「うん」

「でも聞くけど」

彼女の人差し指が持ち上げられる。その指は僕の松葉杖に向けられた。

「……その怪我ってまじ?」

「まじ?」

「さすがにコスプレとかじゃない、よね?」

「もちろん本物だけど」

「包帯もつけてるしね」

「サンダルだし」

「……まさかだけどさ、あの夜?」

そこでようやく、真島の慌てぶりが理解できた。

「あの坂で転んだときの、怪我?」

と、真島は続けた。「大丈夫って言ってた気がしたんだけど」

真島は深刻な目で僕の足のギプスを見下ろしている。僕はあの夜のやりとりを思い出してみる。たしか僕は「転びかけました」とだけ言った。そうしたら「すみません」と返ってきた。その声は夜に学校から抜け出す、いや抜け出していたのかこっそり侵入していたのかわからないけど、とにかく夜の学校のフェンスを乗り越えようとしていた奴のものとは思えないほど弱々しかった。

「大丈夫、とは言わなかったと思う」

「……ええ、そうだっけ」

「うん、言ってない。でも」

包帯に巻かれた右足をゆらゆら振ってみせた。「あの夜じゃない。こうなったのは試合で怪我したから」

金曜の夜、真島に驚いて転んで足を痛めたのも事実だったが、真島のせいだとは思っていなかったのでそれは言わないでおいた。

彼女はほっとしたように息を吐き出す。

「そっか、ならよかった」

そう言ってから、でもなにか引っかかる、というような顔をした。同年代の女子の、ころころ変わっていく表情には慣れていたから、僕は黙って続きを待った。

「……よかった、は違うか」

やがて真島はぽつりと言った。「実際怪我してるんだもんね。えっと」

「宮下」

「宮下くんは怪我をしたわけだから、よかった、は違う。失礼だね。ごめん」

「いや、別にいいけど」

「そっか。じゃあ、お大事に」

「綾！　いま来たの？」

気にした割にあっさり立ち去ろうとした真島は、突然の声に動きを止めた。

声の主は、小走りで真島のもとに駆け寄ってくる。僕のクラスメイトの長谷部《はせべ》という女子だった。

「うん。また寝坊しちゃって」

と、真島は長谷部に答える。

「嘘でしょ、お昼まで？」

「でも来ただけ偉いでしょ」

「自分で言わないで」

完全に蚊帳《かや》の外に置かれた僕はその場を離れるタイミングを求めて、購買を見やった。十分ほど前の喧騒は消えてすっかり閑散としていて、浦井の姿がないことは一目瞭然だった。舌打ちしたくなる。いかにも、あいつのやりそうなことだ。

長谷部は僕をちらっと見てから、真島に、

「あれ、宮下と喋ってたの？」

と訊いた。「あんたたち、知り合い？」

その無愛想な質問は僕に向けられたものらしかったが、真島が先に、

「いま、知り合いになった」

と答え、そうだよね、とばかりに僕を見るから、流されるまま頷く。へえ、と返す長谷部は全然興味なさそうだった。長谷部とはクラスメイトだったが別に仲が良いわけではなく、男子より足が速いタイプの小学生女子をそのまま身長だけ伸ばして高校生にしたような奴、という印象があるだけだ。

長谷部は真島に向き直って「それで、お昼は食べたの？」と訊き、そのまま二人は話しながら廊下を歩き去っていく。僕は呆気に取られて、真島のリュックの白いぬいぐるみが一歩ごとに揺れるのをただ見送った。クジラかアザラシのような胴体で、でも頭に黄色っぽい角が生えていて、なんだっけあの動物、見たことはあるんだけど、と考えてみたけど、ぴんとこなかった。

それにしても、長谷部と真島が仲良いなんて初めて知った。そもそも僕は真島綾について、文化祭のポスターを描いたということ以外、なにも知らない。

松葉杖を操って、僕も教室に戻る。長谷部は真島についていったのか教室にいなかった。浦井は自分の席で鶏マヨ丼をかきこんでいた。その後ろ、僕の机の上にはピルクルがぽつんと置かれていた。

浦井は僕に気がつくと、楽しげににっこりと笑った。

「宮下が女子と話していたんだ、邪魔するわけにはいかないでしょ。先に帰ってきたよ」

「最低だ」

「えーそりゃないよ。話してたの、真島綾だろ？　B組の」

「お前、どんな人か知ってる？」

「舐めるなよ、この俺を」

得意げにした浦井は口元のマヨネーズを拭ってから、続ける。

「美術部で、今年の明鹿祭のポスターを描いた。実行委員が直接真島さんに頼んだって聞いたな。で、うちのクラスの長谷部さんと仲が良い」

僕は大袈裟にため息をついて、首を振ってみせる。

「ごめん浦井。だいたい、知ってる内容だった」

浦井は、いたく自尊心を傷つけられた、というように顔を歪《ゆが》めて、

「じゃあ他に、他になんかない？　俺に聞きたいこと。絶対答えてやる」

と身を乗り出してくる。

僕はちょっと考えてから、

「クジラみたいで、でもアザラシみたいで、でも頭に角が生えた動物ってなんだ？」

と言ってみた。浦井は苛立たしげに舌打ちする。

「なぞなぞを出してほしかったわけじゃない」

3

体育館の床を伝って、ボールの衝撃が淡く伝わってくる。コートではパス練習が行われていて、あい、とも、えい、とも、おい、ともつかない掛け声が飛び交っていた。

僕は練習の邪魔にならないよう壁際に陣取って、仰向けの姿勢で寝転がった。

床は案外冷たくなかったけど、空気はぴんと冷えていて、こうしてじっとしているとどんどん体温が奪われていく気がする。大会が終わるタイミングを見計らったように、季節は移り変わっていた。机の中に入れっぱなしにしている昼寝の枕用のマフラーも、そろそろ本来の使い方をするころかもしれない。

寝転がった状態から、脚を上げ、膝を直角に曲げる。背筋を伸ばして椅子に座っている人を、その姿勢のまま固めて、仰向けで床に寝かせたような形だ。ふうと息を吐きながら、上半身を丸めると、腹部の筋肉が固く引き締まった。身体を伸ばすと、今度は鈍い刺激がへそのあたりを中心に、全身に広がっていく。

十回を三セット終えて、起き上がる。まだパスは続いていた。時刻は十五時半を回ったところで、練習は始まったばかりだ。

「おっけい！　ナイスパス」

遊晴は誰よりも大きな声を出して、楽しそうに動いている。三年生が引退して、減ったのは三人だけだけど、それでも少し寂しくなったバレー部を一番盛り上げていた。昨日のミーティングで、遊晴は新チームの副将に決まった。

主将になったのは、塩野透《しおのとおる》だ。

塩野はセッターだが、春高予選までは正セッターは三年生が務めていたから、北村と同じようにずっとベンチだった。でも昨日、

「三年と話して決めた。主将は塩野に任せたい」

と杉内先生が言ったとき、誰も反対しなかった。というかたぶん全員、塩野が主将になると予想していた。帰り道、梅太郎も「真面目だし、周りよく見えてるし、塩野以外いないだろ」と言っていた。

「行き届かない部分もあるとは思う。そのときはサポートしてほしい。全員で強くなろう。よろしく」

塩野のその言葉で新チームは始動した。

その塩野が指示を出し、部員たちは次のメニューに移っていく。

三年生がいなくなって、一、二年だけのチームになったから、まだなんとなく、体育館の空気はふわふわと、定まっていない感じがした。それに大事な試合を終えた解放感もあった。練習中に遊晴やマリオが冗談を言えてしまうような雰囲気だ。釣られたように、一年生が笑う。塩野が緩みすぎないようにまとめて、練習を進めていく。

隅っこにいる僕だけが、新しい空気の外側にいた。

練習が終わるまでは、あと三時間。どれだけじっくりやったところで、自分で設定したトレーニングメニューはあと三十分以内に終わる。

筋トレの中でも、ウエイトトレーニングは好きじゃなかった。ベンチに寝て、ふん、と力み、顔に血管を浮き上がらせながら、重りを取り付けたバーを持ち上げる。梅太郎なんかはよくやっているが、僕はあんまり惹かれなかった。

でも、いまやっているような自重《じじゅう》トレーニングは、まあ悪くないと思う。筋肉が盛り上がるというより締まっていく感覚があって、トレーニングによって身体が頑丈になっていく気がする。

とはいえ、暇さえあれば好んでやるというほど好きではなかった。こうして体育館の隅でトレーニングをしているのは、それ以外にすることも、できることもないからだった。

また一つメニューをこなし、膝立ちになって休憩する。近くに落ちていたボールを手に取ってもてあそびながら、コートを眺めた。サーブレシーブの練習で、新しくレギュラーメンバーに加わった一年生に遊晴が丁寧にアドバイスしていた。その一年と交代して、今度は北村がコートに立つ。日曜日の試合中の姿と重なった。ボールが打ち出される。中腰の姿勢で構えていた北村は案外俊敏に動いて、飛んできたボールの正面に入った。手を組み合わせて、腕を出す。しかし、そのまま打球をコートの外に弾いてしまった。

「おいおい、ミスるボールじゃないだろ」

それを見ていた梅太郎が言った。

「ミスった。ごめん」

「もっと腰落として構えて。ボールを下から見て。そうそう」

次のサーブは、北村の正面に飛んでくる。ボールの弾道に合わせるように腕を出した。しかしレシーブしたボールは、ネットを越えて、向こう側のコートに落ちる。あーあ、と梅太郎が残念そうな声を漏らした。

僕はコートから目を逸《そ》らし、手に持っていたボールを頭上に投げて何度かオーバーパスをしてみた。ボールを捉えるときの指の腹の感覚はまだ消えていない。ボールは吸い付くように手に収まって、磁石が反発するように滑らかにまた宙に飛ぶ。

そのとき突然、

「宮下くん」

と囁《ささや》くような声で呼ばれた。驚いて、ボールを取り落としそうになる。オーバーパスをやめて振り返って、僕は、え、と戸惑った。

体育館の戸口のところで半身を覗かせていたのは、真島綾だった。

「ごめん。いま、大丈夫?」

「……なに、どうしたん、ですか」

「時間あったら、いまちょっと話せない?」

真島は、外出てこれる? というように廊下の方に指を向けた。命令口調ではなかったけど、真島の大きな目には有無を言わせない切実さがあった。

コートの部員は全員目の前の練習に集中している。誰も隅にいる僕のことを気にしていないだろう。ふいに悪戯《いたずら》する前みたいな感覚がゆらりと生じた。

「まあ、ちょっとなら」

右足首に体重をかけないよう注意して、立ち上がる。ありがとう、と言って、真島は廊下に姿を消した。僕は松葉杖を脇に挟むと真島のあとを追って、こっそり体育館のフロアを抜け出した。

真島は怪我している僕を気遣うことなく、体育館棟の暗い廊下をどんどん先に歩いていく。だから昇降口にたどり着くまで、なんの用なの、と聞くタイミングはなくて、やっと訊《き》けたのは、真島が昇降口の近くのベンチに座って、僕もその隣に一人分の間隔を空けて、腰を下ろしてからだった。

「どうしたの」

「ちょっと待ってね」

しかし真島はそう答えた。なにやら考え込んでいる様子で、僕はどうすればいいのかわからない。

六限の授業が終わってから、もう一時間近く経っていた。いま学校に残っているほとんどの生徒は部活中だろう。そんな中途半端な時間帯だから、体育館棟の昇降口には僕と真島以外誰もいなかった。人が来る気配もない。下駄箱の上の時計がかちこち音を立て、冷水機が低いうなりを上げている。ボールが弾む響きが、扉の向こうからくぐもって聞こえてきた。体育館の中よりずっと寒く、僕はポケットに手を突っ込んで背を丸めた。

放課後のまだ明るい時間帯に、体育館の外にいる。それだけのことでそわそわしてくる。だからなかなか用件を切り出さない真島を急《せ》かして、早く体育館に戻ろうなんて思いもしなかった。寒いけどもうちょっとここにいてもいいかな、と思っていた。

帰り際だったのか、真島はリュックを背負っていた。白いぬいぐるみのストラップが付いたリュックだ。ストラップは長年付けているものらしく、近くで見ると真っ白というわけじゃなかったし、紐も擦れて細くなっていた。で、ぬいぐるみの動物の名前はやっぱり出てこなかった。クジラとアザラシの中間みたいな身体に、一本の角。

「なんだっけそれ」

「……え?」

俯いていた真島は、驚いたように顔を上げた。

「あーっと、その、ストラップの動物の名前。全然思い出せなくて」

「ああ、これ」

真島はリュックを腹側に回した。「イッカクですね」

僕は思わず手を叩く。

「そうだ。イッカクだ。そのままだ」

「そう、一つの角で、イッカク。その安直なネーミングが好きで。でも、これって本当は角じゃなくて、歯が伸びたものらしいね」

「へえ」

「で、使い道は実はよくわかってない」

真島はリュックを身体から外して、脇に置いた。「まあ、そんなことはどうでもよくてさ。ごめんね、私から呼んだのに。言葉がまとまらなくて」

「なんの用だっけ？」

僕はまた訊いた。真島は意を決したように咳払いしてから、

「宮下くん、体育館にいるとは思わなかった」

「え？」

「いや私ダメもとで覗《のぞ》いたから、びっくりした。怪我してても、練習に出るんだね。休んでるんだと思ってた。バレーできないんでしょ？」

まあ、と返しながら、僕は新鮮な驚きを覚えていた。練習を休む選択肢なんて、思いつきもしなかった。怪我していても、練習に行くのは当たり前だ。でもその当たり前が真島には意外に思えるんだろう。たしかに実際、こうしてすんなり抜け出してこられるんだから、怪我している僕が部活に出ていても出ていなくても、大した問題じゃないのかもしれない。真島の言うとおり、バレーはできないわけで。

彼女は隣に座る僕を横目で窺《うかが》う。

「でね、用っていうのは、その怪我の話なんだけど」

たしかに僕と真島綾の共通の話題はこの怪我だけだった。でも、なんの用だろう。おととい

の昼、購買の前で「じゃあお大事に」と言われて、それで話は終わったと思っていた。

「結構重い怪我だって聞いた」

「別にそうでもないよ。骨はやってないし」

「……私、罪を滅ぼしたいって思ってる」

「え?」

言葉の意味がまったくわからなかった。とっさに連想したのは人間に強い恨みを持つ魔族の王で、人類を滅ぼしたい。一人残らず滅ぼさなければならない。そんな感じの台詞を真島が口にしたのかと思った。

「私になにかできることがあったら、言ってほしい」

「……罪滅ぼしってこと?」

「そう」

真島は僕の目を見つめて、あっさり頷いた。僕は目を逸らし、頭を整理しようとする。

おとといの昼、真島は僕の姿を見てまず逃げ出そうとした。そのあと、僕の怪我が自分のせいかどうかしきりに気にしていた。「お大事に」という最後の言葉も取ってつけたような響きがあった。それなのに、どうしていまになって「罪を滅ぼしたい」なんて言い出すんだろう。

「別に、しなくて大丈夫」

僕は言った。「この怪我は真島さんのせいじゃなくて、僕がただ滑って転んだだけだから」

そう改めて説明もする。たしかに僕は学校のフェンスを乗り越えていた真島に驚いて転んだわけだけど、でも転んだのは後ろを振り返りながら漕いでいたせいで、僕の不注意だ。僕のダサいミスだ。それに歩けないほどの怪我を負ったのは、翌日の試合中のことなのだ。

そっか、と真島は言った。いや本当にごめん、私のせいでしょ、なんて言われたらめんどくさいなと思っていたが、彼女がそれ以上なにも言い足すことはなかった。むしろ拍子抜けするくらいあっさり引き下がって、言うべきことは言った、これで終わり、みたいな雰囲気が彼女にはあって、それは僕がうっすら持つ、真島綾のイメージを裏切らないものではあったけど、じゃあ罪を滅ぼしたいっていう最初の一言はなんだったんだよ、とますます困惑した。

「それじゃ、練習の邪魔してごめんね」

真島は立ち上がると、下駄箱に歩いていった。その足取りにも迷いはなかった。

壁の時計が目に入る。体育館を抜け出してきてから、まだ五分くらいしか経っていない。彼女が体育館棟から出て行ったら、僕はまたコート脇に戻る。練習が終わる十八時半まで、隅で腹筋したり背筋したりするだけだ。

そんな日々が、明日も明後日も続いていくんだろう。

「真島さん」

僕はローファーに手を伸ばすセーラー服の背中に声をかけた。振り返った真島は、気のせいじゃなければちょっと疲れたような目をしていた。

「真島さんのできることって、なに？」

「え？」

「ほら、私になにかできることがあったら、ってさっき」

彼女は思案げに視線を上に向けた。それから照れたように笑みを浮かべた。

「たしかに私にできること、考えてみればあんまりないかも。成績悪いし、運動も好きじゃないし」

「遅刻するし？」

「今日はちゃんと一限から来たけどね」

「絵、描けるんだよね？」

真島の表情は、虚をつかれたように固まった。

そのとき浮かんでいたのは、文化祭のポスターに描かれた鹿のペガサスの絵だった。翼を広げ、足の筋肉を盛り上げ、いままさに地面を蹴って飛び立とうとしているペガサス。

それともう一つ。購買前の掲示板で見た、ひどい出来の棒人間のポスターも僕の頭に浮かんでいた。

「バレー部のポスター、描いてくれない？」

4

自分勝手だったかもしれない、とあとになって思った。自分勝手だったに違いない、とも思った。なにを言ってるんだ僕は、と後悔したし、恥ずかしくもなった。真島はバレー部となにも関係がないわけで、絵が描けるからといって部員募集のポスターを描くのは変な話だ。でも衝動的に言ってしまった。

　昇降口で僕の希望を聞いた真島は、

「ポスター」

と、英語の授業で先生の発音を反復する生徒みたいにつぶやいた。

「……つまり、ポスターの絵ってこと？」

「うん。文字の部分はこっちでできると思うから」

「どんな絵？」

「バレーの絵、かな。バレーしてる選手の絵」

　変なことを頼んでいるという自覚はこの時点であった。それにバレー部のポスターは、誰も気にしていないだろうけど、一応部全体の問題だ。僕の独断で真島に頼んでしまっていいのか、という不安も次第に湧いてきた。

　やっぱりやめようか。そう思ったとき、

「わかった。やってみる」

と、真島は言った。

「え、まじ」

「たしかに私、絵を描くのは結構、得意かも」

　そう言って彼女は、どこか挑戦的な笑顔を向けてきた。

真島から改めて連絡がきたのはその三日後、土曜の夜だった。

その夜まで、僕は真島と話さなかった。廊下や通学路で見かけることは何度かあったけど、ポスター作成は別に期限があるわけじゃないから進捗を聞くのも変だよなと思って、わざわざ声はかけなかった。それにいつ見かけても、真島は心ここに在らずというような表情でなにか考え込んでいる様子だったから、話しかけづらかった。

主将の塩野には、ポスターの件を一応話した。詳細はかいつまんで、文化祭のポスターを描いた人が描いてくれるということだけ伝えたら、いいんじゃないか、と塩野はあっさり言った。あっさり、というか、むしろ興味ない様子だった。

それと真島に関することで言えば、ある日の休み時間、浦井が身を乗り出してきて、

「SNSを動かしてない相手だと、俺は無力だよ」

と言ってきたことがあった。

「はい？　なんの話？」

「真島綾だよ。彼女、SNSに興味ないんだろうな。インスタはやってるけど、フォローもフォロワーも少ないし、投稿もゼロ。プロフィール画像はどっかの海沿いの景色。ただアカウント作っただけなんだな、たぶん。これじゃ、さすがの俺でもなんにもわからない」

「なに、真島さんのこと調べてんの？」

「どんな人なのか聞いてきたのは、宮下の方だろ」

「いやあれは、ただ浦井がなんか知ってるかなと思っただけで」

「そもそもなんでお前は真島と仲良くなったんだっけ？」

「別に仲良くなったわけじゃない」

ちゃんとそう断ってから、一連の流れを浦井に話した。隠すようなことはなかったし、へたに誤魔化すと、妙な誤解をされるおそれがあるから、先週の金曜の夜、真島が学校のフェンスを乗り越えている姿を見た話から、それを見て僕が転んだこと、そして罪滅ぼししたいと急に言われたことまで全部話した。転んで足を捻った、と言ったとき、浦井は僕の松葉杖と添え木を見た。

「変な話。変な話だし、変な人だね」

話を聞き終えた浦井はそう言った。自分のことを棚に上げるな、と思う。

「とにかく、僕は調べてほしいと思って言ったわけじゃ」

「まあまあ。そう言うなって」

浦井は遮って、僕の肩を叩いた。その顔はにやにやと軽薄そうに歪んでいる。「要するに君は、彼女のこと、気になってるんだね？」

結局こいつなにか勘違いしてる、と気づいて、脳内でアラートが鳴った。こいつを勘違いさせたままでいるのは危険だ。お節介から、なにをしでかすかわからない。

「そういうことじゃない」

僕はきっぱり否定した。

「いや、本当のことを言っていいんだ。別に変な意味じゃなくてさ、どんな人なのかは気になってるんだろ？　たしかに興味深い人だと俺だって思う」

「まあちょっとは」

「ほら」

「ほらじゃないって」

「真島のこと、なにかわかったら教えてあげるよ」

浦井は嬉しそうに僕の胸を小突いた。「時間ならありあまってるんだ、俺」

まんまと誘導尋問に引っかけられた僕は舌打ちするしかなかった。

あとは変わらず、日中は授業を受け、放課後は体育館の端でトレーニングして、毎日は過ぎていった。その間の変化は、松葉杖の扱いが上手くなったことくらいで、もうすっかり慣れた。自分の身体を思いどおりに操るのは、真島ふうに言えば、昔から結構得意だった。

だから土曜の夜、真島から突然ラインがきたとき、僕はかなり驚いた。そもそも、連絡先すら教えていなかったのだ。

——真島綾です。聞きたいことがあって連絡しました
絵文字もなにもなく、まずそれだけ、ぽんと送られてきた。

——連絡先は長谷部から教えてもらいました
続く文章で、納得する。長谷部ならクラスのグループラインから僕のアカウントを知ることができる。

すると、ちょうど同じタイミングで今度は長谷部から、

——綾に連絡先教えるね。よろしく
と、ラインが届いた。長谷部に「了解」と返して、真島の方には、
——宮下景です。聞きたいことって？
と、返信した。メッセージはすぐ返ってくる。
——ポスターのことだけど、構図ってなにか指定ある？　いまのバージョンみたいな感じかな
僕はそのメッセージを見て、そっか本当にポスター作ってくれるのか、とちょっと感動に近いものを覚えた。
いまのバージョンというと、あの購買前に貼ってあった棒人間のポスターだろう。あれを見たのか。僕が描いたわけじゃないけど少し恥ずかしく思いながら、
——なんでも描きやすいので大丈夫
——あと、もう一つ聞きたいことがあるんだけど
——うん
——私、全然バレーボールわかんないんだよね。テレビでやってるのもあんまり見たことないし。だから、なにか参考になる動画とか写真があれば見たい
——僕たちの？
——うん。なければ、ネットで適当なやつ探してみようかなと思ってるけど、でもうちの高校のユニフォームとかも見たいから、できれば

僕は少し考えてから、

――つい最近の試合の動画がある。ちょっと待ってて
と返した。ラインを閉じて、ユーチューブのアプリを開いた。アカウントを自分のものからバレー部に切り替える。

表示された画面に明鹿の試合の動画がずらっと並ぶ。検索して出てくる公開動画ではなく、アカウントにログインした人やリンクをもらった人だけが見られる、限定公開の動画だ。自分や相手のプレイをあとで分析できるよう試合のたびにビデオを撮影し、アップロードしている。

僕は一覧の中から最近のものを選んで、そのリンクを真島に送信した。

――先週の日曜の大会の動画。春高予選っていう全国大会の予選なんだけど、その準々決勝。負けた試合だけど、これ見てみて
――ありがとう
それからしばらく、真島からの連絡は途絶えた。

僕は携帯を摑んだまま、自室のベッドに寝転がる。怪我する前だったら練習があった日の夜なんてすぐ眠くなるが、今夜はまだ目が冴えていた。真島に送った動画と同じものを開き、再生ボタンを押した。

春高予選準々決勝。稲村東高校との試合。

動画自体はあまり長くない。二セットで決着した試合だから一時間もなかった。

最初のサーブが打ち出される直前、メンバー同士が声を掛け合い、ポジションに散っていく

ところから動画は始まる。コートが縦に収まるようにギャラリーから見下ろす画角で撮られていて、明鹿の紺のユニフォームが手前、稲村東の真っ赤なユニフォームが奥だった。反対側のギャラリーには稲村東の真っ赤な横断幕が張られ、学校名の入った幟《のぼり》も立っている。その間に、揃いの赤いシャツを着たベンチ外の選手と保護者たちが並んでいた。メガホンを通した声や太鼓を打ち付ける音が携帯のスピーカーから発せられる。ほとんどが稲村東の応援のものだった。激しく脈を打つ空気の中、明鹿高校は試合に臨んでいた。

もちろん、僕は画面に写っていない。その代わり、コートに本来いないはずの北村の姿がある。その違和感に、あの日僕はコートを見下ろしながら、軽く混乱していた。いまこうして動画を見ていても違和感は拭えない。中学のときからずっと立場は逆だった。

試合が始まる。記憶どおり点を取って、点を取られていく。日曜日はあっという間に終わった気がしたけど、改めて見ると、一つひとつのプレイをちゃんと覚えているもんなんだな、と意外に感じた。

稲村東との試合前、午前中の試合を終えたマリオは、北村は今日よく動けてる、と言っていた。そうかもしれない。こうして改めて動画を見ると、北村はチームに溶け込んでいた。ときどき見失ってしまうほどだった。でもそれは、馴染んでいるというより、目立たないだけだった。第一セットが中盤まで進んでも、北村はまだほとんどプレイに関わっていない。スパイクも打たないし、サーブのレシーブにも参加しない。他のメンバーの打数が増えたり、いつもより守備範囲を広く取ったりして、北村がなるべくプレイに関わらないですむように対応していた。それが、明鹿がこの状態で稲村東に勝つための最善策だった。

そろそろかな、と思ったところで、ちょうど北村がサーブを打つためにエンドラインに下がる。このサーブのことははっきり覚えていた。

北村は足元でボールをバウンドさせる。主審の笛が鳴って、動き出す。打ち出されたサーブが走っていく。しかしサーブは相手コートに届く前に、ネットに阻まれた。手を上げて謝りながら、北村はコートに戻る。背を向けているから表情はわからなかったし、実際に動画と同じ角度から見下ろしていた僕も、このときの北村の顔は見えなかった。

得点板の稲村東の方に、一点加えられる。

この時点で、十三対十。三点差で明鹿は負けていた。

稲村東のコートに一人、坊主頭の男がいた。修行僧みたいな空気をまとっているその坊主だけ、ひときわ目立っていた。鋭い目をネット越しに飛ばし、チームメイトに指示を出す。その声までは動画には入っていなかったが、体温を感じさせない彼の声音は鮮明に思い出すことができる。

「遊晴」

試合前、僕とマリオと遊晴がギャラリーにいたときだった。

振り返ると、真っ赤なスウェットに身を包んだ長身の坊主が立っていた。胸元に刺繍された学校名を見なくても、その刈り込まれた頭だけでその男が誰なのか瞬時にわかって、僕は思わず息を殺した。マリオもそうだったようで、「うわ、まじか」と僕だけに聞こえるくらいの声で漏らした。

「おう、和泉《いずみ》」

遊晴は中学時代のチームメイトを見上げて言った。和泉隆一郎《りゅういちろう》の目線は僕よりも高い位置にあって、遊晴とは頭一つ分ほど身長差があった。

「さっきの試合、見たぞ」

薄い眉の下で、和泉の目が微かに細まる。まえに、バレー雑誌に載った和泉のインタビュー記事を読んで、なんでこいつインタビュー受けながらキレてんだよ、笑えよ、と梅太郎がぼやいていたことを思い出した。たしかにこうして実際に相対してみても、笑う気配は一切ないし、笑った顔を想像することもできなかった。

「あー、ほんと？」

遊晴はおどけたふうに自分の胸を叩く。「俺のプレイ、参考になったかな」

「お前、今日不調なのか？」

和泉は遊晴の軽口には取り合わず、言った。遊晴は緩めた表情を変えない。僕とマリオはこっそり目を見合わせる。

気づいていたことではあった。たぶん稲村東戦への緊張からだと思うけど、さっきの試合の遊晴はちょっとプレイに消極的なところがあった。でも誰も言わなかった。そもそも気づいていない奴も多かったと思うし、それに気づいた奴もたぶんわざわざ指摘するほどの不調ではないと思っていたのだ。

「んーまあ、さっきの試合はちょっと手抜いてたしねえ」

「頼むぞ」

和泉の一言は重たかった。冗談を言っているのでも、揶揄《からか》っているのでも、わざと煽《あお》っているわけでもなさそうだった。

「俺は、お前たちと試合できるのを楽しみにしていたんだ」

「そりゃあどうも」

「楽しくバレーさせてくれ」

「バレーはいつでも楽しいだろ？」

「失望だけは、させないでほしい」

和泉はそう言い放つと、返事を待たずに背を向けた。

遊晴は口を尖らせ、背筋のまっすぐ伸びた和泉の後ろ姿に中指を立てる。

「あれで下手くそだったら、面白いんだけどなあ」

マリオが残念そうにつぶやいた。下手くそなわけがないことは、うちの県で高校バレーに関わっている人間なら全員知っていた。

中学時代、和泉隆一郎は遊晴とともに全国に出ている。二人が中心となったチームは県内に敵なし、勝てるチームがあったら教えてほしい、くらいの状態だった。

そして現在の和泉隆一郎は、全国レベルの高校の中核を担う、全国レベルのセッターだ。

携帯の画面の中で、遊晴が鋭いスパイクを打った。しかし上げられる。和泉はボールの落下点に素早く動いた。コートの端の方。まるでレシーバーがスパイクに触るずっと前から、そこにボールが落ちてくることを一人だけ知っていたような、迷いのない俊敏な動きだった。

そしてその位置から、正確なトスを送り出す。針の穴を通すような精密さ。稲村東のスパイカーはそのトスを簡単そうに打ち切った。強烈な打球が明鹿のコートに突き刺さって、稲村東のギャラリーが揺れんばかりに沸く。それでも修行僧は口許を緩めもしない。

遊晴が一人だけ周りとは違う重力の中で跳んでいるように見えるなら、和泉はまるで、ボールを自分の身体の一部のように操っているみたいだった。彼らを見ていると、他の選手は全員下手で、窮屈そうにバレーしているように見えてしまう。

そのとき、画面の上部から通知の表示が降ってきた。

真島からのラインだった。試合に集中してしまって、さっきリンクを送ったことを忘れかけていた。「ちょっといい?」とメッセージにはあった。

――絵を描くのには全然関係ないことなんだけど、気になったことがあって
――なに?

僕はすぐに返す。いつも返信は遅い方だが、今日の真島のラインには早く返した方がいいような気がした。

――うちの高校、点取ったり取られたりするたびにコートの真ん中に集まるよね
――うん
――あれって、どんな意味があるの?

キーボードの上空で指が止まる。

ラリーが途切れるたびにコートの中央に集まる。次のラリーが始まるまではわずかな時間しかないから集まるのはほんの一瞬で、なにか作戦を話し合ったりするわけではない。声を掛け合いながら集まって、また離れて、次のプレイに備える。

僕が入部したとき、すでにそれは明鹿バレー部の試合での習慣として定着していた。それにプロや日本代表の試合でもときどき見る光景だったから、改めて理由を考えたことはなくて、真島に言われて初めて、あれ、なんだろう、と悩んでしまった。

——相手の赤いチームは集まるんじゃなくて、点を決めるたびに走り回ってる

と、続けて送られてきた。たしかに真島の言うとおり、稲村東の選手は円陣を組むのではなく、得点すると円を描くようにコートを一周走る。

——バレーってちょっと変なスポーツで

反射的に送ったのはそんな文面だった。自分で書いておいて、意味がよくわからない。

だから直後、真島から、

——そうだよね！　変というか、異質な感じ

と返ってきたとき、置いていかれたような気分になった。その「！」にも唐突感があって、そのとき初めて、画面の向こうの真島綾の存在をちゃんと意識した。で、ちょっと緊張した。女子とこんなに短い間隔でラインを送り合ったのは初めてだ。

——異質？

──例えばほら、誰かのミスがそのままチーム全体の失点に直結するところとか

さっき見た、北村のサーブミスが頭をよぎる。あれは完全に、北村の個人的なミスだ。サーブだから北村以外、誰もそのプレイには関与していないし、カバーすることもできない。だけどバレーというスポーツの性質上、明鹿高校全体の失点になってしまう。相手に一点が入り、点差を広げられてしまう。たしかに異質かもしれない。

「動画見てて思ったけど」と真島のメッセージは続く。

──せっかくそれまで上手くいってても、誰かのミスで台無しになるっていうか。他のスポーツでもそういうことあるんだろうけど、バレーボールは特によく起きるね

そのとおりだった。どんなに他の人がいいプレイをしても、誰かのミスでラリーは終わり、失点する。バレーボールでは、試合中当たり前に起こることだ。稲村東みたいな全国レベルのチームだって例外じゃない。日曜の試合でも稲村東にミスはあった。ただ、その頻度が他のチームより圧倒的に少ないから、多くの試合に勝てるし、強豪と呼ばれるんだろう。

僕は真島からのラインをざっと読み返した。そうすると、無意識に「変なスポーツ」と書いた自分の真意が見えてきたような気がした。

──だからバレーって雰囲気が悪くなりやすくて

と、送る。

──ラリーとラリーの間に集まったり、走り回ったりするのは、そんなふうに雰囲気が悪くならないようにするためなんだと思う

ちょっと迷ってから、正直に、

——僕もいま気づいたけど笑

と、付け足した。真島からは「なるほど笑」と返ってきた。その「笑」に気を許されたような感じがして、僕はさらに正直な思いを打ち込んだ。

——真島さん、すごいね

——すごい？　なにがだろ

——理解が早いというか

なんか上から目線だと思って、付け足す言葉がないか急いで探す。

——僕はそんなこと、考えたこともなかったから

どうしてラリー間に集まるのか、とかなんとなく感覚的に理解していただけだ。ベッドに寝転がったまま天井を見つめる。ふと、なんとなく理解しているだけ、なことが僕には多いような気がした。

手の中の携帯が振動する。

——いろいろ考えちゃうのが、私の癖みたいなもので

続けて、

——ありがとう

そのメッセージで会話は終わった。

スクロールしてやりとりを読み返してみると、ところどころで長文を送っていることに、い

まさらながら気がつく。思えば、相手はまだ実際には二回しか会って話したことのない女子なのだ。それなのに僕はなにを長文で語っているんだ、と恥ずかしくなる。向こうはちょっとした興味で聞いただけだろうに。

ただ、ちょっとした興味なら、僕の方にもあった。聞くならいましかない。別の機会に改めてラインする勇気は出ない気がした。

――そういえばちょっと僕も聞きたいことがあって

続く文章を打っているうちに、既読がついた。それを見て一瞬指を止めたけど、すぐに再開する。「あの夜」と打ち込む。

――真島さんは、どうして学校のフェンスを乗り越えてたの？

ずっと気になっていた。「いろいろ考えちゃうのが、私の癖」なら、あのとき彼女はなにを考えていたんだろう。

トーク画面を開いたまま、しばらく待つ。すっかり夜は更けていて、家の中は静かだった。耳を澄ますとときどき笑い声が聞こえてくる。姉が居間でテレビを見ているんだろう。

結局、一時間くらいは寝ないで待ったと思う。既読がついたまま、真島から返事はなかった。そのせいで僕は、翌日の練習試合を寝不足で迎えることになった。

5

乾いた空気が充満した体育館に、ホイッスルの鋭い音が反響する。エンドラインに並んでいた選手たちは軽く頭を下げ、コートに入っていく。

春高予選での敗戦から一週間後の日曜日。その日は、練習試合が組まれていた。相手はよく試合をする県内のチームで、明鹿と同じように春高予選は先週敗退している。

会場は相手校の体育館だ。設備の整った大きな施設だったが、さすがに暖房は効いていない。今日は一日中、ただ突っ立って試合を見ているだけだからと思って、暖かい格好をしてきたのは正解だったみたいだ。上下とも部のスウェットで、ポケットにはカイロも忍ばせてあった。それでも体育館に残っていた早朝の冷気は、服の繊維の隙間をすり抜けてくる。もうすっかり本格的な冬に入っていた。

練習試合は大会のように二セット先取の試合をするのではなく、一セットごとに十分ほどインターバルを挟みながら戦い続ける。

一セットはたいてい三十分弱なので、午前中は四か五セット、一時間の昼休憩と三十分のアップを挟んでから、午後もだいたい五、六セットあるだろう。壁の時計を見上げながら、そんな目算を立てる。一年のときも、二年になって試合に出始めてからも、ついやってしまう癖のようなものだった。ついやってしまって、それで一日の長さを実感して、後悔するのが常だ。

もう一度、笛が鳴った。梅太郎のサーブから試合が始まる。

無回転のサーブが滑るように相手コートに飛んでいく。レシーブは少し乱れた。トスに繋がる。塩野とマリオが、せーの、と声をかけ、ブロックに飛んだ。スパイクがマリオの手に当たって、大勢の人間が一斉に手を叩いたような破裂音が体育館に響いた。打球の威力は死んで、山なりの軌道になる。ボールは梅太郎のレシーブでセッター塩野の頭上に、ふわりと運ばれた。塩野はトスを遊晴のもとに送る。滑らかにトスが渡る。遊晴が高く飛び上がった。

松葉杖を握る手に力が入った。筋肉が滑り出す感覚を思い出して、身体がぴくっと反応する。

遊晴は、スパイクを相手コートの隅に打ち込んだ。

新チームとしての、華々しい初得点だった。

おお、とコート内外で歓声が上がり、遊晴と塩野がにこやかにハイタッチを交わす。マリオは両手を掲げた。梅太郎が「次も取るぞ」と声を張り、コート内の一年生が「はい」と応じる。

三年生が部を去り空いたポジションは、梅太郎が遊晴と同じポジションに転向したり、一年生が入ったりして埋まった。僕が占めるはずの位置には北村がいて、遊晴の得点に「ナイス」と声をかけたのが、口の動きでわかった。

新たな六人が立つコートを、僕はぼんやり眺める。

「おい、起きてるか」

ベンチに戻ってきたマリオに肩を小突かれて、我に返った。マリオはミドルブロッカーなので、後衛に下がると守備専門のリベロと交代する。柿間さんが務めていたリベロは、いまは一年生だ。

いつの間にか、試合は進んでいた。二点目が決まったとき、あくびを嚙み殺したのは覚えているが、それからずっとぼうっとしていたらしい。

「うん、もちろん。起きてる」

答えながら、昨夜早く寝なかったことを後悔していた。

「ならいいけど」

マリオはそう言うと、声をひそめた。「先生とか梅太郎には目をつけられないようにしなよ。相当怒られるぞ、絶対」

「わかってる、わかってる」

「眠気覚ましに、ほら、たとえば松葉杖の左右を逆にしてみるとか」

「絶対意味ない」

「じゃあ上下逆は？」

「本当に眠くないから」

僕は小声で言い返した。ほんとかなあ、とマリオはにやける。とはいえさすがに試合中なので、それ以上はからかってこなかった。スポーツドリンクを飲みながら、マリオはコートに目を向ける。

相手選手がサーブを打つ。軌道は高く、球威は緩かった。コートの前の方を狙ったサーブで、ネット近くに寄っていた前衛の北村の守備範囲だった。

北村はそのサーブの軌道を予想していなかったんだろう。ベンチからでもわかるくらいぎこちなく身体を動かした。レシーブする、というより、なんとか腕に当てた、って感じだった。上がったボールは、しかしネットを越える。相手の選手がジャンプして、浮いたボールをそのまま打ち込んだ。コートの誰もいない場所にボールが落ちる。この失点で追いつかれ、同点になった。

「景は、緊張することないでしょ？」

唐突にマリオが言った。

「なんだよ、急に」

「いやあさ、北村見てて気になった」

「まあ、バレーじゃあんまり緊張しない」

「へえ、じゃあバレー以外は緊張すんの？」

「そりゃあ。授業で先生に当てられたときとか、英語の発表とか」

「でもバレーは例外」

「まあ。でもマリオもそうでしょ？」

マリオは答えず、ふうんと意味ありげな視線を送ってくる。

「なんだよ」

「景って、遊晴と同じくらい、バレー向いてるって感じがするよね」

二本目のサーブも前を狙ったものだった。また北村の近く。でも一本目より、サーブは少し横に逸れた。隣にいた遊晴が、オーライ、と声を出して処理する。

ぽんとボールは綺麗に上がる。落下点で軽くジャンプした塩野は、ライトにトスを送った。

お、と僕とマリオの声が揃った。

ライトにいるのは、北村だ。北村にトスが上がった。春高予選では一度もなかったことだ。

北村は助走して、跳ぶ。ブロックは二枚。相手ブロックのジャンプの到達点は、どちらも北村より高い。覆いかぶさるように立ち塞がる。腕が回る。

ぼん、と鈍い音が続けて二回した。北村のスパイクは相手のブロックの右手に当たった。当たって、コートの外に飛んでいく。後衛で構えていた選手がなんとか身体を滑り込ませるが、ボールはその前に床に落ちた。おお、と隣でマリオが声を上げた。

「ナイスキー！」

コート内の遊晴が手を叩いた。塩野は拳を握る。梅太郎が「ナイス」と太く叫んだ。

北村はチームメイトを振り返ると、照れくさそうにハイタッチに応じた。

「一本目から決めやがった」

マリオは嬉しそうに、いいぞ、とコートに声を送る。北村がこっちを見た気がして、僕も拍手しながら「ナイススパイク」と言っておく。打ち損じだったけどね、と喉まで出かかったが、マリオもわかっていないはずないし、わざわざ口にすることでもないと思って、

「今日は北村にも打たせるんだ」

と代わりに言った。

「そうそう。杉内先生がそうしなさいって。北村をどんどんプレイに関わらせるようにって言ってた」

「へえ」

「先生はたぶん、北村に自信をつけさせたいんだよ。ある程度の技術はあるのに、動きはいつも固いし、プレイは消極的でしょ？　だから景の怪我の間、一カ月くらいか、その間たくさん試合に出して、自信をつけさせて、そういう弱気な部分を改善させる」

杉内先生はコート脇のパイプ椅子に座って、顎を撫でながら試合を眺めていた。北村の得点をどう思っているのか、表情からはまったく読み取れない。

「先生は俺らのことよく見てるし、よくわかってるよ」

マリオは言った。「北村、この一カ月で結構上手くなるんじゃないかな」

コートの中の北村は、遊晴になにかスパイクについてアドバイスされ、神妙に頷いている。でもこの一カ月が終われば、北村は退部するつもりだ。先生もそこまではわかっていないだろう。バレーを辞めるつもりなのに上手くなっても仕方ないな、と冷ややかに思った。

明鹿のサーブのターンになり、ローテーションが回る。サーバーは北村だ。主審の笛を合図に北村は動き出す。特に強くはないが、無回転の悪くないサーブだった。

「さっきのスパイクで固さは取れたみたいだね」

それからマリオは、思い出したように「そういえば、景。いいこと教えてあげる」と言った。

「試合を見ながら眠くならない方法。俺が一年のときから実践してたやつ」

「どうせくだらないんでしょ」

「ひどいなあ。最近自分のした失敗を考えるんだよ。ほら夜寝るときも、過去の失敗を思い出すと眠れなくなるだろ？　あれの応用」

「意味あるのそれ」

「大いにある。やってみればわかるけど、結構辛いぞ」

「辛いなら嫌だな」

「辛くなるからいいんだ。眠気なんて簡単に吹っ飛ぶ。失敗じゃなくて、失言でもいい。てか、俺はこれするとき、だいたい失言を思い出してた。なんであんなこと言っちゃったんだろう、とか、なんであんなラインしたんだろうとかさ」

そう言いながら過去の失敗を思い出してしまったのか、マリオの顔はどんどん歪んでいく。ぶんと首を振ると、その場で屈伸して、

「いっぱいストックあるのよ、俺。悲しいことに」

と言った。「最近も溜まってきた。女子とのラインって、なんであんなむずいんだろうな」

当然、僕の頭には昨夜真島に送ったラインが浮かぶ。最後に送って、そのまま無視されているメッセージが、一文字も違わず、句点の位置も正確に蘇ってくる。僕も、ぶんと首を振った。

「たしかに」

するとマリオは意外そうな表情になった。

「へえ、景でもそう思うんだ」

マリオはそれだけ言い残すと、ベンチから駆け出していく。リベロと交代してコートに入ると、ネットのそばに立って相手コートを睨《ね》め付けながら、「クイックあるよ、クイック」と声を出す。数秒前まで、まったく関係のない、くだらない話をしていた奴とは思えなかった。

壁の時計に目をやる。まだ試合が始まってから、十分ちょっとしか経っていない。

誰にも気づかれないように、細長く息をついた。まだまだ一日は長い。マリオに言われたとおり、真島に無視されたラインについて考えてみることにした。

しかし気づけば、思考はばらばらになっていて、眠気覚ましの効果なんてほとんど得られなかった。そもそも、なにか一つのことを考え続けるなんて性に合っていないのだ。


白米の最後の一かたまりを口に放り込んでから、普段と同じ量にしてもらえばよかったなと悔やむ。母親に、どうせ一日ただ見てるだけだから、と弁当の量を少なくしてもらったのだが、昼になれば腹は空く。そんな当たり前のことをすっかり忘れていた。高校に入ってからずっとバレーばっかりの生活だったから、運動しない一日に慣れていなかった。

みんな、体育館のギャラリーの床に座って、弁当を食べていた。特に会話があるわけでもなく、左隣のマリオは弁当をつつきながら携帯でゲームをしているし、右のやや離れたところに座っている遊晴は漫画でも読んでいるのか、体育座りして携帯を睨んでいる。

弁当を閉じた僕はテトリスの画面を開いて、しばらく落ちていくブロックを操っていたが、ふと思い立って、アプリを終了した。

ラインを開き、真島とのトーク画面をタップする。

ポスターの進捗はどう?

そこまで打ってから、全文消した。ちょっと考えてから、また指を動かす。

昨日の動画は参考になった?

真島の返信を予想してみる。参考になったよ。ありがとう。そう返ってきたら、たぶん建前だ。送った動画はコート全体が入るように撮られていたから、選手一人ひとりは小さく映っている。絵のモデルになるようなシーンがあるとは思えない。

というかまず、返信はこないかもしれない。「どうして学校のフェンスを乗り越えてたの?」という僕の質問で、それきり会話は終わっている。そのメッセージを見ていたら嫌になってきて、トーク画面を閉じた。自動販売機でジュースでも買ってこよう、と立ち上がって、ギャラリーを出た。廊下の突き当たりのテラスに自販機があったはずだ。

しかしテラスには、先客がいた。

ベンチに座ってなにか話していた梅太郎は、僕に気づいて、さっと口をつぐんだ。梅太郎の正面、自販機の前にいた北村はボタンに伸ばしていた腕を止めた。二人とも上半身だけ紺色のスウェットに身を包み、下は練習着のハーフパンツ姿で、膝サポーターは足首のあたりに下ろされている。

どういうわけか、気まずい沈黙がいっとき流れた。

「なにしてんの二人」

沈黙を取り繕うように僕は言った。直後、がこん、と音がする。北村の指がちょうど、自販機のボタンを押したところだった。取り出し口から出てきたのは鮮やかな緑色のパッケージのペットボトルで、真ん中に水面で水しぶきをあげるレモンが描かれている。

「試合前に炭酸かよ」

僕は思わず言ってしまう。「お腹、たぷたぷにならない？」

「全部飲むつもりはないから」

北村はそう応じて、ペットボトルのキャップを開けた。ぷしゅっ、と爽やかな音が鳴る。

「俺、戻るわ」

梅太郎はぶっきらぼうに言って、ベンチから立ち上がった。よくわからないが不機嫌だ。ただ梅太郎の態度より僕は、北村が口元に運んだ炭酸飲料に気を取られていた。緩やかに記憶が浮かび上がってくる。一年前、夜のコインランドリーの光景。

「景」

振り向くとガラス戸に手をかけ、梅太郎がこっちを見ていた。「勝ったってよ」

「え、勝った？」

「稲村東。ついさっき決勝が終わって、川北《かわきた》工業に勝ったって」

梅太郎は手に持っていた携帯を振った。「ネットで見た」

「ああ、そう。そっか」

今日は、僕たちが稲村東に負けてからちょうど一週間後の日曜だったから、つまり県内のどこかの会場で春高予選の最終日が行われている。インターハイ予選に続いて、春高予選も稲村東が優勝するのか、どうなのか。朝から、部内はその話題で持ちきりだった。

で、結局優勝したらしい。驚きはなかった。順当な結果だと思った。そして優勝ということは、

「稲村東が春高出場か」

「俺たちは春高出場校にボコされたわけだ」

「春高でも勝ち進むかな」

昨夜動画で見た和泉隆一郎のプレイを思い出す。あの男が負けて泣いている姿なんて、想像もつかなかった。

「インターハイでも結構上まで行ってたからな。春高もかなりいいところまで行くんじゃね？まあ、勝ち進んでも負けてもムカつくけど」

梅太郎は言葉を切ると、じっと、なにかを探るように僕の顔を見つめた。弁当の米粒でもついてるのかな、と気になって口元を拭ったけどなにも取れなくて、ぎこちない感じで手を下ろす。

「なあ来年どうなると思う？」

「え？」

「俺たちって、来年稲村東に通用すると思うか？」

「……さあどうだろ」

梅太郎は目配せするように、ちらと北村を見てから、

「景。俺は互角にやれるって思ってる」

と言った。「いまの稲村東は三年がメインで、二年は和泉くらいだろ？　だから、三年が引退して代が変わったら、対等にやりあえるんじゃないかって」

うん、としか僕は返せなかった。梅太郎はその薄い反応を気にするようでもなく、

「お先」

と言って、中に戻っていった。

「どうしたの、あいつ」

ガラス戸が閉まってから、僕は北村に訊いた。「なんか様子おかしくない？」

さあ、とベンチに座った北村は首を傾げる。

「さっき、なんか北村と話してたんじゃないの」

「今日の練習試合の話だよ」

北村はそっけなく言い、一口飲んでから僕を見上げる。「買わないの？」

僕はブリックパックの自販機の前に立って、ポケットを探った。しかし、財布を置いてきたことに気づく。貸してもらおうかな、と一瞬思ったけどやめた。北村も貸そうかとは言い出さなかった。

「景はバレーしてるとき、いつもどんな気分なの？」

唐突に北村が言った。

「気分?」

「どうなの? なんかあるの」

「なんかって」

「楽しいとか、疲れるとか」

北村は手にしたペットボトルに目を落としていて、その表情は窺えない。僕は空を見上げて、答えを探した。今日はよく晴れていて、高い位置に鱗のような雲が広がっている。

「……特になんも。気分もなにもない」

結局迷いながらそう口にしたが、発してみるとその答えは自分なりにしっくりきた。コート上でするべき動きをただ精一杯やっているだけ。いつもそんな感じだ。だから、冷めてるとか言われるんだろうか。

「まあ、景はそっか」

微かに笑って、北村は言った。不思議とその言い方に腹は立たなかった。

「なに、なんでそんなこと急に聞くの?」

バレー辞めるつもりなのに、という言葉はさすがに飲み込んだ。代わりに北村の手の中の緑色のペットボトルを見ながら、

「今日の試合が楽しかったとか?」

と言った。「スパイク決めてたし」

なにげなく付け足したつもりだったのに、どういうわけか皮肉っぽくなってしまう。

「いや、自分でもわからない」

北村は立ち上がって、僕に目を向けた。「でも、先週の稲村東の試合よりは、悪くないかな」

会話を断ち切るように、じゃあ、と言うと、北村は指先にペットボトルを引っ掛け、テラスを出ていく。見送りながら、僕は別のことを考えていた。

これを飲むのは、特別なときなんだ。

北村がコインランドリーでスプライトを手にそう言っていたのは、もう一年以上も前のことになる。

6

去年のゴールデンウィークは、真夏のように暑かった。

いや今年だって暑かった記憶があるし、ゴールデンウィークなんて夏のようだと感じるのが普通かもしれない。実際のところ、本物の夏は五月上旬の気候なんかとは比べものにならないのだけど、とにかく去年のゴールデンウィークの記憶は、むっとした熱気と結びついていた。

隣県に遠征に出かけていた。二泊の合宿だった。規模の大きな県立高校で、敷地内に合宿所があり、といっても大広間に二段ベッドが大量に並べられている、映画で見る軍隊の宿舎のような雰囲気の施設だったが、そこで寝泊まりした。日中は、僕らのように泊りがけで来ている高校と地元の高校、あわせて六校くらいで試合をした。

僕は一年のときのこの合宿で、高校に入って初めて試合に出場した。

合宿初日の終わりの方、外はまだ明るかったが、体育館には一日の終わりを目前に緩んだ空気が漂っていた。集中力も切れかかってくる頃だ。僕はいま行われているセットの次が今日のラストだと予想して、そのあと夕食までの空き時間を利用して行われる控えチームの試合を意識していた。当時一年生だった僕にとって、この長い合宿でバレーボールができる機会はそれしかなかった。だから腿上げジャンプをしたり、かごに入っているボールを触ったりして、準備していた。

そんな中、試合に出ていた先輩の足が攣《つ》った。

杉内先生は立ち上がって、思案するようにベンチの選手たちを眺めたあと、

「梅太郎、入りなさい」

と言った。そう、この日まず呼ばれたのは、梅太郎だった。

梅太郎は弾かれたように背筋を伸ばすと、返事をし、二、三回その場でジャンプしてから、コートに入っていった。すでにレギュラーだった遊晴に「頼むぞ」と笑顔で迎えられる。

でも梅太郎はベンチからでもわかるくらい、緊張していた。全身の筋肉に無駄な力がこもっていた。

入ってすぐ梅太郎のもとに飛んできたのは、緩いサーブだった。梅太郎も練習だったら難なくセッターに返すことができるような、簡単なボールだ。しかしそれをコート外に弾いてしまった。

先輩や遊晴に「落ち着いていこう」と声をかけられる。梅太郎は顔を真っ赤にして、「はい、はい」とやけに大きな声で頷く。その姿を見ていると、こっちまで不安にさせられた。勝ったかどうかは忘れてしまったが、セットが終わると、梅太郎は俯きがちに体育館を出ていった。数分後、びしょびしょに濡れた顔で帰ってきた。で、次のセットに呼ばれたのが僕だった。

「次は、宮下が出なさい」

前から決まっていたことのように、杉内先生は淡々と言った。はい、と返事したが、理解が追いついていなかった。足が攣ってしまった先輩がまだ復帰できないことはわかっていたけど、次も梅太郎が出るものだとばかり思っていた。

混乱したまま、いつの間にか僕はコートに立ち、試合開始の笛が鳴った。

いま考えれば、たぶん先生は入部したての、まだポジションも確定していない一年生を何人か試してみたかったんだと思う。でも初めて出る試合で、そんなふうにすぐ冷静になれるはずもなくて、どうして僕が、と思ってるうちに、試合が始まってしまった。先輩のサーブが相手コートに飛んでいく。さっき控えチーム戦に向けてジャンプしたりしていたせいかな、それが先生の目に留まったのかな、とぼんやり想像していたら、もう明鹿が一点取っていた。それで我に返って、集中しろ、と自分に言い聞かせる。

でも試合が始まってからしばらくはボールに触れることはなかった。僕がレシーブしなければならないようなボールは、ラッキーと言うべきか、不運と言うべきか飛んでこなかったし、トスも上がってこなかったからスパイクを打つ機会もなかった。さっきの梅太郎のことがあるから、セッターの先輩は躊躇しているのかもしれない。梅太郎はさっきのセットでレシーブミスだけでなく、スパイクを二本、ネットに引っ掛けてもいた。

でも、いつかは上がってくるだろう。じんわりと手のひらから指先まで、血液が行き渡っていくのを感じる。錯覚かもしれないが、自分の身体がたしかに動く証拠を得た気がして、奮い立つ。ふつふつと熱いなにかが腹の底から湧いてきた。いまならなんでもできる気がした。

ローテーションが回り、後衛に下がって、ベンチからボールを受け取る。エンドラインから数歩進んで止まる。ボールが飛んでこなくても、トスが上がってこなくても、バレーには誰にだって巡ってくるプレイがあって、それがサーブだ。

ミスりたくないな、という思いが一瞬頭をかすめ、すぐ消えた。ボールはよく手に馴染んだ。笛の音が響く。

これから八秒は、僕の自由な時間だ。ゆっくり動き出し、ボールを前方に放り、ジャンプする。

打ち出した無回転のフローターサーブは、空気の抵抗を受けて、わずかに変化した。レシーバーはそれをオーバーハンドで捌《さば》こうとする。が、後ろに弾いた。フォローに回った選手が、そのこぼれ球をレフトに無理やり上げる。レフトのスパイカーがその乱れたトスに飛びつき、明鹿のブロックが、せーのと声を合わせる。後衛のレシーブに回っていた僕は、体勢を低くする。

思いっきりは打てない。フェイントだ、絶対。

頭の回路が、本来通るべきルートを超えて、始点と終点で突然繫がったみたいな感覚だった。ボールが相手スパイカーの指先に触れた瞬間、身体は反応していた。

右手を伸ばし、前方に滑り込む。ボールと床がどんどん近くなっていくのが見えた。そこに僕の右手が差し出されるのも、見えた。全身の細胞が、目の前のボールをただ上に上げるためだけに燃えている気がした。

不恰好なフライングレシーブだっただろう。腰の骨や膝をしたたかに打ったが、その代わりボールはふわりと高く上がっていた。

セッターの先輩がそのレシーブをトスにする。トスの上がった先には、遊晴が待っていた。いままでは見慣れてしまった遊晴のスパイクも、そのときはまだ新鮮で、惚れ惚れと見上げたことを覚えている。自分が拾い上げたボールが繫がって、いま遊晴が跳んでいる。それはほとんど奇跡のように思えた。

遊晴のスパイクが相手コートに突き刺さる。

ただの一点だった。セットポイントだったわけでもなければ、逆転の一手でも、流れを引き寄せた得点でもない。それに、そもそも僕が決めた点ですらない。

しかしそれは、僕が高校バレーを続けていく中で、何度も思い返し、精神的な拠《よ》り所にするためには、十分すぎる一点だった。

結局そのセットは最後まで、僕が出続けた。

もちろん、レシーブは何度かミスったし、スパイクも全然決まらなかった。でも、僕はコートに立っていた。練習のときと同じ、ただの九メートル四方のバレーコートに、入部を機に買った新品のバレーシューズで立っていた。万能感はすっかり消え、代わりに床の感触をしっかりと感じ、ああさっきまでは浮ついていたんだな、と冷静に悟った。

北村とコインランドリーで話したのは、その日の夕方だった。

コインランドリーで二人になったのは偶然だった。合宿の夜は、汗にまみれたウェアをコインランドリーに持っていったり、コンビニに買い出しに行ったりと、一年生の仕事が多い。分担したら、たまたま北村と僕が洗濯物を回収してくる係になった。

飯のあと、合宿所から徒歩数分のコインランドリーに行ってみると、まだ乾燥が終わっていなかった。とはいえあと何分かだったので待つことにする。携帯を宿舎に置いてきてしまったので、ごうんごうん、という洗濯乾燥機の立てる規則的な音を、僕は座ってじっと聞いていた。

北村と二人きりで話したことなんてほとんどなかった。中学に入ってすぐ、知り合って間もないころは、単にそういう機会がなかっただけだったが、中学を卒業するころになると、自然の成り行きで、話さないのが普通になっていた。それぞれ他に仲の良い奴が部内にはいて、それはたぶん僕がずっとレギュラーで、北村はずっとベンチだったせいもあると思う。

でももう僕たちは高校生で、これからさらに三年間同じチームで、中学より高いレベルでやっていくのだ。距離感は変わるだろうし、変わらなくちゃいけない。まさか同じ高校に進んで、まさかまたバレー部で一緒になるとは思わなかったけど。

そんなふうに思って、このときの僕はなにか話そう、この際聞きたいことも全部聞いておこう、という意欲に満ちていた。もしかしたら、試合の興奮が身体に残っていたせいかもしれない。

しかし口を開いた瞬間、隣のスツールに座っていた北村はなにか思いついたように立ち上がった。

「どうしたの？」

「そこの自販機で飲み物買ってくる」

「ああそう」

北村は出入り口に向かいかけ、立ち止まる。

「景もなんか買う？」

「財布置いてきちゃった」

「お金貸そっか？」

いや大丈夫と断ると、北村は頷いて出ていく。それからしばらく帰ってこなかった。隅のテーブルに紐で括り付けられた古いジャンプをぱらぱらめくり、中身をあらかた見て飽きて、この紐を通すための穴はどうやって開けたんだろ、こんな分厚いのに、とか思い始めた頃に、ようやくペットボトルを手にした北村が帰ってきた。

「どこまで行ってたんだよ」

僕は呆れて言った。

「ちょっと遠くの自販。これ探してて」

北村は、手に持っていた緑色のペットボトルを掲げる。

「スプライト？」

北村がキャップを開けると、ぷしゅ、と心地よい音が、ごうんごうん、の波に混じった。一口飲むと、苦い薬を飲んだように顔を歪める。

「なにその顔」

「炭酸苦手なんだ」

「は？」

意味がわからない。でも、冗談を言ったようには聞こえなかったし、実際胸の辺りをさすっていた。「じゃあなんで飲むの？」

「今日はそういう日だから」

北村は真面目くさった様子で言った。げっぷを堪《こら》えながら言ったのか、声の調子が変だったが、そんなことより僕は困惑して「そういう日」と鸚鵡《おうむ》返《がえ》しするしかない。

「……いや、どういう日だよ」

「なにか特別な、良いことがあった日」

北村は躊躇うように少し黙ってから、やがて恥ずかしがるように続けた。「禍福《かふく》は糾《あざな》える縄の如し、ってあるでしょ。あれなの、スプライトは俺にとって」

「……まだ意味わかんないけど」

「良いことと悪いことは交互にやってくるわけ。小さい頃、おばあちゃんによく言われてさ、それを馬鹿正直に信じて、なにか良いことがあった日は自分が嫌がることをやってたんだ。そうすればバランスが取れると思って。それで、苦手な炭酸を買ってた。我慢すれば飲めるけど、百五十円払ってまで飲みたくないじゃん。本当はカルピスとか飲みたいのに」

　北村は言葉を切って、げっぷを飲み込む。

「小さい頃の話じゃないの？」

「なんとなく、いまも続けちゃってんだよね」

　北村は苦笑いしながら言った。「続けようと思ってたわけじゃないんだけど、やめるきっかけもなくて。だからいまも、なんか良いことがあった特別な日にスプライトを見つけたら買うようにしてる。ごめん、こんなくだらない話、どうでもいいでしょ」

　くだらないとは思わなかったが、反応に困った。やっと思いついて、今日あった良いことってなに、と聞こうとしたときには、

「明日も景が出んの？」

　と北村が話を変えていた。

「出ないよ、たぶん。大野さんは足攣っただけだし」

「そっか、残念だね」

「残念ってことはないけど。今日の試合でもう疲れたし」

今日上手く乗り切れたのはたしかだったが、一セットしか出ていないのに、とてつもなく疲労を感じていた。明日も出ると思うと、気が遠くなる。

「それでどうだった、試合？」

「どうだったって」

僕は洗濯乾燥機の残り時間の表示を見つめる。「中学のときと、別に大して変わんないよ」

嘘ではなかった。セットの序盤こそ浮き足立っていたが、一旦落ち着くと、感覚としては中学とあまり変わらなかった。

「にしても遊晴はすごいね。めちゃくちゃ上手い」

誰の目にも明らかなことなのに、北村は自分の発見のようにしみじみと言葉にした。

僕は苦笑しながら、上手いなんてもんじゃないでしょ、と返す。

「才能の塊、っていうのはああいう奴のことだよな。中学時代適当にバレーしてただけの奴じゃ、いまさら努力したって敵うわけがない」

自虐のつもりで言った。しかし微妙な沈黙がコインランドリーに降りてきて、それで、ああ北村のことを言ったみたいになっちゃったんだな、と気がついた。

気がついたが、訂正する気は起きなかった。面倒くさくなった。間違ってはいないし。北村はたしかに、中学時代適当にバレーしてただけの奴だった。センスもあまりなかったし、それを努力で埋めようとする熱意もなかった。ただバレー部に所属しているだけ、というタイプの部員で、だからいま試合に出た感想を気にしたり、遊晴を褒めたりするのを聞いて、北村ってこんな奴だったの？　と意外に感じていた。どういうわけか、ほんの少し苛立ちも覚えていた。

「北村はさ」

僕は微妙な沈黙を破って切り出した。

北村はスプライトを口から離す。中身は全然減っていない。

「ずっと聞きたかったんだけど、どういう心境の変化なわけ？」

「心境の変化？」

「高校でバレー続けたこと」

僕は北村の手元のスプライトを見つめて、続けた。

「なんでお前、高校でもバレーやろうと思ったの？」

北村はすぐには答えなかった。俯いて、瞳を彷徨わせた。僕は答えをじっと待った。じっと待っているうちに、乾燥が終わった。

北村がどう答えたかは覚えていない。なにも言わなかったのかもしれない。このあと僕たちは洗濯物を取り出して、宿舎に帰った。宿舎で、北村はまだ中身の残っているスプライトを流しに捨てていた。

とにかく、高校での北村との関係性は、この会話で決定づけられたんだと思う。

7

数字がゼロに向かって減っていく。床に置いた携帯のそばに額の汗が落ちる。腹筋と背筋に力を込め、あと十秒耐えるだけ、と心の中で唱える。

タイマーが鳴って、プランクの姿勢を解いた。肘と床の間に敷いていたタオルを取って、顔を拭う。

怪我の具合が良くなってきたので、トレーニングのメニューを少し変えていた。右足首にも少しなら体重をかけても問題ないようだったから、できることの範囲がちょっと広がった。

次のセットに移るために、またうつ伏せになる。そのとき、携帯が震えた。画面を見れば、浦井からのラインだった。

——いろいろわかったぞ

続けて、もう一通。

——真島綾のこと

先週、「時間ならありあまってる」と僕の胸を小突いてきたことを思い出す。あれから毎日教室で顔を合わせていたけど、浦井はそれっきり一切、真島の話題を出さなかった。本当に調べてたのかよ、と呆れてしまう。

——わかったってどんな

——詳しいことは明日学校で。宮下の反応も見たいし

僕はうつ伏せの姿勢から身体を捻って壁の時計を見上げ、コートを見やり、少し考えてから、

——浦井、いま学校にいる？　いるなら、全然いまでもいけ

「練習中なのに携帯いじっててていいんだ？」

突然降ってきた声に驚いて、文章の途中で送信してしまう。

声の主は、体育館のコートを分けるネットの向こう側にいた。今日は、隣のコートは女子バスケ部が使っている。

「……長谷部か」

「女子の足元に寝転がってこっちを見上げるって、どういう神経？」

クラスで普段そんなに話す仲でもないのに、遠慮なく蔑んだ目を向けてくる。僕は身体を起こして、膝立ちになった。

「もう女バスの練習終わったの？」

「今日はこれからハンドに場所空けないといけないから」

素っ気なく長谷部は言った。小学校の同じクラスにもこういう女子がいた。クラスのほとんどの男子より背が高く足が速くて、勉強もできるタイプの女子で、でもそのぶん、クラスの男子を全員下に見ていそうな雰囲気があって、僕はあんまり話さないようにしていた。長谷部はその子のことを思い出させた。

短髪の頭をちらっとバレーコートの方に向ける。誰かを探すように彼女の目が泳いだ。

「誰かに用？」

「え、ああ違う。ってか宮下が携帯いじってても、女バスと話してても、誰も気にしてないじゃん」

「そりゃ一人で筋トレしてるだけだし」

「かわいそうに」

「で、なに。なんの用？」

「綾のことなんだけどさ」

長谷部はしゃがみ込んで、僕と目線を合わせる。「罪滅ぼししたいって言われたでしょ」

「ああ、うん。怪我の件で言われた。あれ、なに。どういう意味なの」

「で、バレー部のポスターの絵を描いてほしいって頼んだんでしょ？」

「言ったけど」

怒られるか、嫌味を言われるか、馬鹿にされるか、どれかだろうと思って身構える。

しかし、長谷部は何度か頷くと「ナイス」と親指を立てた。

「ナイス？」

「うんうん、悪くない。悪くないね。むしろ逆に、いまの綾にとってすごくいいかもしれない。息抜きになると思う」

「どういうこと？」

「ああいいのいいの、こっちの話。でもよかった。さすが私が見込んだとおり。もしなんか変なことを綾に頼んでたら一発殴ってたからね」

「殴るって怪我人なんだけど。あとなに、見込んだって」

「上半身は元気そうじゃん」

長谷部は乱暴な論理で、乱暴なことを言った。彼女のペースに呑まれそうになりながらもなんとか耐えて、いい機会だからいくつか聞いておこうと口を開く。

「あのさ、真島さんって何者なの？」

何者ってそんな不審者みたいに、と長谷部は顔をしかめてから、

「普通の子だよ。ちょっと朝寝坊しがちの」

と、なぜか少し得意げになって言った。

「夜、学校に忍び込むような人？」

「はあ？　なんの話」

「僕の怪我の経緯は聞いてるんでしょ？」

「学校の前で宮下とぶつかりそうになったって言ってた。それで宮下が転んで」

「ぶつかりそうになったわけじゃない」

どうやら長谷部には嘘をついているみたいだし、言っていいのかなと一瞬迷ったが、結局真島がフェンスを乗り越えようとしていたと打ち明ける。

「忍び込んでたのか、抜け出してたのかはわかんないけど」

それを聞いた長谷部の反応は、なんだか変だった。ぱっと顔を輝かせたかと思うと、表情を

引き締めて、困ったように眉を下げ、額を掻いた。僕はその変化を黙って見守った。

「そっか、またやってたんだ」

と、やがて長谷部は小さくつぶやく。

「やってた？」

しかし長谷部はゆるゆると首を振り、話を打ち切るように立ち上がった。

「あとそうだ、綾の話には全然関係ないんだけど」

と、もう一度コートの方に視線を投げる。「辻谷くんって、あそこでブロック跳んでる人で合ってるよね」

「辻谷くん」を頭の中で「マリオ」に変換してから、そうだけど、と応じる。

「どんな人？」

「え？」

どうしてそんなことを聞くのか全然わからない。「なんで？」

「いいから教えてよ」

「まあ明るい奴、かな。怒ったところもあんま見たことがない」

そこまで言ってから、真島についてはほとんど教えてくれなかった奴にどうして僕はちゃんと説明しているんだ、と気づいて後悔する。軌道修正を図ろうと、

「いまの全部嘘、いつも適当な適当男」

と言っておいた。

「マリオはどっちもなんだよ、実際」

「どっちなの」

「マリオ?」

「ああ、マリオっていうのは」

「辻谷くん、下の名前『マリオ』っていうんだ」

面倒くさくなってしまって、僕は「そのとおり」と頷いた。

「へえ、いい名前じゃん」

「ねー、僕もそう思う」

「ありがと、マリオくんね」

そうつぶやいてから、長谷部は体育館を出て行った。面倒なクラスメイトが去ると、肉体的なものとは種類の違う疲労感に、急に襲われた。トレーニングを再開しなきゃと思うけど、やる気が出ない。

床に置いた携帯に目を落とす。浦井からは、「俺もまだ学校」と返信が来ていた。

放課後の廊下は人気がなく、底冷えしていた。遠くから金管楽器の音が聞こえる。浦井はしゃがみこんで、横向きにした携帯を操作しながら待っていた。覗いてみると、やっぱり麻雀だった。

「部活、抜け出してよかったの?」

画面に目を向けたまま訊いてくる。僕は、大丈夫、と頷いた。

「ふうん。真島さんのこと知りたくて、はやる気持ちを抑えられなかったかな」

「黙れ」

怖い怖い、と浦井はわざとらしく首を縮めてみせる。

「ちょっと待ってね。もうオーラスだから。よし、よし、おっけい振り込んだ。負けた。終わり」

「負けたのに明るいのなに」

「負けて悔しいゲームなんてやってられないでしょ」

浦井は画面を消すと、眼鏡を指で持ち上げてから口を開いた。

「真島綾について調べるの、やっぱり大変だったよ。まえ言ったけど、彼女SNS動かしてないし。それに数少ない友達の長谷部もああいうタイプだろ？　全然教えてくれなかった。なんだったら怒られた。浦井しつこいんだけどなにがしたいの、って」

「災難だったね」

心底同情する気持ちで言った。そのぶん燃えたけどな、などと浦井は気持ちの悪いことを言う。

「で、わかったことは二つ」

浦井は芝居がかった仕草で、指を二本立てた。

「まず一つ目。彼女、サイゼリヤでバイトしてる」

「へえ、どこの？」

「駅前。南口の」

「ああ、あそこね」

駅前だからよく近くを通るし、何度か入ったこともあった。

うちの高校では、アルバイトは特に制限されていない。だから帰宅部や文化部の生徒を中心に働いている人は割と多く、美術部に所属する真島がバイトしていると聞いてもまったく意外じゃなかった。

「それで？　二つ目っていうのは」

「さくさく進めるなあ。もっと一個ずつ、大事に噛み締めてよ」

浦井は不貞腐《ふてくさ》れた様子で言った。「でもまあいいよ。メインは二つ目だ」

そう言って表情を一変させると、にやにやしながら携帯を操作し画面を僕に見せた。

一瞥《いちべつ》しただけではよくわからなかったので覗き込む。

「……月刊ブレイブ新人賞？」

ああ、と浦井の眼鏡の奥が得意そうに光った。

画面に表示されていたのは大手出版社のウェブページだった。「月刊ブレイブ新人賞受賞作発表！」とでかでかと書かれている。

「なにこれ、どういうこと」

「『月刊ブレイブ』は知ってる？」

「いや、初めて聞いた」

「月刊の漫画雑誌。結構有名だぞ。ジャンルは、どうだろう、青年漫画なのかな。でもエログロ系はあんまりなくて、学園ものとか推理ものとかお仕事ものとか。このあいだドラマ化された作品も連載されてる」

そう言ってから浦井が挙げたタイトルは僕も知っていた。でもドラマの題名として聞いたことがあっただけで、その原作が漫画だとは知らなかった。

「で、その新人賞？」

「そうそう、年に四回開催されてるらしくて。これは俺も初めて知った」

浦井は画面をスクロールした。「大賞、優秀賞、佳作、奨励賞。賞金も結構高いよ。大賞だと五十万とか。まあ相場がよくわかんないけど。で、見てほしいのはこれ」

指を止めた浦井は、そのページを僕に向けた。「佳作」という欄だった。

――『山茶花《さざんか》の霊が出る』真島綾（十五歳）

「これって」

顔を上げると、笑顔の浦井が頷いた。

もう一度、浦井の携帯に目を落とす。今度は画面の隅々まで読んだ。

佳作。賞金十万円。史上最年少。

横に、あらすじも書かれている。

――中学最後の修学旅行。同じ班になってしまった仲の悪い二人の前に現れたのは、旅館の部屋に取り憑いていた幽霊！　「友達になってください」。幽霊のその一言で、二人の最悪の修学旅行は一変する。古都が舞台のガール・ミーツ・ゴースト！

「その下も」

と促される。あらすじの下に「編集部より」という短い文章もあった。

──なによりも画力が素晴らしい。癖がなく、読みやすかった。キャラクターも特に幽霊の「レイコ」が魅力的。ストーリーがちょっと一本調子にも感じられましたが、まだまだお若いので今後が非常に楽しみです！

あらすじと編集部の寸評をもう一回通しで読んでから、僕は浦井に目を向ける。

なにから触れようか迷った末に、

「真島さんの年齢が十五歳になってるけど」

とまず引っかかった点を口にした。「同級生なんだから、いまは十六か十七じゃないの？」

同姓同名の別人なんじゃない？　という意味を込めて言ったのだけど、

「いや、これは去年の結果なんだ。去年の春の」

と浦井はあっさり答えた。「だから十五で間違いない」

「てことは、真島さんは高一のときに」

「そう。高一の春に、月刊ブレイブ新人賞で佳作を取ってる」

はあ、と返す。なにかいい感想が出てこないか待ったが、結局最初に思い浮かんだ言葉以外にはなにもなかった。

「……すごいね」

「ああ、すごい。すごいし、驚いた」

浦井は興奮気味に続けた。「俺が知らなかったくらいだから、このことを知っているのはほんと一握りなんだろうな。それこそ長谷部さんとか、それくらい。でも本名で受賞してるから、検索すれば出るんだ。実際、彼女の名前でググったら一発でこのサイトが出た。一発だぜ？俺、SNSにばっかり気を取られてたから、ググるって発想が全然出てこなかったんだよな。悔しい！」

早口で語った浦井の興奮は、僕とかなりずれている。

とはいえ僕も、真島がこの賞で佳作を取ったことがどれだけすごいのか、実のところ、うまく測れていなかった。遊晴とか、稲村東高校の和泉隆一郎のプレイを目にしたときに感じる「すごさ」とは、ちょっと違う。いや、かなり違う。テレビで同年代の歌手の活躍を知ったときなんかに近くて、それは僕にとって遠く離れた世界での出来事だった。もともと曖昧だった真島綾の姿はさらにぼやけた。

「受賞した作品は読めるの？」

僕が訊くと、浦井は首を横に振った。

「公開されてない」

「そうなの？　雑誌に載ってるんじゃないの」

「優秀賞か大賞は掲載されるし、ネット上にもアップされるみたいだけど、彼女のは佳作だから。でも、調べてたらこんなの見つけた。ほら」

浦井がまた画面を向けてくる。「彼女の漫画の切り抜き」

月刊ブレイブのＳＮＳアカウントだ。「佳作受賞者はこちらの三人！」という投稿で、題名と作者名が並んでいて画像も三枚添付されている。受賞作の一部分らしい。

浦井がそのうちの一つをタップして拡大した。

「これが、真島綾の『山茶花の霊が出る』の一部」

あらすじにあった幽霊の、出現シーンだとひと目見てわかった。

一番大きなコマに描かれているのは、旅館の部屋だ。中央に、横倒しになった鏡台が描かれていて、その鏡台から有名な呪いのビデオの霊のように、長い髪の女性が這い出てきている。乱れた髪の間から、見開かれた左目と薄く開いた口が覗いていた。目には普通描き込まれるような光がなく、黒のベタ塗り。驚いている女子二人がその下のコマに描かれている。ジャージ姿の二人は顔を恐怖に強張らせ、尻餅をついていた。あらすじを読んだかぎりだと、このあとこの二人は霊と仲良くなるみたいだが、このページにそんな和やかな雰囲気はまったくなかった。

「夢に出てきそうなくらい、インパクトがあるでしょ」

浦井は愉快そうに笑い声を上げた。

他の二つの受賞作も見てみる。あらすじを読んでいないからストーリーはわからないけど、一つは、少女が魔法を使ってモンスターを倒しているシーン、もう一方は、スーツ姿の男性が怒った様子で書類を机に叩きつけているシーンだった。

「……真島さんの絵が一番上手い」

僕は正直な思いを口にする。「上手いっていうか、なんというか、一番雑じゃない感じがする」

他の二つは絵に勢いがあるけど、そのぶん粗《あら》さも感じた。でも真島の作品からは、そんな印象をまったく受けない。線が少なくて、余白が多いからかもしれない。描き込みが少ないせいで、全体的に絵が白っぽく、しかしそれでいて、線は一本いっぽん、的確な位置に迷いなく描かれているように見えた。

絵については詳しくないけど、遊晴とか和泉とか、そういう上手い人の無駄のないバレーを見ているみたいだと思った。

「お前、すごい人にポスター作り頼んじゃったんだよ」

浦井が揶揄うように言った。「やるじゃん」

「やるじゃん、じゃないよ。なんか、恥ずかしくなってきた」

遊晴や和泉と同じように、真島も天才なんだろう。才能に恵まれている。そう思うと、バレー部のポスターなんて気軽に頼む相手じゃなかったんじゃないか、と不安になってきた。

いつの間にか、外は日が落ちてすっかり暗くなっていた。廊下もぐっと冷え込んで、吹奏楽部の音も聞こえなくなっている。さすがにそろそろ体育館に戻らないといけない。

ふと、いつか浦井に相談していた他クラスの奴が、食堂の割引券を渡していたことを思い出した。

「浦井、なんでも欲しいもの言ってよ。もう売れ残りしかないけど」

僕は購買を振り返って言った。しかし浦井は、いやいいよ、とひらひら手を振る。じゃあどれにしようかな、と即座に言われると思って財布を出していた僕は拍子抜けした。

「なんだよ。らしくない」

「暇つぶしにググっただけだし」

ほんの一瞬だけ、浦井が悲しそうな表情を浮かべた気がした。

でも、すぐにいつもどおり悪戯っぽく笑う。

「で、どう？　宮下。これでもっと、真島綾のこと気になったんじゃない？」

8

その週の木曜は診察の日で、僕は病院に行くために練習を早退した。そうしたら病院に向かう途中、意外な人に二人も出会った。順番としては、まず駅で姉に出くわし、そのあとサイゼリヤで真島綾に会った。

足首の靱帯を損傷してから、およそ二週間が経っていた。

松葉杖にはすっかり慣れていて、さらに正直に言ってしまえば、もう松葉杖を使わなくても余裕で歩けた。くるぶしのあたりを鮮やかな紫に染めていた内出血も引いて、すっかり元の肌の色に戻っている。もちろん走ったり跳んだりはまだできないし、足首を曲げ伸ばしするとちゃんと痛いけど、でも着実に足首は回復していた。

だから最近は、小雨が降っているときの折り畳み傘、みたいな感じで松葉杖を使っている。傘を差さないといけないほど強い雨ではないが、まあせっかく持ってるんだし差すか。それと同じように、松葉杖がなくても歩けるけど、ただ持っているだけなのはおかしいからせっかくだから使おうか、みたいな感じだ。

まだ日の暮れていない通学路を一人で歩くのは、現実そっくりの並行世界に迷い込んだような違和感があった。練習中にふらっと体育館を抜け出したときも、同じ感覚になる。僕は浦井と話すために体育館を抜け出して以来、練習中にときどき体育館を出て、校内をぶらつくようになっていた。放課後の校舎はひっそりしていて、それでいてそこかしこに人の気配があって、日中とは雰囲気が全然違う。それが新鮮で面白かった。

整形外科は、学校がある方とは反対側、駅の南口にほど近いビルにあった。だから駐輪場に向かうときと同じように一度駅構内に入り、そのまま改札の前を通り過ぎる。

ちょうどそのとき、見知った顔が自動改札を抜けてきた。

「お、怪我人」

姉は、ようと手を挙げた。今日も就活帰りなのか、パンツスーツに身を包んでいる。量販店で買った安物のはずだが、背の高い姉が着るとさまになっていた。僕たちは性格も顔も全然似ていないが、身長が平均より高いという点だけは一致している。

おう、とだけ答える。予想外のところで家族と会うのは恥ずかしい。

「なに？　私といるところ、見られたくないわけ」

こっそり周囲を窺ったら、目ざとく気づかれた。

「そりゃあ嫌だよ。問題児だったんだから」

開き直って答えると、姉はふふんと笑って、

「問題児か、いい響きだね。今度からエントリーシートに書こっかな」

と言った。「てかあんた、部活帰りにしては早くない？」

「これから整形外科だから、練習抜けてきた」

「何時から？」

「十八時半」

「え、全然時間あるじゃんまだ。部活終わってからでも間に合ったんじゃないの？」

「いや間に合わない」

「ああそう。でも早退するにしても早い。まだ十七時だよ」

どちらにしろ最後までいられないんだから、いつ抜けても変わらないだろう。なら体育館にいてもつまらないし、早めに出て時間を潰そう。そう思って学校を出てきたのは事実だったけど、そんなことを姉にいちいち説明するのは面倒くさい。姉も別に興味ないだろうし。

「でもちょうどよかった」

と、姉は手を打つ。「ちょっと付き合ってよ」

そう勝手に言うと、改札の向かいの駅ビルの入り口に足を向けた。訳がわからないまま僕は、ちょっと、と松葉杖をかちゃかちゃ鳴らして追いかける。姉は「つい最近までカボチャと魔女だったのにね」とか言いながら、自動ドアを抜けた。自動ドアには、サンタクロースとトナカイが手を取り合って踊るイラストのシールが貼られていた。

聞けば、母にお遣いを頼まれているらしかった。でもなにを買ってこいって言われたか完全に忘れてしまって、さっきラインで聞いたけど返事がない。とはいえ昨日何度も念押しされたから、買って帰らないわけにはいかない。姉の説明を聞きながら、無視してマックにでも行って時間を潰してればよかった、と悔やんだ。のこのこついてきてしまったことにも、おそらく姉がそれを予想していたことにも、むかつく。

「なんで何度も念押しされたのに忘れんだよ」

「忘れちゃったものは仕方ないでしょ。今日発売の本っていうのは覚えてる。ほら、協力して」

本屋に入ると、姉はまず入り口近くに平積みにされた単行本をざっと眺めてから、近くにいた店員を呼び止めて、今日発売の本はどれかと質問し始めた。僕はこっそりその場を離れる。

本屋に入るのは久しぶりだったからしばらく店内をうろうろしてみたけど、興味がそそられるものはないし、その上通路が結構狭くて松葉杖では歩きにくかった。何人かに迷惑そうな目も向けられた。

仕方なく姉の元に戻ってみると、「ご無沙汰してます！」とよそゆきの高い声が聞こえてきて、僕は棚の陰で足を止めた。

「卒業式以来かしらねえ。さすが立派になったわね」

知らないおばさんの笑う声が続く。「当時から立派だったけど」

いえいえそんなことは、と姉は明るく応じた。

たぶん、姉の中学時代の友達の母親なんだろう。いま出ていけば、「弟さん？」とか話しかけられるのは避けられない。もしくは姉が「弟です」と紹介するかもしれない。そしたら絶対、松葉杖に目を留めて、「怪我？」と訊いてくる。間違いない。もう飽き飽きした質問だった。なんとか姉たちに見つからず店の外に出られないかな、と思いながら回れ右した。

小学生の頃の姉は、問題児だった。すぐ悪戯するし、すぐ誰かを泣かせる。それで先生に迷惑をかけ、クラスメイトの親たちは自分の息子、娘に「あの子とは仲良くしちゃ駄目よ」と言い含める。姉はそういうタイプの小学生だった。

でも、中学ではなぜか「あの子なら信用できる」と言われるような生徒になっていた。成績優秀で、ソフトボール部の部長と生徒会長を務めていて先生からの信頼も厚い。要は、百八十度の変貌を遂げたわけだった。

反省したから、というのとはちょっと違うらしい。いろいろ体験してみたかったの、中学でも問題児じゃつまんないでしょ、といつか姉は言っていた。

そんな姉を、四歳下の僕はずっと間近で見てきたわけで、当然いろんな失敗や災難を知っている。小学校のときは母がよく学校に謝りに行っていたし、中学に入ってからは姉の小学校時代を知っている友人から気味悪がられ、ちょっとした嫌がらせも受けていたらしい。大変そうだからこうはなりたくないなあ、と僕はしょっちゅう思っていた。

気づけば、店の奥まで来ていた。聞いたこともないタイトルの漫画が並んでいる。

近くの棚には、漫画雑誌のバックナンバーがささっていた。漫画雑誌はコンビニで買うか、ネットで読むものだと思っていたので、本棚にきちんと角を揃えて並べられている光景はちょっと奇妙な感じがした。ジャンプって棚に差すと結構場所をとるんだ、とか思う。

ふと思いついて、並んだ背表紙に目を走らせた。

左から右、上から下へ順に確認していく。二周目でようやく「月刊ブレイブ」の文字を見つけた。一冊しかない。引き出してみると、今月号だ。

表紙になっているのは、ネットの広告でよく見かける作品だった。月刊ブレイブで連載されているとは知らなかった。浦井が言っていたドラマ化された作品も、「最終章突入！」という言葉とともに下の方に書いてあった。

しかし僕の目は、表紙の別の文句に吸い寄せられていた。

――月刊ブレイブ新人賞秋の陣、締切迫る！　きたれ、新たな才能！

締切がいつなのか、表紙には記されていない。中には載っているんだろうが、雑誌はビニールで包装されているので見られない。携帯を取り出して検索してみた。

月刊ブレイブ新人賞秋の陣。十一月二十五日まで。

来週の水曜だ。もう一週間を切っている。

ページの下の方に「夏の陣受賞作発表」という文字が目に入ったので、タップしてみた。表示された画面に真島綾の名前はない。そのままどんどん過去の受賞作を遡って見てみるが、真島の名前がようやく出てきたのは去年の「春の陣」だった。これは浦井に見せられたやつだ。

「ねえ」

唐突に耳元で呼びかけられた。いつの間にか姉が横にいて、非難するように僕を睨んでいた。

「なんであんたどっか行っちゃうの。怪我してるって伝えたら、山崎《やまざき》のおばさん心配してたよ」

「……誰か知らない人に心配されても」

「ねえ決めた。私これにする。これをお母さんに買って帰る」

「えっ母さん、ワンピース読むの？」

「知らない。読みたいのは私。いいよね、これ買って帰っても」

「まあ、好きにしなよ」

「はい、言ったね。これで景も共犯」

姉はそう言うと、僕に抗議の声を上げる隙も与えず、満足そうにさっさとレジに向かってしまった。僕は精一杯の反抗の意思を込め、姉を置いて書店を出た。

南口のデッキに出て、診察までの時間どこにいようかな、と考える。冷たい風が吹き付けてきて、顔をしかめながら、リュックからマフラーを取り出そうか迷ったとき、ロータリーの向こうの緑色の看板が目に飛び込んできた。真島がバイトしているというサイゼリヤだ。

さっき見た、月刊ブレイブ新人賞のウェブサイトのことがまだ引っかかっていた。あのサイトを見るかぎり、真島は高一の春に佳作を取ってから、一度も受賞していない。もしかしたら、一度賞を取ったらもう同じ賞には投稿しないものなのかもしれない。そのあたりの常識は僕には全然わからなかったが、でももしこの新人賞、それも締め切りが間近に迫った秋の陣に向けてまた漫画を描いているとしたら。

その場合、一つはっきりするのは、バレー部のポスターなんか作っている場合じゃないということだった。余計な作業で、時間の無駄だ。

マフラーは出さず、学ランの襟元に顎を埋める格好で、僕はデッキを降りた。

サイゼリヤは通りに面した部分がガラス張りになっていて、店内がすっかり覗けた。平日の夕方にしてはなのか、平日の夕方だからなのかはわからないけど、店は空いていた。ところどころ埋まったテーブルには、いつから話し続けているのかわからないおばさんの集団だったり、ノートや参考書を広げてドリンクバーで粘る高校生がいた。

そして窓際の席に、明鹿の制服に身を包んだ黒髪の女子がいた。

あまりにあっさり真島綾を見つけてしまって、そっかいるんだ、くらいの感想しか出てこなかった。

真島は一人のようだった。机にノートを広げている。窓の近くだったから、ノートの中まで見えた。なにも書かれていない。その白紙のノートの横には、マグカップと書店のカバーがかかった本が並んでいた。ふいに、真島が顔を上げる。

窓の向こうの目が見開かれた。僕は、やば、どうしよ、といまさら焦る。どうしてバイト先を知ってるのか、どうして覗いていたのか、どう説明すればいいいんだろう。

数秒、お互い固まったあと、真島は僕を見上げながら、口をぱくぱく動かした。なんで、と読み取れたので、少し考えてから、たまたま、と僕は口を動かし、松葉杖を持ち上げて遠くの方を指差した。これから病院に行くところ、というジェスチャーのつもりだった。伝わったかどうかはわからないけど、真島は二、三度頷いてから、顔を伏せた。じゃあまた、という意味の会釈であることはもちろんわかった。

迷ったのは、それから一秒くらいだったと思う。それも迷ったというより、状況を整理したという感じだ。真島は一人きりで、忙しくはなさそう。僕はといえば、予約の時間まではまだ余裕がある。練習を早めに抜けてきてよかった。

こういうときにあとさきを深く考えず動いてしまうのは、身長と同じく、姉に似た部分なのかもしれない。サイゼリヤの扉を押しながら、そんなことをちらっと思った。

9

「……とりあえず」

二人がけの席で向かい合った真島は、戸惑った様子で切り出した。「なんか頼む？」

暇そうにしていた女性の店員がふらっと近寄ってくる。大学生くらいだろう。髪を明るく染めたその店員は僕を一瞥してから、真島に「綾ちゃん、お友達？」と訊いた。

「えっと友達というか、クライアント、ですかね？」

「へえ、クライアント！　なにそれ、かっこいい」

「うん、自分で言ってて、かっこいいって思った」

「あーと、ミラノ風ドリアでお願いします」

「はい、かしこまりましたー。クライアントさん、ごゆっくり」

大学生風の店員を見送ると、真島は説明するように、

「私、ここでバイトしてるの」

と言った。僕は、へえ、と初めて聞いたみたいな反応を取り繕う。

「今日は？」

「今日もこのあとシフト。バイト前はよくこうしてお店で過ごしてる」

「漫画読んで？」

「漫画？」

僕は机の上のカバーがかかった本に目を向けた。

「ああ、これ？　これは漫画じゃなくて小説」

真島は答えると、本と大学ノートをリュックに素早く仕舞った。イッカクの白いストラップがついたリュックだ。真島はそれを身体の脇に置いて、ついでのようにスカートの襞《ひだ》を整えてから、僕を見た。

「で、どうしたの突然？」

「いや、たまたま通りかかって」

「たまたま」も「通りかかって」も嘘だから、しどろもどろになって答えた。でもまさかいるとは思わなかったし、目が合うとも思っていなかった。

「すぐそこに、通ってる整形外科があって」

「そっか。宮下くん、ドリンクバーは頼んでなかったけど、平気？」

「あ、うん。そんな長居はしないから」

「じゃあついでに水取ってくるね」

真島は自分のマグカップを手に立ち上がった。

正面の壁に飾られた、幼い天使が描かれた西洋画を眺めて僕は待つ。変な具合に緊張しているる。きっと浦井から新人賞の話を聞いたせいだ。あといま思い出したけど、ラインをずっと既読無視されているせいでもある。話したいことを話してすぐ帰ろうと決める。

「ポスターのことなんだけど」

マグカップと水の入ったグラスを手に戻ってきた真島に、僕はお礼を言ってから切り出した。

「あーっとごめん、まだ出来てない」

「いや、全然大丈夫。僕も変なことを頼んだわけだし」

「あ、でもラフは描いてあるよ」

あの話はやっぱりなしで、と続けようとしていた僕は口を半開きにしたまま固まった。

「……それはつまり、結構出来上がってる感じ？」

「いや、そうじゃなくてまだ下書き。ざっと描いただけ。ざざっと構図を調整する感じで」

真島さんは手をペンを持つような形にして、空中で動かした。「家にあるから、もし確認したかったらあとで写真送るけど」

「いや、大丈夫」

「いつまでとかないんだよね?」

真島が確認するように言った。

「うん、本当に後回しでいい。他にやることあって忙しいだろうし」

「他にやること?」

聞き返された僕は言葉に詰まった。彼女の漫画創作について、僕は浦井から聞いただけだ。それも、あの浦井でさえ手間をかけて調べてわかった、みたいな口ぶりだった。ということは、真島綾の漫画の受賞を知っている人はとても少なく、限られているんじゃないだろうか。もしかしたら真島自身、隠したいと思っているのかもしれない。それなのに僕が知っているというのは、果たして自然だろうか。

「えっと、ほら、試験勉強とか」

結局誤魔化して答えると、真島はうまい冗談を聞いたという感じで笑った。

「私、一カ月前から試験勉強するタイプに見える? だったら嬉しいな。ありがとう。バイトまでの暇潰しに教科書の一冊も出してなかったけど」

「でもノートは出てた」

ふふん、と鼻を鳴らし、真島はカップの中身を啜った。中身はカフェラテらしかった。僕も釣られて水に口をつけてから、話を打ち切られたんだと気づいた。

「ずっと気になってたんだけど」

沈黙が続くよりはと思って、僕は口を開いた。

「どうして真島さんはこの前突然、罪滅ぼしなんて言い出したの？」

カップの縁に口を当てたまま、真島は動きを止めた。

「……そりゃあ、私のせいで怪我しちゃったわけだから」

「でも最初は松葉杖の僕を見て、逃げようとした」

そう指摘すると、真島は明らかにバツが悪そうな表情になった。逃げる素振りを見せたことを根に持っているわけではないけど、でもあからさまだったから僕ははっきり覚えていた。購買の前で松葉杖を持った僕を見て、真島は一歩、足を引いた。

「……あれはなんていうか。条件反射っていうか」

真島は言葉を切ると、観念したように息を吐いた。

「正直に言うと、長谷部に教えてもらったの」

「長谷部？」

「怪我したせいで、宮下くんは大事な試合に出られなかったって。大事な試合ってあれでしょ？　送ってくれた動画。あの試合でコートに宮下くんの姿がなかったのは、怪我してて出られなかったから」

春高予選準決勝、稲村東との試合のことだ。長谷部は誰から聞いたんだろう、とふと疑問を覚える。噂で耳にしたのかもしれないが、僕が稲村東戦に出られなかったことがどう噂になるのか想像がつかない。

「それで、私はある程度責任を感じたんだと思う」

真島は言った。

「思う？」

「長谷部からそれを聞いたとき、『なんか悪いことした気分だね』って、ぽろっと言ったの。そんなに深い意味はなくて、ぽろっと。君が転んでるところを実際に見てるから、つい口をついて出たんだと思う。そしたら長谷部が『じゃあ罪滅ぼしさせてもらったらどう？』って」

罪滅ぼしさせてもらう、という言い方にまず違和感を覚える。そんな日本語あるか？　と思った。

続いて、もっと訳がわからないのは長谷部の意図だ、と気づいた。

「長谷部はどういうつもりで言ったの、それ」

「私のためだと思う」

「え？」

「長谷部はいつも、私のために骨を折ってくれる人だから」

真島はつぶやく。それから、なにかに気づいたように「あ」と僕の松葉杖に目をやった。奇妙な沈黙が流れる。僕は数秒かかって理解して、「これは、骨折じゃない」と松葉杖を持ち上げた。

「靱帯の損傷で」

「そっか」

その反応の淡白な響きに、僕は思わずぷっと噴き出してしまった。

「本当に、罪滅ぼしなんかどうでも良さそう」

真島は目を伏せて、ごめん、と言った。別にいいんだけど、と僕が言うと、今度は勢いを得たように、

「でも実際のところ、嫌じゃない？」

と身を乗り出してきた。「試合中の怪我だって言ってるのに、自分のせいだって勝手に考えて、罪滅ぼしさせてくれなんて言い続ける奴。自意識過剰でだるい。そんな奴、相手を気遣ってるわけじゃなくて、そうやって他人を思い遣ってる自分に酔って、気持ち良くなってるだけ。偽善でしょ」

圧倒された僕がなにも言えないでいると、真島は尖らせていた口をふっと緩めた。

「私、こういう攻撃的なことすぐ言っちゃう。それでいつも長谷部に怒られる」

「あんまり意外じゃないかも」

残念、と真島は呟く。そのとき、さっきの髪を染めた店員が現れた。

「クライアントさん、お待たせしました！」

明るい声とともに、僕の目の前に板の上に乗ったグラタン皿を置く。

「サービスで半熟卵、つけときましたあ。お熱いので気をつけて」

伸びやかに言って、店員は去っていく。

話したいことを話したらすぐ帰ろうと思っていたのだが、すっかりドリアのことを忘れていた。頼んだことを一瞬悔やんだが、昼休みに弁当を食べてからもう四時間以上経っているのだから当然、立ち上るミートソースの香りと半熟卵の柔らかそうな見た目に食欲が刺激される。スプーンを手にした僕を、真島は珍しい動物に向けるような目で見てきた。

「それ、夕食？」

「いや、夕飯は家帰って食べるよ」

「まじか。おやつってことか。運動部の食欲ってすごいね」

「でもこれ、そんなに量、ないし」

長谷部がどうして真島のために罪滅ぼしを提案したのか、真島のためってどういうことなのか。それをまだ聞いていないと考えながら、僕は赤茶色の大地にスプーンを差し入れた。しかしチーズとソースと米が一体になった塊を口に運んだら、まあどうでもいっかという気分になった。別に僕は真島を尋問しにきたわけじゃないし。

端の方からどんどんスプーンで切り崩していく。真島はやっぱり黙って僕の手元を見つめていた。どのタイミングで半熟卵を割るのか見定められているようで落ち着かなかった。

ふと、僕はなにをしてるんだろう、と思った。本来だったら、まだ練習している時間だ。ちょうど、スパイク練習が始まるころだろう。それなのに僕はサイゼリヤにいて、別のクラスのよくわからない女子と差し向かいになって、ミラノ風ドリアを食べている。怪我をしなかったら、こんな不思議な状況は生まれなかった。きっと高校三年間で、一度もありえなかった。そう思うとなんだか面白くて、にやけてしまいそうで、ドリアを口に入れて堪える。

「あ」

黙っていた真島が唐突に言った。

「そういえば、ラインずっと無視してて、ごめん」

改めて言われるとむずがゆい感覚がして、僕は「いいよ」と素っ気なく返す。

「悪気はなかったんだけど。あの夜、どうして学校のフェンスを乗り越えてたか、でしょ？　どう答えようかと思って、答えるには説明しなくちゃいけないことが多すぎるから、それで迷ってたらタイミング逃しちゃって」

真島は言葉を切ると、自分の背後を振り返った。

「この絵、なんていうタイトルか知ってる？」

彼女の目線の先にあったのは、さっき僕が眺めていた絵画だ。頰をほんのり紅く染めた二人の幼い天使が、つまらなそうに目を上に向けている。左の天使は頰杖をつき、右の天使は机の上で組んだ両手に顔を乗せていた。癖が強く、ぴょんぴょん跳ねたブロンドの髪は柔らかそうだ。服は着ていなくて、ぷにぷにした身体の感じが伝わってくる。翼は白ではなく褐色で、天使の羽というより、蝶の羽に近いように思えた。

「『システィーナの聖母』っていうの」

真島は言った。

「へえ」

そう言う以外に、どう反応すればいいかわからない。

「私も西洋画に詳しいわけじゃないんだけど、さっき注文とってくれた店員さんいたじゃん？茶髪の。あの人、美大に通ってて詳しくて、この前教えてくれた。それでね、なにが言いたいかっていうと、どうこの絵、『聖母』って感じ、する？」

「どういうこと？」

「描かれているの、天使だけじゃない？」

「……ああ、たしかに」

真島がなにを言いたいか、なんとなく理解できた。聖母って言うと、眠気にほとんど支配されながら聞いていた世界史の知識だけど、キリストの母親だ。しかし描かれているのは幼い天使だけで、どこにも母親らしき女性は描かれていない。

「でしょ。だから『聖母』ってタイトルはおかしいでしょ」

「なんか、比喩的な意味があるとか？」

思いつくまま言ってみるが、真島はゆるゆると首を振った。

「実はこの絵、『システィーナの聖母』の一部なんだ」

「一部？」

「実際はもっと縦長。中央に大きく、キリストを抱いた聖母が描かれていて、この暇そうにしてる天使二人は、一番下にちょこんと描かれているだけ。つまり、二人が見上げる視線の先にはちゃんと人物、それもこの絵画の主題となる聖母がいるの。この二人の天使だけ切り取ると上を見てぼうっと考え事をしてるみたいだけど。つまりはそういうこと」

真島は正面に向き直った。つまりはどういうことだ、と僕は思った。

「宮下くんの質問、あの夜なにをしてたかって質問に答えるには、サイゼリヤの店内に飾るためにカットされた聖母みたいな部分、重要だけど見えてない部分も話さないといけない」

真島は丁寧に頭を下げた。後頭部でまとめられた黒髪が揺れる。どうやら、いまその「重要だけど見えていない部分」を説明する気はないようだった。というか、わざと『システィーナの聖母』を持ち出して、話をややこしくして誤魔化しているんだろうと思った。

僕はドリアの最後の塊をすくって、グラタン皿の内壁にこびりついたチーズとソースをこそぐ。

「フェンスを乗り越えてた件と関係あるかはわかんないけど」

僕はたしかに真島を尋問しにきたわけじゃない。でも好奇心はとうに膨らんでいて、弾けそうなほどだった。

「でも漫画の話は、聞いた」

真島はすぐにはなにも言わなかった。

手をゆっくり口許まで持ち上げて、まず顎に二秒くらい当てて、そのあと鼻に二秒くらい当てた。さらに上に持ち上げて、最後は前髪の毛先をひねるようにいじった。その仕草を見ながら、やっぱり、と思った。やっぱり漫画のことは隠していて、安易に触れられたくはないのかもしれない。

ふう、と真島は息を吐き出した。それから、

「なんだ、知ってたんだ」

と小さく笑って、傍らに置いたリュックにぽんと手を置く。「いや最初からなんか変だなあとは思ってたんだよね、机に置いてた本を漫画とか言うから。どうみても文庫本のサイズなのに。長谷部から聞いたの？」

「……いや、噂で。去年佳作とったって」

「噂になってるんだ。まあ隠してるわけじゃないからいいんだけど」

「そうなの？　てっきり」

「隠してないよ。ただ自慢みたいになるのも、すごいって持ち上げられるも嫌だからあんまり言ってないだけで。それにそもそも言う友達も多くないし」

真島は唇を歪ませ、マグカップを撫でた。「でも知ってるなら先言ってよ。博識ぶって、『システィーナの聖母』の話をする必要なんかなかったじゃん」

「ごめん。言い出すタイミングがわからなくて。それに絵の話は面白かったよ」

どうもー、と真島は気のない返事をしてから、

「となると私、なんでフェンスを乗り越えてたのかってことも、話せる」

と言った。「私の漫画に関係する話だから」

「それはもう、別にどっちでも」

「いや、私が宮下くんの立場だったら気になって仕方なくて、いろんな想像しちゃう。それで期待されるのは困るし、しょうもない真実をちゃんと教えとかないとね」

それから真島はカフェラテに口をつけ、

「美術室の隣に、美術準備室っていう部屋があるの」

と言った。

「狭い部屋だけど、漫画を描くための道具が揃ってて、机もある。美術部員と先生しか入らないから、部活のない日なら滅多に邪魔も入らない。完全に私だけの部屋になるの。だから、よくそこで漫画を描いてる」

あの日、僕と鹿坂で鉢合わせしたあの日も、真島は美術準備室で遅くまで漫画を描いていて、気づいたら下校時刻を大幅に過ぎていた。これまでにも居残りすぎてしまうことはよくあって、何度か慌てて帰っているところを教師に見咎められ、注意もされている。次見つけたら美術部全体の問題にする、とまで言われていたから、見つかるわけにはいかなかった。それで教員室から丸見えの正門は使うわけにはいかず、仕方なくフェンスを乗り越えることにした。

そうしたら、ちょうどそのとき、鹿坂を猛スピードで僕が下っていた。そういう経緯らしい。

「……時間を忘れるくらい没頭できるのは、すごい」

話を聞き終えて思わず言うと、真島は小さく首を横に振った。

「別に。描かないといけないだけで」

「あ、新人賞の締め切りが近いから？　月刊ブレイブ新人賞」

「ううん、もうそれには出さない」

「そうなんだ？」

「いまは出版社の担当の人に直接見てもらってる」

「じゃあその人に描けって言われて」

するとと真島は曖昧に首を傾げた。授業中先生に当てられて、でも質問には答えられないときみたいな、困った表情をした。

「……描け、じゃなくて、描けたら見せてって言われてるだけ」

それならどうして「描かないといけない」なんて言ったんだろうと思うが、いまはそんな細かいことは実のところどうでもよくて、それより、時間を忘れるほど没頭したらどんな作品ができるんだろう、と興味を抱いていた。

「真島さんの作品って、佳作を取った例の作品って、どこにもアップされてないんだっけ」

「ああうん。そうだね」

「じゃあ読めないのか」

シフトの時間がそろそろなのか、腕時計を確認していた真島が探るような目を向けてくる。頭の中まで透かし見るような視線をまともに食らって、僕は顔を背けた。

「宮下くん、漫画はよく読む？」

藪から棒に真島が言った。

「いや、あんまり読まない。姉貴は読んでるけど」

「アニメは？」

「あんまり」

「映画は？」

「友達に誘われて映画館に行くことはあるけど」

「最後に見たのは？」

今年の夏に公開された邦画の名前を挙げる。梅太郎の好きな女優が出演しているとかで、マリオも含め三人で練習試合の帰りに観に行った。終盤の爆発シーンなんかは派手だったし、梅太郎の好みの女優もたしかに可愛かった。ただ映画について残っている記憶はそれくらいで、そのあとフードコートで梅太郎とマリオがドーナツの大食い競争を始めて、たしかどっちかが大量の無料券を持っていたせいだと思うけど、結局二人とも限界に達して動けなくなったのを呆れて眺めていたことの方がよく覚えていた。

矢継ぎ早の質問に答えながら、なんだか突然面接みたいになったなと思った。真島は、いまにもメモをとり始めそうだ。さらに面接は続く。

「じゃあ普段、家で暇なときはなにしてるの？」

「暇なとき」

部活から帰ってきたら、夕飯食べて、風呂入って、だらだらして、ちょっと宿題やって、寝るだけだ。このだらだらの部分が暇なときだとしたら、

「ユーチューブ見たりとか」

「学校の休み時間は？」

「あー、それだったらゲームしてる」

「なんのゲーム？」

「テトリス」

ふうん、と真島は言った。不安になって、マインスイーパしてたこともある、と付け足してみたが、反応が変わるわけではなかった。

しばらく真島は黙ってコップの持ち手を撫でていた。僕は皿の縁に焦げ付いたソースをスプーンで削り取ったり、『システィーナの聖母』の天使を観察したりして、真島が次になにか言うのを待った。

「そろそろシフトの時間だから、行かなきゃ」

唐突に、真島は腕時計に目をやって立ち上がった。リュックを背負い、自分のカップと僕のグラタン皿を重ねて持つと、伝票を示し、お会計するからレジに来て、と言った。促されるまま僕はついていく。彼女はレジカウンターの裏に回って、手慣れた動作で機器を叩いた。

「私の原稿、バイト終わって、家帰ったら送るね」

「え？」

僕はドリアの分の代金をトレーに置く。「それは、どういう」

「時間があるとき、読んでみて、ほしいです。宮下くんがどんな感想を持つのか、すごく気になった。まあ感想は、なければないで、全然それで、いいから」

レジを叩きながら喋っているせいか、真島の言葉はリズムに乗って跳ねるようだった。

「じゃあ、ご来店ありがとうございました」

最後に接客用の笑顔を向けられる。それから真島はスタッフルームに消えていった。

僕はお釣りとレシートを手に、その場に立ち尽くしてしまう。

「きみきみ」

いつの間にか、さっきの女子大生の店員が隣に立っていて、僕の肩を突いてきた。

「どうしたの？　綾と喧嘩した？」

「さあ、よくわかんないです」

僕は素直に応えた。

10

その日の夜遅く、真島からファイルが届いた。

手書きの原稿をスキャンしたものだ。メッセージは特にない。ありがとう、と返して、さっそくファイルを開く。

『山茶花の霊が出る』。そのストーリーは、こんなふうだった。

主人公は中学三年生の女子。舞台は修学旅行で訪れた京都だ。彼女の行動班は仲が良い友人で構成されていたが、一人だけ、ほとんど喋ったことのない女子がいた。無口だったし、万引きで捕まったことがあるなんて噂もあって、クラスメイトから遠巻きにされる存在だった。だから今回もどの班にも入れず余っていて、人数の足りなかった主人公の班に自動的に入った。主人公たちは、その女子の存在を気まずく思う。ただ結局、大事な修学旅行だし、私たちはこの子のことは気にせず私たちで楽しもう、という雰囲気になった。

そして迎えた修学旅行当日。なんと主人公とその女子以外の三人がインフルエンザに罹って、来られなくなってしまう。そのせいで急遽三日間、ずっとその子と二人きりになることが決まってしまった。気まずいまま、二人はほとんど喋らず一日目を終える。その夜、泊まった旅館でも「山茶花の間」という部屋で二人きりだ。最悪の修学旅行だ、と主人公は憤《いきどお》る。しかし仲良しは全員ダウンしているので、苛立ちをぶつける相手もいない。ついに、あまりの気まずさに耐えられなくなったとき、部屋の襖や鏡台が、がたがたと震え始めた。「山茶花の間」は、幽霊が出るいわくつきの部屋だった。

二人は驚きのあまり動けない。しかし出てきた幽霊は笑顔で言う。

「修学旅行の間だけでいいから、私の話し相手になってよ！」

ショートカットの、目がくりくりした女の子で、笑顔が可愛い、と主人公は思う。幽霊が可愛いってなんだよ、ともう一人は言う。

こうして次の日から、修学旅行は二人と一人の幽霊で過ごすことになった。困惑とか緊張は、その幽霊の明るさで徐々に解け、会話は弾み、主人公ともう一人の女子との距離もだんだん近づいていく。

そういうストーリーの、短い物語だった。

やっぱり絵が上手い。まず感じたのはそれだった。的確に引かれた少ない線は絵をシンプルに、読みやすくしていた。

ただ、ストーリーの面白さは、僕にはよくわからなかった。幽霊のおかげでクラスメイトと仲が良くなる、というのはわかりやすい筋だったけど、編集部のコメントに書かれていた「ストーリーが一本調子」という意見も頷けるような気がした。どうなんだろう。素人の僕には、判断がつかなかった。

姉なら漫画に詳しい。読んでもらおうかと思ったが、個人的に送ってくれたファイルを転送するのは気が引けたし、それにいまはワンピースの最新刊を読んでいるだろう。大相撲の雑誌を頼んだのに、とさっき母親に小言を言われていたから、きっと機嫌も悪い。関わりたくない。

読み終わってしばらく、僕は真島とのトーク画面を眺めた。

実際いくつか文章も打ち込んでみた。絵が上手、とか、話がわかりやすい、とかそんな感じだ。どれも当たり障りのない、誰にでも言えそうな感想で、しっくりこなかった。

悩みに悩んだ末、なんだか疲れ果ててしまって、結局なにも送らなかった。読んだことは、今度会ったときにでも伝えればいい。そのとき感想を求められたら、その場で思い浮かんだことを言おう。そう決めて、布団に入った。

寝る間際、物が溢れた狭い部屋で机に向かう、真島の姿が脳裏に浮かんだ。美術準備室は入ったことがないから、僕の想像の中では、そこは男子バレー部の部室だった。雑多で、埃くさく、照明が弱いせいで薄暗い。

そんな部屋で真島は、かじりつくように机に向かっている。ペンを紙に走らせる音だけが聞こえてくる。白い紙に一本ずつ、しなやかな線が描き込まれていく。

そんなイメージが浮かんで、なかなか寝付けなかった。


「じゃあ、覗いてみよう」

翌日の昼休み、教室移動の途中で通りかかった美術室の前で、浦井が言った。言った、というより、高らかに宣言するような調子だった。真島が美術準備室で漫画を描いていることは、またにやにやされそうなのでそれを知った経緯、つまり僕がサイゼリヤに押しかけた部分は省いて、休み時間に話してあった。

美術室の扉は開いていて、がらんとした室内が覗けた。照明も付いていないから、どうやら四限に美術の授業はなかったらしい。イーゼルや丸椅子の間を縫って、浦井は迷わず奥の扉に向かう。

美術準備室の扉のノブに手をかけた浦井に、

「勝手に入っていいの？」

と追いついた僕は声を掛けた。

「ちょっと覗く奴と下校時間過ぎてまで居座る奴、悪いのはどっちって話だよ」

浦井は平然と答えた。なんとなく美術準備室は真島だけの聖域のようなイメージを持っていたのだが、たしかに浦井の言い分もそのとおりに思えた。それに僕自身、興味がある。

扉は重く、押すと、ぎいと軋んだ。暗い部屋に足を踏み入れる。

「……うん、快適ではないね」

ぐるりと部屋を見回した浦井が言った。鼻をひくひくさせる。「埃と、油絵具の匂い」

僕の「男子バレー部の部室みたいな部屋」という想像は、そんなに外れていなかった。

床面積で言うと、バレー部の部室よりずっと広い。でも体感としては、狭苦しさを感じる。というのも部屋の形が細長くて、奥行きは結構あるが、幅がちょうど両手を広げられる程度しかないのだ。それに窓もなく、扉を閉めてしまうと、外の物音もほとんど届かない。以前、芸能人の自宅紹介みたいなバラエティ番組で見た、ウォークインクローゼットを思い出させた。

壁際には本棚が据えられていて、スケッチブックや画集がささっている。入りきらなかった本やキャンバスは、投げ出されるように床に置かれていた。整頓しようと努力したことはあるらしく、その痕跡も残っているけど、結局乱雑になっている感じが、特に部室によく似ていた。

「たしかに、時間の感覚はなくなりそう」

思い出したのは、二週間くらい前の怪我をした練習試合の日、部室で氷水に右足を突っ込んでいたときの感覚だった。この美術準備室も、ずっといたら、外界から切り離されているような気分になりそうだ。

浦井は扉の正面の机に歩み寄る。ざっと見たところ、美術準備室に机はその一つだけだった。ということは、真島はこの机に向かって、いつも漫画を描いているんだろう。後ろめたさを少し覚えながら、肩越しに僕も机を覗く。

机の上も、床と同じように散らかっていた。

いや、美術準備室の中で、一番散らかっているのはこの机の上と言っていいほどだった。授業で使うプリント類が乱暴に置かれ、天板が見えなくなっている。大量のプリントをめくると、使い切って平たくなった絵具や、毛先の広がった筆が散らばっていた。

浦井は興味深そうに、隅のペン立てに手を伸ばして、先の尖った万年筆のようなペンを手に取った。似たような、それでいて先端の形状がちょっと違うペンが他にも何本か刺さっていた。これが真島の言っていた「漫画の画材」なんだろう。

そんな机上の光景を見て、ふと違和感を覚えた。あれなんか、変だぞ、と思った。しかし、浦井が関心をなくしたように机から離れたのをきっかけに、その違和感も霧消する。

浦井は本棚から画集を抜き出し、ぱらぱらめくりながら、エッシャーはいいよなあ、とか利いたふうな口をきく。僕も興味をそそられるものがないか、机の周辺を眺めた。

「お」

床に積み上がったスケッチブックの上に、Ａ４の紙が何枚か重なっているのを発見した。裏返しになっているが、表面の紺色が薄く透けて見える。

手に取って表に返すと、翼の生えた鹿が描かれていた。やっぱり真島の描いた明鹿祭のポスターだ。印刷して余ったやつなのか、それとも明鹿祭が終わったから剥がしたやつなのか、スケッチブックの塔の上に十枚ほど、裏返して置いてあった。

なんだかにわかに、落ち着かなくなった。たぶん美術準備室に入ってからずっと、校内の知らない部屋という気分でいたのに、急に真島のいた形跡を目の当たりにしたせいだ。罪悪感がじわじわ膨らみ始める。

帰ろうぜ、と浦井に声をかけようとしたとき、突然、虫の羽音のような響きが聞こえてきた。しゃがみ込んでエッシャーの画集を眺めていた浦井は、弾かれたように顔を上げ、その拍子にバランスを崩したのか、後ろ側にこてんと倒れた。立てかけていた僕の松葉杖に頭をぶつけ、松葉杖はがしゃんと大きな音を立てて、倒れる。

その間もバイブ音は続いていて、僕はポケットから震える携帯を取り出した。

「びっくりさせるなよ」

尻餅をついた間抜けな体勢のまま、浦井がぼやく。

携帯の画面に表示されていたのは、マリオの名前だった。

「もしもし」

電話越しにざわざわした様子が伝わってきた。「どうしたの？」

「おーい、景」

「うん？」

「早くしろって。ミーティング始まるぞ」

「え？」

「今日の昼やるって、昨日言ってたじゃん」

記憶を辿ってみたが、そんな話は聞いた覚えがなかった。

「なにそれ。知らないんだけど」

「あ」

と、今度はマリオが驚いたような声を発する。「そっかそっか！　景、昨日早退してるから、聞いてないのか」

どうやら昨日、最後に行った試合形式の練習で課題点が見つかり、今日の昼にじっくり話し合おうということになっていたらしい。

「まあいいや、じゃあ先に始めてるからね」

「えっと、場所は」

「体育館。走って来て」

「走れないよ」

僕は倒れた松葉杖を拾いながら、返した。電話はいつの間にか切れている。

浦井が腰を伸ばして、「運動部は辛いねえ」とつぶやいた。


今日も病院に行くから、練習は途中で抜ける。ミーティングが終わったあと、ホワイトボードの文字を消す塩野にそのことを伝えると、

「今日も？」

と、塩野はホワイトボードに向かったまま聞き返した。僕もイレイサーを手に取って、「こ

の面のとき、北村サーブカットしない」という文字を消す。

「今日はリハビリで」

　込み入った事情は割愛して伝える。込み入った事情とは、本当なら昨日診察とセットでリハビリも行うはずだったところ、真島と別れてサイゼリヤを出るころには予約した時間を過ぎていて、受付終了の時刻も迫っていたから、リハビリは今日に回された、という事情で、しかしそれを説明しなくても塩野は「そうか」と納得した様子だった。

「先生には言ったか？」

「うん、さっき言ってきた」

　わかった、と塩野は頷く。ホワイトボードが真っ白に戻ると、近くにいた一年生が「倉庫に片しておきますね」と言って、転がしていった。

「景、ちょっといいか？」

　一年が離れていってから、塩野が言った。

「梅太郎のことなんだけど」

「梅太郎？」

　周囲を見回す。二年生は僕と塩野以外、もう教室に帰っていた。

　それでも塩野は声を潜めて続ける。

「景は梅太郎と仲良いだろ？　だから聞きたいんだけど」

「仲良いかな」

「あいつって、口数少ないとき、なに考えてるんだ？」

「なに、梅太郎、最近口数少ないの？」

「ああ、このところ。思わないか？」

全然、と僕は首を振る。全体の練習に参加していないから、気づかなかったんだろう。ただ思い返してみれば、さっきのミーティングでも発言が少なかった気がする。

「まああいつ、不機嫌なときは喋らなくなるかも」

「そうか。やっぱりそうだよな」

塩野はため息まじりに言った。「俺に不満とか要望があれば言ってほしいな」

「不満？」

「だって新チーム体制になってからだ、梅太郎が不機嫌そうにしてるのは。俺の作る練習メニューとか、チームのまとめ方とかに不満があるんじゃないのか？」

塩野は腰に手を当て、また重い息を吐き出した。端で腹筋と背筋と体幹トレーニングの毎日を送っている僕には、塩野の働きに問題があるかどうか、それすらよくわからなかった。

だから曖昧に、

「まあすぐ機嫌は戻るよ」

と言った。「ほら梅って、単純な奴だろ」

「だといいんだが」

塩野は釈然としない感じで首を捻る。主将は大変だ、と僕は思う。

その日の放課後、練習が半分くらいまで進んだころ、制服に着替えた僕は、「じゃあそろそろ」と塩野に声をかけた。マリオが「病院？」と聞いてきたので、頷いて、体育館を出る。日に日に、日没が早くなっていた。十七時前なのにすっかり暗くなった廊下を、松葉杖を鳴らしながら歩く。

昼間塩野に言われたから、今日はトレーニングの合間に梅太郎を観察してみた。たしかに練習中の梅太郎は不機嫌に見えなくもなかったけど、でもやっぱり塩野が敏感になりすぎているだけだろう。表情が険しく見えるのは、生まれつき彫りの深い顔で、かつすぐ眉間に皺を寄せる癖があるからだ。

梅太郎をちらちら追っていたら、気づかれたらしく、次第に目が合うようになった。それでなんとなく気まずくなって、途中からはトレーニングに集中した。

昇降口で靴を履き替え、リュックからマフラーと手袋を出す。

「景」

背後からふいに呼び止められた。

声の主は少し離れたところに立って、まっすぐ僕を見据えている。昇降口の照明は落とされているのでぼんやりとした輪郭しか見えなかったが、その太い声の持ち主は他にいなかった。

「梅太郎か。びっくりした」

「お前、今日も病院行くの？」

「今日はリハビリ」

へえ、と梅太郎は言って、鼻を鳴らした。その仕草にいらっとして、

「病院に行くのは仕方ないだろ」

と返す。練習を抜けてまで僕に絡みにきて、こいつはなにがしたいんだ、と思う。

昇降口の空気は肌を刺すような冷たさだった。外はもっと寒いと思うとうんざりする。僕は手早くマフラーを首に巻き、手袋をはめた。梅太郎は半袖短パンの練習着姿のまま、突っ立っていた。それを見て、梅太郎って寒がりだったよな、と訝しむ。今日体育館に来たときも学ランの上に分厚いダウンジャケットを重ねていた。もともと肩幅が広くて胸板も厚いのにそうやっていろいろ着込むから、冬場の梅太郎はいつも風船みたいに身体が膨れる。

「梅太郎、練習は?」

沈黙に耐えかねて言ったが、梅太郎は答えない。

その代わりに、

「ずっと気になってたこと、景に聞きたかったことがあるんだけど」

と、ゆっくり言った。いい話じゃないな、と直感する。顔を背け、マフラーの位置を調節するふりをしながら「なんだよ、急に」とわざと軽く返した。

でもその言葉は、薄闇の中で白い息になっただけだった。

「最近上の空なのは、なんでなんだ?」

「……上の空?」

「ミーティングに遅刻してきたり」

「今日の昼のは知らなかった」

「練習を抜け出したり」

「これから病院行くんだって」

「病院じゃない日もときどき抜け出してるだろ」

答えに詰まった。それもしょっちゅう、と梅太郎は追い打ちをかけるように続ける。

「別にトレーニングルームに行くわけでもなく、歩き回って。なにしてんのか知らんけど」

「なになに、僕のこと監視してんの？」

僕はそう笑い飛ばす。でも言ってから、あ、これじゃ認めたみたいになってる、と気づく。

「そりゃ気にするだろ。同じ部員なんだから」

梅太郎は静かに、白い息を吐きながら言った。

苛立ちが肥大していく。早く立ち去りたい思いと、梅太郎をこの場で論破してしまいたい思いが腹の底でぐつぐつ煮えた。全身の肌が弱い静電気をまとったみたいに痺れた。

体育館の周りを適当にぶらつくのは、トレーニングに飽きたときだけど、体育館にいたとしても、練習を手伝えるわけじゃない。他にすることがないんだから、抜け出してなにが悪い。別に迷惑をかけているわけでもないし。

浮かんだ言葉のどれか一つを吐き出す前に、梅太郎が「景は」と言った。

「北村じゃなくて自分が試合に出てたら、って思わなかったのかよ」

「……は？」

　意味がわからなくて、ちょっと笑ってしまう。「なんの話？」

「自分が出てたら稲村東に勝てたかもしれない、とか、そういうことまったく思わないの？」

　今度は笑い飛ばすことができなかった。

　真島綾に送った動画を思い出す。サーブをミスした北村が、手を挙げて謝りながらコートに戻ってきたシーンが鮮やかに浮かんだ。

「そんなの」

　考えたこともない、と続けようとした。しかし遮るように梅太郎は、

「少しは自分に責任があるんじゃないか、って感じなかったかよ？」

「は？　責任？」

「それともお前は、北村に自分の代わりが務まるって、本気で思ってたのかよ？」

　視界が狭まっていくような錯覚を覚える。

「……北村だって、いままでちゃんと練習してきてるし」

「いや、お前はそんなふうに思ってない。それに俺がいま言いたいのはそういうことじゃない。景の気持ちの話だ」

「なんだよそれ。ていうか、練習再開しちゃうでしょ。早く戻れよ、コートに」

「俺たちは負けたんだよ」

　梅太郎は、ぽんと無造作に投げ出すように言った。

「レギュラーが一人欠けて、普段ベンチの奴が出て、俺たちはその状態で負けたんだ」

水面に落ちた滴が波紋を広げていくみたいに空気を震わせて、言葉は僕の元に届く。

「そんなの知らないよ」

気づけば僕はそう口走っていた。「僕が出ても、北村が出ても、負ける相手には負けるだろ。そういうもんでしょ、バレーって、スポーツって」

いっとき、昇降口に静寂が満ちる。そのせいで僕たちの間に横たわる薄闇が色を濃くした。僕は、正確な位置はわからないけど、梅太郎の目のあたりを睨み返した。

「……じゃあ、どんな気持ちだった？」

「なにが」

「俺たちが稲村東にぼこぼこにされてるとき。負けたとき。三年生が、遊晴が、俺が泣いてたとき、お前はどんな気分で見てたんだよ」

梅太郎は吐き捨てるように言った。僕は正直に答えてやるつもりで、自分があのときどんな気分だったか記憶を辿った。何度も辿り直した。

「……ほら、なんも言えねえじゃん」

しばらくして梅太郎が言った。冷水機の唸りがやけに大きく聞こえる中、口の中が乾いて仕方なかった。

「どうせマリオから聞いてるんだろうけど」

と、梅太郎は続ける。「退部届を取ってたバレー部員の話。聞いてるだろ？　もうずっと前、春高予選よりもだいぶ前の話だけど」

　梅太郎の友達が事務室で退部届を入手していたバレー部員を見かけた。それを知った大会前の梅太郎は、なんでこんな時期に、と苛立っていたと、僕はマリオから聞いた。

「正直、あれ聞いたとき、二年だったらすぐ二人浮かんだ」

　暗がりで梅太郎が背を向けたのがわかる。「まずは北村。それか、もしかしたらお前。そのどっちかだろうなって」

「なんで僕も」

　背を向けたまま、梅太郎は小さく息を吐く。それからなにも言わず、廊下を戻っていった。濃い闇に溶け込んでいく背中を僕は黙って見送る。

　ふと、視線の先の暗闇が揺らめいた気がした。ちょうど廊下に続く角のあたり。誰かの身体の半分が覗いている。

　一瞬、僕の方に顔を向ける。その瞬間、誰なのかはっきりわかった。

「……北村！」

　影はびくりと震えて、固まった。僕は唾を飲み込む。

「梅太郎を呼びにきただけ」

　蚊の鳴くような声でそれだけ言い残すと、北村は小走りで体育館に戻っていった。

11

　週が明けた月曜の朝、僕はいつも以上にぼんやりと、鹿坂を上っていた。始業十五分前の通学路は明鹿生で混み合っていたが、顔を上げて知り合いを探す気にはならなかった。周りの歩調に合わせて、だらだら上る。

　土曜は半日の練習で、日曜は練習試合だった。今回は眠くならないように、ベンチから試合を眺めながら、常に身体を動かすようにした。肩甲骨《けんこうこつ》周りの筋肉を伸ばしたり、肩をぐるぐる回したり、右足首に負担のかかる動きはやめておいたが、それでもリハビリだと思って、スクワットなんかはした。そうやって運動をしていれば、息が詰まるような感覚は多少和らいだ。この土日の間、梅太郎とは一度も話さず、目も合わさなかった。

　校門を抜けると、校舎に向かう人の流れから離れ、昨日遠征先に持っていったシューズを置くために体育館に向かった。今日はオフだから、シューズを持ってくるのは明日でいいんだけど、明日は体育の授業があったりして荷物が多い。

　体育館棟の昇降口に満ちた早朝の空気はぴんと張り詰めていて、清らかな感じがする。この前の放課後のことは考えないようにして、廊下を奥に進んだ。シューズは舞台の裏に置く。フロアからは重いボールを弾ませる響きが聞こえてきた。男子バスケ部が朝練をしているんだろう。

バレー部がいつも使っている奥のコートの近くまで来たとき、ふいにバスケットボールが弾む音ではない、別の響きが耳に届いた。

どっ、とも、ぼっ、とも聞こえる、馴染み深い響き。

扉を引く。誰もいないはずのコートに、バレーのネットが立っていた。

そのネットの上端ぎりぎりをサーブが無回転で通過した。ボールはエンドラインの手前に落ち、それから二回バウンドして、僕の手に収まった。

サーブを打った北村は、打ち終えた姿勢のまま固まっている。

「……景。ボールこっちに転がして」

北村が言い終わる前に、僕はボールを思い切り投げ返した。


舞台の裏にシューズを置いて戻ってくると、北村はネットを片付けているところだった。始業時間が迫っていて、バスケ部もすでに朝練を終えている。ネットを畳むのは一人では難しいから、自然と手伝う形になった。松葉杖を置いて、北村と一緒に無言で小さく畳んでいく。

「……昨日の夜、まえもらってきた退部届を家で見つけて」

畳み終えたネットを脇に抱えてから、北村がふいに言った。「それで、ちょっと笑っちゃったんだよね。名前とかクラスとかは全部書いてあって、空欄はあと日付と杉内先生のサインだけで。それなのにいま俺は試合に出てて、こんなふうに一人で朝練までしてる。ひと月前はバレー部を辞めることで頭いっぱいだったくせに」

自嘲気味に小さく笑いながら、北村は倉庫に向かう。僕もなんとなくついていく。

「たしかに、一人で朝練してるとは思わなかった」

「梅太郎と景が喋ってたの、全部聞いたよ」

北村はネットを棚に押し込む。「あんなふうに、ずばっと言えちゃうのが、梅太郎のすごいところだよね」

目の前の北村の輪郭は薄暗い倉庫の中で、ちょうど金曜の夕方、梅太郎がいなくなったあとに見つけた姿と同じようにぼやけていて、その一致がなんというか気持ち悪く思えて、僕は照明のスイッチを押した。

「やっぱり聞いてたんだ」

「俺、梅太郎の、自分のこと以外はなんにも考えてなさそうな性格がずっと苦手だったんだけど」

北村は押し込んだネットに手を置いたまま言った。

「でも、少しはあいつの気持ちわかるかもしれない。ずっと試合に出てきた景が怪我で出られなくなって、俺なんかが大事な試合に出ることになって、それで負けたんだし。俺はなにもできなくて、気づいたら負けてた。梅太郎はたぶんめちゃくちゃ悔しかったんだと思う。たぶん、っていうか絶対。そりゃあ苛立つ、俺にも景にも」

「……僕の怪我は仕方ないでしょ」

「それなら、梅太郎が俺に苛立つのは当然ってこと?」

僕は一瞬固まる。そうだよ、と即座に言い返してやればよかったと後悔した。どろどろした熱い塊が胸の底で湧き上がり、喉元まで上ってくる。梅太郎にも、ついこの間まで梅太郎と同じコートに立つ機会なんてほとんどなかった北村がその気持ちがわかるなんて言っていることにも、無性に腹が立っていた。

「梅太郎がなんで苛立ってるのか、全然意味がわからない」

僕は吐き捨てた。「怪我は仕方ないし、部活で上の空になってるからって、僕は練習に参加してないいんだから、チームに迷惑かけてるわけでもないでしょ。僕の勝手だ」

「梅太郎はきっと割り切れないいんだよ」

棚から視線を剝がさず、北村は言った。「怪我したあとの景の態度が」

「だからそんなの僕の勝手で」

「それと、景の怪我の、本当の理由が引っかかってる」

「……は?」

北村は学ランのポケットから携帯を取り出した。

「景は外崎《とざき》商業の選手の足を踏んで、足首を捻った。それで本当に間違いない?」

外崎商業というのは僕が足首を捻った日に試合していた相手だ。北村の探るような視線を受けて、思わず装具のついた右足を少し後ろに引く。

「実は梅太郎がその外崎商業の奴と知り合いで、インスタも知ってて。あの練習試合の日の夜、DMが来たらしいんだ。春高予選の前日なのに本当に申し訳ないことした、って」

北村に見せられたのは、インスタグラムのメッセージ画面だった。梅太郎がスクリーンショットして北村に送ったんだろう。

——明鹿も春高前なのに怪我させてしまって、本当にごめん。俺がジャンプのとき突っ込んだせいだと思う

——仕方ないよ

——まじですまん

——そっちは大丈夫？　足踏まれたんだろ？

——俺は大丈夫。踏まれてはないし

——え？　うちのは足踏んだから捻ったって言ってるみたいなんだけど

——いや俺、彼と接触はしてない

「だって」

北村は携帯をしまう。

「外崎商業の人は、景と接触していないって言ってる。それで梅太郎は練習試合の動画を見返した。よく見ると、たしかに景は外崎の選手の足を踏んでなかった。梅太郎はそう言ってた。俺も動画を見せられた。画質が粗くて、俺はよくわかんなかったけど。でも疑う気持ちはよくわかる。どうして景は相手の足を踏んだなんて嘘をついたのか、どうして足を踏んでないのに松葉杖になるような怪我をしたのか。本当はなんで怪我をしたのか」

「……梅太郎はなんだって言ってんの」

「もともと怪我してたのに隠してた、って思ってる。それを隠すために足を踏んだ、なんて嘘もついた」

僕は一カ月前の練習試合を思い出す。足元が揺らぐ感覚があって、次の瞬間には、右足首があり得ない方向に曲がっていた。

梅太郎と連絡を取っていた奴の言うとおりだった。僕は相手選手と接触していない。前日に自転車でこけて痛めた足首が、着地の際にバランスを崩しただけだった。しかしそのあと部室で足を冷やしているとき、北村に「足を踏んだの?」と聞かれて、反射的に頷いてしまった。そうしたらもう誰にも、違いました、一人で転んだだけです、とは言えなくなってしまった。

「それで実際、どうなの?　梅太郎の想像どおりだとしたら、なんで練習試合の前に足を痛めてること言わなかったの?」

責めるようではなく、ただ気になるからといった口ぶりだった。松葉杖を舞台に置いてきてよかった、と頭の隅で思った。

「言ってもなんにもなんなかったでしょ」

「外崎との試合は大事を取って休んで、翌日の稲村東戦に備える、とかできたんじゃない?」

北村はあっさり言った。言われてみれば、単純な選択肢だ。それすら思い浮かばなかった自分に愕然とする。

「……正直、外崎の日は大丈夫だったから」

「なにがあったの」

「自転車でこけた」

そう答えたとき、自分が死ぬほど間抜けな奴に思えた。でも大丈夫だった、と慌てて続ける。

「ほんのちょっと違和感はあったけど、ジャンプはいつもどおりできてたし。もしお前が同じ立場でも言わないでしょ。梅太郎も絶対言わない。大会前日の練習試合に出ない方が迷惑だって考える」

北村は表情を変えなかった。俺はどうだっていいんだけど、とまで言った。

「気にしてるのは梅太郎だけで」

そう言って倉庫から出ていき、戸口のところで思い出したように振り返った。

「このこと、梅太郎は俺にしか言ってないよ。チームのみんなには伝えてない。景が嘘をついてるって梅太郎が最初に気づいたのは準々決勝の直前だったし、春高予選が終わったあとも新チームのことを考えて、言わなかったんだと思う。俺だけに、明かした」

新チームになって初めての練習試合の日の昼休み、僕が飲み物を買おうとテラスに出たら、梅太郎と北村が話していた。二人は僕を見て、さっと口を閉ざした。あのとき話していたのは、僕の怪我のことだったのかもしれない。

フロアには一限で体育館を使う生徒が集まり始めていた。背を向けた北村を、なあ、と呼び止めた。

「僕とお前って、似てるのかな」

こんなこと、本当は聞きたくなかった。でも梅太郎に、退部しようとしているのは北村か景のどっちかだと思っていた、と言われてからずっと引っかかっていた。頭から離れなかった。同じ中学出身ということ以外、僕と北村はすべてが違っていて、たとえば中学のころから、僕は常にレギュラーで、北村は常にベンチだった。

振り返った北村は一瞬戸惑うような表情を見せたが、やがて僕と梅太郎のやりとりを思い出し、質問の意図に気づいたらしく、ああ、と漏らした。

「よくわかんないけど」

少し茶色がかった目をゆらゆらと彷徨わせる。「たぶん俺も景も、バレーやっててつまらなそうなんじゃない？」

その言葉の意味はいまいち理解できなくて、僕は黙って続きを待った。体育館には朝の光が差し込んでいて、細かい埃がきらきら漂っていた。

また口を開いた北村は、

「僕はつまらないっていうか、腐ってただけだけど」

と言った。

「腐ってた？」

「一年のときからずっと。試合には出れないし、上手くもならない。辞めようかなって思ったけど、でもみんなに逃げたって思われるのも、自分で逃げたって自覚するのも嫌だったから、なかなか踏ん切りがつかなかった。そんな状態でずっと練習してた。その辺が、梅太郎にはバレてたんだろうな」

北村は薄く笑う。

僕は違和感を覚えた。北村の言う「腐ってた」状態になったことなんて、僕は一度もない。それなのに部を辞めそうな奴として、北村と共に、梅太郎の頭に最初に思い浮かぶ。どうしてなのか、全然わからなかった。

「俺は二年の夏が終わったくらいで、腐るのにも疲れたしもう辞めるかって気分になった。それで、退部届を書いた」

北村は、僕に話しているというより、自分の中で整理をつけるために言葉を発しているみたいだった。

「この前、稲村東に負けたときだって、なにも感じなかった。ああ負けたな、ってだけ。俺のせいとも思えなかった。でも、春高予選が終わったあとの練習試合は、ちょっと楽しかった。久しぶりにバレー悪くないって思えたし、そのぶんミスったら悔しかった」

テラスのベンチで苦しそうにスプライトを飲んでいた姿を思い出す。なにか特別ないいことがあった日、北村走一は苦手な炭酸を飲む。

「……だけど、梅太郎が景にああ言ってるの、俺じゃなくて景が出てたら稲村東に勝てたかもしれないって言ってるのを聞いて。それで初めて、稲村東戦でなにもできなかったことが心の底から悔しく思えた」

北村の瞳はもう揺れていなかった。僕の知っている北村じゃない、と思って混乱する。梅太郎と話したときと同じように、口の中が乾いていく感覚がした。

「もう二度とこんな悔しい思いはしたくない。そのためには上手くならないといけない」

北村は、バレーシューズを手に体育館を出ていく。

手の中のそのシューズは、ところどころほつれ、汚れていた。

第三章

深海

1

席替えをしてしばらくしてその席からの眺めに慣れてくるように、体育館の隅はすっかり自分の居場所という感じがしていた。でも、この場所でやることは最近ちょっと変わった。

冷たい床に長座の姿勢で座って、右足首をゆっくり曲げて、伸ばす。その動きを、リハビリ担当の先生に言われた回数行う。痛みはまったくなくて、代わりに関節の可動域がだんだん広がっていく感覚があった。その次は、縄跳びだ。ジャンプは無理だけどランニングはもうできる、と杉内先生に伝えたら提案されたメニューで、七分間三セットを前跳びと駆け足跳びの二種類について行う。運動不足のせいでハードなメニューではあったけど、スタミナを取り戻す目的だと思えばちょうどよかった。ジャンプ力も戻りそうだ。

松葉杖と装具が外れてからのリハビリは、だいたいこんな具合だった。怪我をしてから、三週間が経過していた。

全体練習が小休止に入ると、前跳びを終えて一息ついていた僕の元に、遊晴がふらっと近づいてきた。

「俺、次の目標は四重跳びなんだよね」

促されるまま縄を渡し、遊晴がびゅんびゅん回す様子を眺める。縄の速度はどんどん上がっていくが、四重跳びにチャレンジしたところで、ばちんと音を立て、足に引っかかった。

「うん、練習すればいけそうだ、これ」

遊晴は笑顔になって、縄を僕の手に返した。「景も練習してみな」

「たしかに、だらだら跳ぶの飽きてきたし」

「てか景さあ、そろそろパスとか参加したら？　全力ジャンプさえしなきゃ、もう正直、大丈夫でしょ」

四重跳びができそうって言うのと同じような調子で、遊晴は言った。医者には急激な動きのないメニューなら、とだけ言われていて、パスが明確に許可されているわけではなかったが、遊晴のそのあっけらかんとした言い方に思わず、「あーまあ、大丈夫かも」と答えてしまった。ほらな、と遊晴は笑う。

こうして十一月最後の週に入って、僕は練習に少し参加するようになった。

三週間ぶりのバレーは、あれボールが腕に触れるのってこんな一瞬だったたっけ、と首を捻りたくなった。腕で弾いた途端、もうボールはパス相手の方に向かっている。怪我する前はもっと身体に吸着してくるような感覚があった気がするし、それにこんなに全身に意識を配っていなかった。

「なんだよ、景。もうちゃんとできんじゃん」

でも、パス相手のマリオはそんなふうに言った。そう？　と僕は安心したし、嬉しくなる。

「いやあでも、まだジャンプとかがなあ」

「もういいから、早く復帰しろ」

「勝手なこと言うなよ」

笑い返しながら、視界の隅にいた北村を気にする。真剣な表情で空中のボールを見つめて、レシーブしている。「早く復帰しろ」というマリオの言葉が聞こえていればいい、と思った。

北村とも梅太郎とも、最近はまったく話していない。でも、僕はもうすぐ完全に復帰できるのだ。復帰すればまたもとの日々に戻るけど、その代わり、面倒ごとも全部解消されるはずだ。

高一の五月に初めて試合に出た日から、僕はずっとバレーボールを上手くやってきたのだ。


「真島の漫画、読んだんだよな?」

浦井の質問に、僕は弁当のブロッコリーを口に放り込んでから頷いた。

「どうだった?」

「面白かったけど。あ、浦井も読む?」

「彼女は宮下に送ったわけだろ?　だったら俺は遠慮しとく。二人の問題だ」

携帯から顔を上げた浦井は唇を流線形に曲げてから、焼きそばパンをかじった。

「にやにやすんな。彼女はただ送ってくれただけだし、深読みもすんな」

「注文が多いなあ」

「二つしか言ってない」

「それで?」

浦井は、画面に指を滑らせる。手元の麻雀牌が卓の中央に移動するのが見えた。

「感想は送ったの？」

「送ってない」

「はあ？　なんで」

と、急に浦井は声を大きくした。僕は驚いて、箸で挟んでいた、じゃこ入りの卵焼きを落としそうになる。

「なんでって。まあタイミング逃しちゃったし」

真島に廊下で会ったりしたら読んだことを伝えようと思っていたのだが、なかなか校内で出くわす機会はなかった。彼女のクラスまで出向くのは、さすがに大袈裟な気がする。

「伝えた方がいい。絶対。間違いなく」

浦井は手に落ちた紅生姜をつまみながら言った。

「いまさらラインで送るのも変じゃん。それに僕あんまり漫画とか読まないから、僕の感想聞いてもしょうがないでしょ」

「違う。まったく違う。彼女は、お前みたいなやつの意見を聞きたいと思ったから送ったんだよ、きっと。そういう人間の意見は貴重だ」

「そういう人間だから、上手い感想も出てこない」

浦井は呆れたように、肩をすくめた。

「でも送ってないこと、気にしてはいるよ」

僕は教室の廊下側にちらっと顔を向けてから、声を落とす。「長谷部に怒られるかもしれないし」

数人の女子が一つの机に集まって話していて、その中に、誰かの発言に大きく手を叩いて笑っている長谷部の姿があった。あんた綾にせっかく作品を送ってもらったのに感想のひとつも返さないなんて、どういう神経？　そう言って、目を吊り上げる長谷部の顔は簡単に想像できたし、それで狼狽《うろた》える自分の姿もイメージできる。

「長谷部のこと、とことん苦手だねえ」

また浦井が面白がるように頬を緩めるから、僕は「得意な奴いないでしょ」と返す。浦井は、どうだろうねー物好きはいるから、とにやにやしたままだ。

「でも安心しな。たぶん長谷部には怒られないよ」

「なんで」

「彼女、最近なんかいいことあったんだろうな。態度が丸くなった」

適当なことを言っているようにしか聞こえなくて、今度は僕が肩をすくめた。


長谷部と話す機会はそれからすぐやってきた。

リハビリに行くために部活を早退した日だった。リハビリが始まってから、早退して病院に行く頻度は増えていたが、梅太郎がどう思うかとかはまったく気にしないことにしていた。そもそも気にする必要なんてない。

体育館を出ると、本校舎の方から長谷部がちょうど一人で歩いてくるところだった。

「男バレ、もう練習終わり？」

と、声をかけられる。

「いや僕は早退」

「なーんだ」

長谷部は拍子抜けしたように言った。「今日も練習は十八時半まで？」

「うん、いつもどおり。女バスの練習は？」

「今日は朝練だったから、放課後はラントレだけ」

長谷部はそう言うと、校門を抜けて鹿坂を下りていった。一瞬迷ったが、さっさと追い抜くわけにも、長谷部が去るのを待つわけにもいかない。明らかに僕も帰り際で、用があるふりをして校舎に戻るのも変だった。結局どうしようもない自然の成り行きで、長谷部と並んで帰ることになった。でもちょっと歩いてすぐに、いやこの状況が一番変だ、と後悔した。サイゼリヤで真島と向かい合ったとき以来の、というかそれ以上の奇妙なシチュエーションだ。

でも幸い、長谷部とは同じクラスだから共通の話題、それも課題のこととか来月の期末試験のこととか、そういう無難なやつがいくつかある。怒られるかもしれないし、真島の話は絶対避けて、と思っていたら、長谷部が先に口を開いた。

「で、綾は、男バレのポスター作ってくれた？」

「……あーっと」

「なに、どうなの？」

「この前、後回しでいいよって伝えたから、まだだと思う」

「え、なんで後回し？」

「真島さんも忙しいだろうし、そもそも変な頼み事だったし」

そう言いながら、そもそも「罪滅ぼし」を提案したのは長谷部だったと思い出した。つまり僕は、間接的に長谷部の要望を蹴ったことになる。ひやりとしたが、しかし長谷部は特に気を悪くしたふうもなく、むしろ「そっかそか」と弾むように言った。たしかに浦井の言うとおり丸くなったのかも、でもどうして急に、と訝しく思う。

「本人から聞いたんだけど」

と、僕は前置きする。でも丸くなったのなら、聞きたいことがあった。「罪滅ぼしさせてもらったらって提案したの、長谷部なんでしょ？」

長谷部はうさんくさいものでも見るような目を向けてきた。

「……宮下って、まさか綾と結構仲良くなってる？」

「そんなに。でさ、真島さんは長谷部の提案は『私のため』って言ってたんだけど」

「綾はそれ以上なにか言ってた？」

「いや言ってなかった」

「じゃあそれが答え。綾のため、以上。ザッツオール」

「彼女の漫画に関係する話？」

長谷部は首が取れるんじゃないかというくらいの勢いで僕を振り返った。それから値踏みするように頭から足先までじろじろ眺め回してくる。僕は思わず降参するように両手を上げて、「漫画のことも本人から聞いた」と付け加えた。

長谷部は考えるような間を少し置く。やがて、満面の笑みを浮かべた。

「そっか、綾は漫画の話も宮下にしてるんだね」

「別に隠してるわけじゃないいって聞いたけど」

「うん、でもいままで絶対に、自分からは話したがらなかったから」

サイゼリヤでも漫画の話を持ち出したのは僕の方で、真島が自分から話したわけじゃない。だから僕は曖昧に頷いておく。

「やっぱり綾は、なんとか深海から脱出したんだ」

長谷部は感慨深げに呟いた。

「深海？」

「あの子、高一で新人賞獲ったわけじゃん？　でもそれからずっと、行き詰まってた。漫画、描いても描いてもなにかが違うみたいで。すっかり参ってるように見える日もあった」

「それで深海っていうのは」

「本人が言ってたの。さっきも言ったように漫画の話なんて、特に受賞して以降は自分からほとんど話そうとしなかったんだけど、でも一回ぽろっと漏らしたことがあって」

長谷部は目を細めて言った。「『ときどき、深海にいる気分になる』。そう言ってた」

冷たい風が吹いて、頭上の紅葉した欅がさわさわ鳴った。見上げると、僕たちはちょうどいつか真島が乗り越えていたフェンスの下にいた。

「でも、宮下からいろいろ聞いて安心した」

長谷部は嬉しそうに言った。「私最近部活が忙しくて、綾とあんまり話せてなかったんだけど、でも宮下に漫画の話をしてるんだし、それになにより、宮下が自転車で転んだ夜、綾はあそこのフェンス乗り越えてたんでしょ?」

長谷部も崖の上のフェンスを見上げる。

「それってつまり、綾はまた、美術準備室で漫画を描き始めたってことだよね。フェンスを乗り越えるのは、てかそもそも下校時間過ぎちゃうのは今度注意しないといけないけど」

「いや」

思わず僕は長谷部を遮っていた。たしかに真島はまえに、美術準備室でよく漫画を描いていると言っていた。僕とこの坂で鉢合わせした日も時間を忘れて、と説明していた。

でも脳裏に、美術準備室の机が浮かぶ。プリントが山積みになった机。プリントはうっすら埃を被っていた。

「……たぶん真島さん、準備室では漫画描いてないんじゃないかな」

長谷部はぴたと足を止めた。

それから鹿坂を麓から頂上まで丸ごと震わせるくらいの声量で「はあ?」と叫んだ。僕たち以外、生徒も教員も通行人も誰もいなかったのは幸いだった。

「なにそれ、意味わかんないんだけど」

「この前行ったら、美術準備室は漫画を描くような環境じゃなかった」

「じゃあなんで綾はフェンスを越えてたの？　下校時間過ぎて、学校でなにしてたの？」

「知らないよ、それは」

と答える。僕にも、遅くまで漫画を描いていた、と嘘をついていたのだ。

長谷部は大きくため息を吐き、眉間に皺を寄せてまた歩き出す。じゃあまだ深海にいるのかな、と小さくつぶやくのが聞こえた。

「ねえ、たとえば学校じゃなくて、家で描いてるとかなんじゃないの」

「それはない」

と、長谷部はにべもなく否定した。「綾、漫画のこと親には隠したがってるから。家には画材も置いてないし、原稿も見えないようにしまってる」

そうなんだ、と僕は返す。

それからしばらく、駅までの住宅街を僕たちは黙って歩いた。

「……佳作取ったときはめずらしくはしゃいでて」

ふいに、懐かしむように長谷部が言った。「今後雑誌に載ったら十冊はマストで買ってねとか言ってた。似合わないでしょ？　普段はそんなこと言う子じゃない。でもそれなのに、受賞してしばらくしてからは行き詰まって、そんなふうにテンションが上がることはなくなって。だから私さ、誰か悪い奴がいるんじゃないか、って思ってるの」

長谷部は宙を睨みつけた。

「悪い奴?」

「会社のこととかよくわかんないけど、月刊ブレイブの担当者とか出版社の偉い人とか、とにかく誰かがさ、綾の作品を全然評価しようとしないわけ。あんなに絵上手いのに、展開が甘いとかなんとか適当なこと言ってさ。女子高生だからって舐めてるの、絶対そう」

長谷部は早口でまくし立てた。僕には真島を軽んじている人がいるとは想像できなかったが、

「会社のこととかよくわかんない」のは長谷部と同じだから、なにも言わなかった。

「なんかきっかけがあったのかな。行き詰まったきっかけ、みたいな」

代わりに、そう訊いた。

「聞いたことない。でもたぶん、ないんじゃない?」

「ない?」

「ある日突然、みたいな感じでしょ。きっと」

いままで楽しく描けていた漫画が、ある日突然、理由もよくわからず、描けなくなる。深海に取り残されたような気分になる。どんな感覚なんだろうと思った。僕も一カ月前、突然バレーができなくなったわけだけど、それには怪我っていう明確なきっかけがあったし、病院に行ったからこれくらいで治る、ということも知っていた。それとは明らかに違う。

「私は、昔の綾に戻ってほしいんだよ」

駅が見えてきたあたりで、長谷部がぽつりと漏らした。その声は弱々しく、聞いてはいけないものを聞いてしまったような気になった。

「漫画の話を楽しくしてた綾に。いまは辛そうだからさ。それで宮下に罪滅ぼしさせてもらいなって話は、息抜きになればと思って言ったの。ほら綾、明鹿祭のポスター描いてたじゃん？　あれやってるとき、結構楽しそうだったんだよね」

「たしかに、あの鹿ペガサスの絵はよかった」

二秒くらい間をおいてから、長谷部はぷっと噴き出す。そのまま「鹿ペガサス？　なにそれ、やば」と声を上げて笑い始めた。

「鹿に羽が生えてるから。ペガサスの鹿版ってことでしょ、あれ」

僕はむっとして、猛然と言い返す。

「違うよ、『飛翔し天翔ける鹿』だよ」

「え、それが題名？」

「そう」

「真島さんがつけた？」

「いや、私がつけた」

長谷部は笑顔を引っ込め、一転して険しい表情になる。「なに悪い？　ダサい？　綾にも笑われたんだけど。鹿ペガサスよりは百倍マシでしょ」

睨みつけられ恐ろしくなった僕は、ぶんぶんと首を横に振る。

「千倍も、一万倍もマシだね」

それから話を変えようと、

「佳作を取った真島さんの漫画、あれもめちゃくちゃ絵がうまかった」

と言った。

しかし、驚いたように振り返った長谷部の顔は、さらに険しくなっていた。

「え、あんた、読んだの？」

口調も、後輩部員の粗相を責めるときのような厳しさで、なんで遅刻したの、寝坊？　ありえないでしょ、とそんな感じだった。まあ、と答えながら僕は首を縮める。

「どうやって読んだの？　なんか違法なアップロードとかそういうこと？」

「……いや、真島さんが送ってくれた」

「嘘」

長谷部は、愕然とした様子だった。「あれ読んだの、この世界で私だけだと思ってたのに」

「それは、ないんじゃないかな。賞の選考する人も読んでるわけだし」

「そんなことはわかってる。馬鹿にしないで。ちゃんと読者として、純粋に漫画を楽しむ読者として読んだのは、ってこと。そっか、なるほどね。宮下も読んだのね。私だけだと思ってた。綾が賞取った直後さ、誰にも読ませるつもりはなかったんだけど長谷部にだけ、って言って私に見せてくれたんだよ？」

なんで宮下ごときが、とかなんとか言われそうだと思って、僕はさらに首を縮め、身を固める。防御の姿勢をとる。

「あれ、いいでしょ」

でも長谷部の口から放たれたのは、そんな自慢げな一言だった。

駅に着くと、じゃあ私はちょっと時間潰すから、と長谷部は駅ビルに消えていった。やっぱり長谷部と話すと妙な疲労感があって、そのせいでぼんやりとしてしまった頭と身体を僕は病院の方に向けた。

真島綾は、太陽の光が届くか届かないかくらいの、暗い海の底にいる。小さな魚や蟹やクラゲに囲まれて、彼女はペンを握っている。かつて迷いなく走っていたそのペンは、いまはどういうわけかぴたりと止まって、動かない。そんなイメージが浮かんで消えた。

とにかく、真島は原稿をせっかく送ってくれたんだ。感想はちゃんと伝えなきゃいけない。

駅前の雑踏を抜けながら、僕はそう思った。

2

女子とのラインって、なんであんなにむずいんだろうな。

かつてそう言っていたのはマリオで、最初に聞いたときはなんとなく流してしまったが、いま僕は、その発言を完璧に理解し、痛感していた。

長谷部と帰り道が一緒になった日、病院の待合室で真島にやっぱり感想を送ろうとあれこれ文面を考えた。月並みで薄っぺらい、たとえば「面白かった」とかは言いたくなかった。

でも、ちょうどいい感想は全然浮かんでこなかった。ラインでここまで悩んだのは初めてで、悩みすぎて、頭がくらくらしてくるほどだった。

最終的に、「宮下さん」と呼ばれたときにちょうど打ち込んでいたものを、もうこれでいいだろ、と半ば投げやりになって送ってしまった。だからリハビリ中、足首を曲げたり伸ばしたりしながら、あれでよかったかなという不安がちらちらよぎっていたのだが、リハビリが終わって見てみるともう既読マークがついていた。読まれてしまったら、もうどうしようもない。返信を待つだけだ。

そう思って、しばらく通知を気にしていたのだが、返信はなかなかこなかった。いつかと同じだ。既読がついただけで返信がないまま、一日経ち、二日経ち、週末になった。

土曜の朝、練習が始まる前に僕は、体育科教員室の杉内先生を訪ねた。

先生はパソコンの画面から顔を上げて、「どうした」と訊いた。決して声を荒らげたりするような人ではないが、こうして面と向かうと、思わずたじろいでしまいそうになるくらいの威圧感がある。僕は唾を飲み込んでから、今日からすべての練習メニューに復帰することを伝えた。

「そうか」

と、先生は短く言った。「じゃあ、明日の試合も出られるか?」

「はい」

実は、医者からはまだ様子を見ながら、と言われていた。でも痛みは完全に消えていたし、足首にサポーターをつけたら、ジャンプしても不安は感じない。プラスチックの板が左右から足首を挟み込むように入ったサポーターで、圧迫感はあるけどすぐに慣れるはずだ。慣れたらきっと、万全なジャンプができる。

「わかった」

杉内先生は僕の目をじっと見つめた。頭の奥の奥まで透かし見られているような気分になった。

「頑張れよ、景」

すぐには返事できなかった。不自然な間が空いてから、はい頑張ります、と口にすると、先生は小さく頷いた。そっけない口調だったけど、でも先生に「頑張れ」なんて言われたのは初めてだった。どういうふうに受け取ればいいのかわからない。

先生のパソコンの画面にちらと目をやる。この前の春高予選の、稲村東との試合の動画が流れていた。

とにかく僕はチームに復帰した。またバレーボールができるようになった。

怪我してからちょうど四週間後。十二月に入っていた。


日曜日の練習試合の相手は、電車を二本乗り継いだ先にあった。

早朝、人の少ない車内で座席の端に座ってイヤホンをつけ、流行りのポップソングを再生する。しかし、すぐに止めてしまった。ひさしぶりの練習試合なのに、音楽を聞いても気分が上がらない。脳内を支配する眠気に身を任せて、目を閉じた。

昨夜、寝る間際に真島から返ってきたラインのせいだった。

僕が半ば投げやりになって送った感想は、結局単純だった。

——遅くなってごめん。漫画読んだよ。絵のタッチが繊細で、すごく上手だと思った！

嘘も誇張もない正直な思いだった。言い方も真剣に考えた。生まれて初めて文章で「繊細」って使ったくらいだし、それに最後の「！」は何度も付けたり消したり繰り返した。でもあとになって読み返すと、「面白かった」程度の感想とほとんど変わらない気もした。

で、真島の返信は、こうだった。

——絵はね
たった三文字。それだけだった。続きがあるのかと思って、その三文字を見つめながら待ったけどそれ以上なにか送られてくることはなかった。じっと見ていたおかげで隠された真の意味に気づけたなんてこともなく、むしろ地雷を踏んだのかもという不安と鈍い胸の痛みがあって、大事な復帰戦前夜の睡眠時間がどんどん削られた。だから朝から眠いし、気持ちも上がらない。目的の駅に着いて、のろのろ改札を出る。

嫌な予感がしたのは、改札の外に集まっているみんなの輪に加わったときだった。

「そういえば冬休み、遠征あるって」

塩野がそんな話をしていた。

「へえ冬休み？　いつ？」

梅太郎が反応する。

「クリスマス前後。先生が昨日言ってた。大松《おおまつ》高校だって」

「大松か。いいじゃん。二回くらいやったことあるっけ？」

「え、クリスマス！」

　マリオが慌てたように会話に割り込んだ。「ちょっと待って。遠征ってことは泊まりだよね？」

「もちろん。二泊って言ってたな」

「あーあーあーあ、嘘でしょ」

「どうした、なんか用事あったか？」

「俺の大事な大事な、高二のクリスマスがあ！」

「マリオ、クリスマス潰れたところでもともとなんもねえだろ」

「いやいや梅太郎、マリオは最近なんかあるらしい」

　北村が口を挟んだ。「いい感じの子がいるとか、いないとか」

「まじか、おいマリオ。説明しろ」

「えー？　まあ北村の言うとおりだね。いるとかいないとか。なに梅、悔しいの？　まあ、梅太郎にもチャンスはあると思うけどね。クリスマス前の恋愛って駆け込み乗車みたいなもんだから。場合によっては閉まるドアに挟まるけど」

「うるせえ、黙っとけ」

　この会話の間、僕はリュックを前にしてずっと中を漁《あさ》っていた。

「景、どうした?」

気づいた塩野が訊いてくる。僕は嫌な予感が現実であることを知って、手を止めた。

「いや、なんでもない」

足首のサポーターを忘れた、とは説明しなかった。

家に置いてきた。昨日の練習で使って、家に持って帰ってきて、クローゼットのノブに引っ掛けておいたのだが、そのままだ。今日の朝、ウェアとシューズをリュックに詰めて満足してしまった。

十二月の早朝なのに、一筋の汗が背中をつう、と伝った。


今日集まったのは、全部で六校だった。二面のコートを分け合って、それぞれ試合前のウォーミングアップをしている。練習試合だから誰もユニフォームは着ていないが、チームごとにウェアのメーカーや色の傾向がなんとなく分かれていて、明鹿はみんな黒っぽい。

サポーターを忘れたことは、もう気にならなくなっていた。シューズやウェアと違って、ないからといってバレーができなくなるわけじゃない。怪我する前はそんなものに頼っていなかったのだ。そう思ったら気が楽になった。

「景、一セット目から出るぞ」

スパイク練習の途中、先生に言われた。

「はい」

「準備はできてるね？」

「はい」

「北村にも準備させておく。そのつもりで」

コートでは、ちょうど北村がスパイクを打ったところだった。ナイスキー、と声が上がる。はい、と返事をすると、杉内先生は頷いて僕にコートに戻るよう促した。「頑張れよ」と今日は言われなかったことに、寂しさと安堵を同じくらいずつ覚えた。

アップが終わって、ベンチでスポーツドリンクを口に含む。

いつの間にか、隣に梅太郎が立っていた。

「昨日北村から聞いた」

「なにを」

「退部しようとしてたのは俺だ、って」

スクイズボトルを手にしたまま、横目で僕を窺ってくる。知ってたかと訊く目だとはわかったが、無視した。

「なんでいまさら、そんなカミングアウトするんだろうね」

僕は関心がないふりをして言った。

「隠したままでいるのはフェアじゃないから。それから」

梅太郎は両肩をぐるっと回す。「もう辞める気は完全に消えたから、だってよ」

少し離れたところでタオルで汗を拭っている北村を見やる。

「俺は驚かなかった。最初から北村が一番ありそうだと思ってたし」

梅太郎は続ける。「でももうあいつは変わった。純粋に、この短期間でめちゃくちゃ上手くなった」

「そうかな」

「景、抜かれるぞ」

梅太郎は中空を睨み、静かに言った。

主審を務める他校の部員に促され、コートのエンドラインに並ぶ。相手チームとネットを挟んで向かい合って並んだ。春高予選以来の景色だ。笛を合図に頭を下げ、コートに入っていく。僕も自分のポジションに移動し、鋭く一つ息を吐いた。抜かれる？　ありえない。意味がわからない。

「帰ってきたね」

マリオが僕の背中をぽんと叩いた。僕は平静を装って頷き返したけど、内心ではどうしようもなく、スパイクを思い切りコートに叩きつけてやりたい気分だった。

相手のサーブから、試合は始まった。

一本目からボールは僕の正面に飛んできた。緩く回転がかかっていて、球威もそこまでじゃない。組んだ腕を打球の軌道に差し出す。ボールは腕で思いどおりに跳ねた。セッターの塩野の頭上に飛んでいく。マリオに低く素早いクイックのトスが上がった。マリオのスパイクはブロックの横を通り抜ける。

明鹿の一点目が決まった。思わず、梅太郎を振り返った。どうだ見たか、という思いだった。梅太郎は僕の方にちらとも目を向けない。

試合が進んで、ローテーションが回る。前衛に出た。ネット越しに相手選手の顔がはっきり見え、後衛にいるよりも、試合に参加している、コートに戻ってきた、という感覚が強くなる。なんでもいいから早くトス上がってこい。

しかしこういうときに限って、スパイクを打つ機会はなかなか巡ってこなかった。一点ずつ取り合う展開で試合は進行していく。胸の内にフラストレーションが蓄積していく。

ふと、一カ月前の練習試合、僕が怪我した日のことを思い出した。怪我したとき、僕は相手レフトスパイカーの足を踏まなかった。僕はなにもないところで、ただの体育館のフロアで、足を捻った。

なぜか天井を向いているシューズの裏。この記憶は作り出されたものだろうか。さすがに、シューズの裏が見えるほど足首は曲がらなかったはずだ。でも作られた記憶かもしれないけど、その一瞬の画は鮮やかに浮かんでくる。

もう足首は完治した。大丈夫、跳べる。着地もできる。

でも、今日はサポーターを忘れた。右足首は無防備だった。

足元から、ぞわりとなにかが立ち上ってきた。

その正体が、鳥肌だと気がつくのに、数秒かかる。

その数秒の間に上がってきたトスに、僕は、反応できなかった。

相手ブロッカーの「ライト!」という掛け声で、我に返った。我に返ってから、さらに一瞬遅れて動き出す。もうトスは最高点を通過して、落ちてきていた。慌てて、ジャンプした。「ブロック二枚!」という梅太郎の声が聞こえた。トスとジャンプの高さが合わない。視界をブロッカーの手が覆う。トスが落ちてくる。フェイントすればいい、と頭ではわかっていた。打つ必要はない。ブロックの手にボールを軽く当ててリバウンドをとって、もう一度立て直せばいい。でも僕は窮屈な体勢で、思い切り腕を回した。

一瞬、周りの音が全部飛んだような気がした。ボールはブロックにすら当たらず、ネットを無様に揺らした。

ボールを打ち損ねた、手のひらの不快な感覚。ネットにかかった際の音。そして、背後から感じるチームメイトの視線。

いままで気にしたことなんて一度もない、さまざまな感覚や感情がごちゃまぜになり、僕はただ突っ立って、混乱していた。

相手チームが「ラッキー!」と興奮した声を上げた。明鹿のベンチから「ドンマイドンマイ!」と後輩の声が飛んでくる。

「……すまん。トス低かったか?」

と、塩野が近づいてきた。

「ジャンプ低かったぞ?」

と、マリオは言った。

「おいおい、ちゃんと準備しとけよー」

そうあっけらかんと言ったのは、遊晴だ。

「ごめん。トスはよかった。ごめん」

混乱しているせいで、表情を取り繕うこともできなかった。

「おい」

梅太郎と目が合った。僕はすぐに視線を逸らす。

「わかってる」

「取り返せよ、自分で」

「わかってるって言ってんだろ」

「おいやめろよ、梅」

「切り替えて、取り返すぞ」

マリオと遊晴が言って、その場は収まる。ラリーが途切れてから次のラリーが始まるまでは数秒しかない。サーブレシーブのポジションにそれぞれ戻っていく。

ベンチに目を向けた。いままでミスした後、先生の顔色を気にしたことなどなかったのに無意識に目は動いていた。杉内先生は表情を変えず、コートを眺めている。先生の言った「頑張れよ」が耳の底の方で再生された。頭を振る。

試合が再開して、相手のサーブが打ち出された。梅太郎がそれを綺麗に塩野に返す。トスは、また僕の方に上がってきた。今度はちゃんと準備できている。

踏み込んで、地面を蹴った。「打て！」と叫んだ声は遊晴のものだ。さっきの不快感が残る手のひらで、トスを思い切り叩く。梅太郎に、杉内先生に、見せつけてやりたかった。

しかし次の瞬間、ボールは僕の足元に落ちて、跳ねていた。

ブロックに飛んだ相手選手が「シャア！」と拳を掲げる。スパイクはブロックに阻まれた。明鹿のコートに叩き落とされた。完璧なシャットアウト。

塩野がなにか言いたげに、たぶん「トス、ネットに近かったか？」とかそういうことを言おうと近づいてくるのが目の端でわかった。僕は先んじて「すまん」と言い、顔を伏せて、サーブレシーブの位置に戻った。今度は誰もなにも言ってこなかった。

笛が鳴る直前、またベンチをちらっと窺ってしまう。

そして、息を呑んだ。

杉内先生は控え選手の方を振り返って、手招きしていた。誰かが呼ばれている。その誰かは小走りに先生のもとにやってきて、指示を聞きながら何度も頷いた。

なんで、北村が呼ばれるんだ。

手のひらが小刻みに震え、全身の筋肉の温度が上がっていく。落ち着け、と何度も自分に言い聞かせたが、むしろそのたびに頭の中はかき混ぜられていくようだった。

次のラリー。梅太郎のサーブレシーブが少し乱れた。トスはレフトの遊晴のもとに運ばれる。遊晴のスパイクはブロックを弾き飛ばしたが、相手はそれをなんとか拾い、繋げる。しばらくラリーが続く。僕にトスは上がってこない。最後は遊晴がストレートコースに鋭く打ち切って、明鹿のポイント。

そのあとも、スパイクを打つ機会はなかった。打ち損じたときの不快感とブロックにシャットアウトされたときの音が、手のひらとか耳にこびりついていて、それらは身体の奥に向かって染み込み、まるで毒のように全身に巡っていく。

「景、サーブ！」

塩野に言われ、慌ててコートの後方に下がった。もうサーブか。ベンチから渡されたボールを両手で包み込みながら、僕前衛でなにかしたっけ、と考えた。

エンドラインから数歩離れたところに立つ。チームメイトが見え、ネットが見え、その向こうに僕のサーブを待つ相手チームがいる。僕がサーブを打てば、ラリーが始まる。

ふと、暗い海に投げ出されたような気分を覚えた。足はもちろんつかないし、摑むものもない。前は泳げたはずなのに、いまは泳ぎ方は一つも覚えていなくて、沖に流され、沈んでいく恐怖に無防備に晒される。

深海、という言葉が浮かんだ。

笛はもう鳴ったらしかった。気づかなかった。慌てて一歩踏み出す。いつかの試合でサーブを打つ前に固まっていた北村を思い出した。

両手でトスを上げた。僕は北村とは違う。だから、このサーブを。軽くジャンプする。絶対に。肘を伸ばして、手のひらでボールの芯を捉える。決めてやる。

サーブはすうっと、無回転でネットを越えていった。強い。力強い。

いや、強すぎた。軌道も高すぎた。背筋が冷える。

誰かのミスが、そのままチーム全体の失点に直結する。それがバレーボールだ。

相手のレシーバーは、中腰の構えを解いて、頭上を越えるサーブを見送った。主審が笛を鳴らし、相手の得点であることを手で示す。

結局、このセットは落とした。僕のせいかはわからない。でも僕のミスは明らかに目立っていた。

次のセットから試合に出たのは、僕ではなく、北村だった。


乗り換え駅のコンコースでホームではない方角に足を向けた。雑踏を縫って、駅構内のコーヒーショップに入る。

アイスココアを注文して、ちょうど空いた窓際の席につく。外が寒いからといって、温かいものを選ぶようなことはしない。さっきまで乗っていた電車も、このコーヒーショップも暖房がよく効いている。それに、いまはとてつもなく甘いのを飲みたい気分だった。お腹も減っていたから、ホットドッグも頼もうかと思ったが、母親からの「今日家でご飯食べるよね？」という連絡に気づいて、やめた。

左隣は若い女性だった。携帯でドラマを見ている。グラスの氷はすでに全部溶け、少しだけ残っていたコーヒーだかカフェラテだかと混じり、乳白色の、まずそうな液体になっていた。

右隣は四十歳くらいの男性で、その向こうにいる少年に勉強を教えていた。いいかい最大公約数っていうのはさ、約数のうちの一番大きな、え？　まず約数がわからない？　そうだな、いいか約数っていうのはね、ある整数を割り切ることのできる、え？　整数がわからない？　んー困ったな。そんな会話が聞こえた。

イヤホンをつける。ノイズキャンセリング機能をオンにした。周囲の雑音が遠のく。ドラマの展開に小声で唸っている女性の声も、もどかしそうに整数を解説する男性の声も聞こえなくなった。

今日はどうしても、まっすぐ家に帰る気にはなれなかった。

結局僕が試合に出たのは、最初の一セットだけだった。それからずっと、北村が出続けた。僕は体育館の壁際で、声も出さずにただ試合を眺めていた。それは怪我のときとまったく同じ状況だったけど、僕はもう松葉杖を抱えてもいなければ、リハビリ中でもない。

アイスココアをストローで吸う。甘ったるく、喉の内壁に張り付いてくるようで不愉快だった。気を紛らそうと携帯を取り出してテトリスのアプリをタップしたが、ゲームを始める前にすぐ消してしまった。ラインを開く。真島とのトークが一番上に出てきて、「絵はね」で会話は終わっている。

そうやって画面上で指を彷徨わせて、最終的に辿り着いたのは、どういうわけか真島の漫画だった。

読むのはこれで、四回目だった。内容はもうほとんど暗記していた。次のページに描かれている絵がなんだったか苦労せずに思い出せるし、台詞もだいたいそらんじることができた。

でも、時間をかけてじっくり読んだ。一つの台詞を何度も読み返したり、登場人物の顔の輪郭を目で辿ったりしていると、今日の出来事が徐々に薄れていく感覚があった。本当は薄れさせてはいけないいんだろうとわかっていたが、でもいまはまだ記憶は生々しく、向き合えそうになかった。

ふと、ラスト近くの、ある台詞に目が留まった。

「山茶花の間」の幽霊「レイコ」。幽霊だから「レイコ」って名乗ってるのか、じゃあ漢字だったら「霊子」か「冷子」だろう、みたいなやりとりが序盤にあるのだが、終盤になって、そのレイコの正体がかつてこの部屋で急死した修学旅行生だったことが明かされる。彼女は霊となったいまも修学旅行中だから、夜の間は「山茶花の間」にいなければならず、日中も京都の街から出られない。

だから最終日の朝、レイコは、東京に帰る主人公たちに別れを告げる。

そのとき主人公はレイコに、この部屋から出ていきたくないの？　と聞く。

レイコの答えはこうだった。

——この部屋もこの街も、私にとって切っても切り離せないもの。だから、私はどこへも行けない。

でもそれでいいの、とレイコは明るい口調で続ける。

——こうしていろんな人に出会えるから！

その一言に主人公たちは顔を見合わせ、笑って、物語は幕を閉じる。

誰がどう読んだって、これはハッピーエンドだろう。僕だっていままで読んだ三回とも、幸福な終わり方だなと思った。

でも、いまの僕は、レイコの放った言葉から目が離せなくなっていた。

「私はどこへも行けない」

胸の奥の方の、柔らかい部分を突然ぐっと握られたような感覚があった。同時に、コーヒーショップのスツールから身体が離れなくなる。

どれくらい固まっていたかわからない。気づいたら、ドラマを見ていた左隣も、息子に算数を教えていた右隣も消えていた。僕は画面を消し、目をぎゅっとつぶって、開ける。

氷が溶けて冷たくも甘くもなくなった、ココアだったものを口に流し込んだ。

3

練習のなかった月曜の夕方、パートから帰ってきた母は、出張から帰ってくるお父さんを駅まで車で迎えに行く、そのままおじいちゃんの家に行く、だから早く支度しろ、と一方的に言った。今月末に迫った期末試験の勉強を始める気にはなれず、帰ってきてからだらだら、昼寝したりユーチューブを見たりして過ごしていた僕は、適当な服に着替えて、母の運転する車に乗り込んだ。新幹線が停車する駅は家から二十分ほどで、祖父母の家もそのターミナル駅の近くにあった。

フィットの車内は冷蔵庫のように寒かった。ダウンジャケットの下で身体を縮こませながら、暖房が効いてくるのを待つ。温風が吐き出される大きな音のせいで、ラジオのパーソナリティの声は台風中継のリポーターのもののように聞こえた。強風に耐えながら、ゲストと和やかに喋ったり、曲を紹介したりしている。

「足、もう本当に大丈夫なの？」

ほどよく車内が温まってきたころ、左手を伸ばして風量を調節しながら、母が言った。

「ん、大丈夫」

僕はちょうど、浦井からのラインに目を落としているところだった。「散歩してたら、面白い顔の猫見つけた。見ろ」というメッセージとともに、写真が送られてきていた。両目とも黒いぶちで囲まれた白い猫で、僕はパンダの絵文字のあとに「じゃん」と付け加えて、送り返した。すぐに返信が来る。今度は二匹写った写真で、「交尾しそう」とあった。「そんなの送ってくるな」と返事して、携帯をスリープにする。

ふと、ドアの下のポケットになにか入っていることに気がついた。取り出してみると、濃い緑の見慣れない手袋だった。男物っぽいし父さんのだろうか、と眺め回していると、母が横目でこっちをちらっと窺い、

「あ、それ。お姉ちゃんの彼氏のだ、たぶん」

と言った。「忘れ物だね。あとで言っとこ」

「え、彼氏いんの？　姉ちゃん」

「いるよ。知らなかったの、景。大学の人、だったかな。ああ、そうそう、なんかその人も高校時代、バレー部だったらしいよ。弟が春高予選の惜しいところで負けちゃってみたいなこと言ったら、俺の高校はそんなに強くなかった、弟さんすごいって言ってたらしい」

「数秒前まで存在知らなかった人に、すごいって言われても。それに僕出てないし」

「最後だけでしょ、あんたが出てないの」

赤信号で止まって、母はそういえば、と僕を振り返った。「次の大会って、いつなの？」

「次？　あー、新人戦かな。一月末」

「そう。復帰、間に合ってよかったじゃん」

窓の方に身体を倒し、外を見る。そばの家の壁には、サンタが梯子を登るイルミネーションが飾り付けられ、暗くて地味な住宅街の中でやけに目立っていた。窓に付けたこめかみから伝わる冷たさが、頭の芯に浸透していく。頭の芯にはレイコの台詞がこびりついていた。私はどこへも行けない。

顔の脂つくからやめなさい、と母に注意され、元の姿勢に戻る。

「……新人戦出れるか怪しいけどね」

車が発進してから僕は言った。「レギュラー、落ちたから」

母は前方に顔を向けたまま、あそう、と軽く応じた。

「まあ怪我してたんだし、そういう時期もあるよ」

励ますわけではなく、当たり前のことを言うような、淡白な口ぶりだった。そういう時期、で割り切れたらどんなに楽か。僕はまた窓の外に目をやる。

「そういえば景はお姉ちゃんと違って、部活辞めたいとか言い出さないね」

交差点を左折しながら母が言った。

「姉ちゃん、そんなこと言ってたの」

「そりゃあもうしょっちゅう。ソフトのときも、高校のダンス部のときも。練習きついから辞めたい、日曜潰れるから辞めたい、試合に負けたから辞めたい。そのくせあの子、景には高校でもバレー続けたら、って勧めてた」

「そうだっけ」

「そうよ。景はそれで、そうだねやろっかな、とか言ってバレー部入ったんじゃない。きっかけは割とそんな感じだったのに、辞めたいって一度も聞いたことない」

「辞めたいって言う方がいいわけ?」

僕はちょっと笑いながら、返す。それから、なんでだろうと思った。辞めたいと考えたことは実際なくて、このまま試合に出られなくても、引退まで部にはいる気がする。辞めるのは違うかな、とか思って続けている気がする。他にやりたいこともないからだろうか。

手の中の携帯が震える。見れば浦井から、泣いた顔のスタンプと「交尾しなかった」というメッセージが届いていた。

それを見たら、なんだかどうでもよくなった。僕は手を伸ばして、ラジオの音量を上げた。流れる音楽に合わせて、母が鼻歌を歌い始める。

バドミントン部はフロアにモップをかけ、女子バスケ部は中央のコートで円になってストレッチをしている。男子バレー部のコートでは、片付けを終えた一年生が天井に挟まったボールを落とそうと試行錯誤していた。バレーボールを投げつけるが当たらない。当たっても、挟まったボールはびくともしない。軽いから駄目なんじゃね、と一人が言って、どこからか古いバスケットボールを持ち出してきたが、今度は投げても天井まで届かなかった。遊晴が「俺に任せろ」とバスケットボールを受け取り、狙いすまして投げる。見事命中して、おお、と周りにいた部員はどよめいたが、挟まっていたボールは落ちることなく、さらに押し込まれた。やべ完全にハマっちった、と遊晴は呆然とする。なにやってんだお前、と一部始終を見ていたマリオが言った。

僕は舞台の上で靴紐を緩める。軽くストレッチをして、短パンの練習着でいると寒いので、てきぱきと制服に着替えた。

梅太郎も舞台上でストレッチをしていた。長座の姿勢で座って、上半身を倒す。足の裏に手を回す。

「景」

その状態のまま、くぐもった声で梅太郎が言った。僕は学ランの上着を羽織ったところだった。コートでは、まあいつか落ちてくるだろ、と楽観的な意見がまとまったみたいだった。

「なに？」

「なんで杉内先生に言わなかったんだよ」

「は？」

顔を上げた梅太郎は、恨めしそうに天井のボールを睨んだ。

「この間の練習試合。もう一回出たいです、って言ってねえだろ？」

「先生に？」

「そう。まさか一セット目で下げられるなんて思わなかっただろ？　先生に言えばよかったのに。悔しいならもっと食らいつけよ」

「言ったら出してくれるわけ？」

僕は鼻で笑う。梅太郎は表情を変えない。

梅太郎は立ち上がって、僕に目を向けた。身長はほとんど同じくらいだが、こうして並ぶと梅太郎の方が少し目線の位置が高い。一年の頃は僕の方が大きかった気がする。射抜くような視線が痛かった。身を守るような気持ちでリュックからマフラーを取り出して、首に巻きつける。

「練習試合だしあるだろ、全然。俺だったら絶対言う。一回下げられたくらいで腐って、端の方でぼーっと突っ立ってるよりはまし」

「景、もっと必死なところ見せろよ」

梅太郎は静かに言った。「ずっと見下してた北村に抜かれて、悔しいだろ？　それにあの日はお前、万全の状態じゃなかった」

「万全?」

「復帰初日だったし、それにお前、足首のサポーター忘れてた」

驚いて、マフラーを結ぶ手を止めた。梅太郎が、僕がサポーターを忘れたことに気がついているとは思わなかった。この前の練習試合の日、サポーターのことは誰にも言わなかったし、誰にも指摘されなかった。

「このままだとクリスマス合宿も新人戦も、試合に出んのは北村だぞ」

梅太郎の目を見返す。なにか言おうと思った。言い返してやろうと思った。しかしなかなか言葉は出てこなくて、僕がなにかを口にする前に、話は終わりだというように梅太郎は背を向けた。

4

直前の家庭科の授業でムカつくことがあったらしく、マリオは券売機に並びながら、教師とはどうあるべきか、みたいなことを長々と喋った。教師が積極的に生徒に好かれようとしちゃいけないでしょ、あくまで受動的に、結果として気に入られるくらいが教師の立場としてはちょうどよくて、好かれようとして授業中何度もボケたり、無理して学校とか他の先生の悪口を言ったり、そういう姿はとにかく寒いし痛い。その程度でその先生を気に入る生徒もまあいるにはいるけど、それはそいつらが軟弱なだけで。そんな話をしている間に、僕はメンチカツ定食を、マリオはカツ丼とうどんのセットを買って、トレイを手に空いた席についた。マリオのトレイには、購買で買ったおにぎりものっている。今日は月に二回くらい訪れる、母親の「弁当を作る気力がない無理」の日だから学食に来ていた。

マリオの話がさすがに堂々巡りしてきたので、僕は「そういえばさ」と話を変えた。

「なんか前、北村が言ってたよな。マリオ、彼女できそうなんだっけ？」

「ん、いやできたよ、彼女」

「え、まじ？　いつの間に」

「あれ景、知らなかった？　先々週くらいかな」

そう言ってマリオはピースサインを掲げた。いつだったか、高二のクリスマスが最後だ、と言っていたことを思い出した。でもたしかそのとき、景の方が早く彼女ができそう、とも言っていた。僕はマリオみたいにクリスマスまでに彼女が欲しいと思っていたわけではないけど、全然話が違うじゃないか、と異議を申し立てたい気分になる。

「じゃあクリスマスは……あ、でも」

「やめてくれ、その話は。二十四日も二十五日も合宿だ。楽しい楽しいバレーボールだ」

マリオは涙ぐむ仕草をしてから、カツ丼をかき込む。それで彼女は果たして誰なんだろう。僕も知っている人だろうか。丼を置いたら問い詰めてやろうと思っていたら、「よう」といきなり肩を叩かれた。

振り返ると、懐かしい顔が目の前にあった。

「柿間さん！」

マリオが無邪気な声を上げる。柿間さんはくすぐったそうに顔を綻ばせた。

「なんかお前ら、めっちゃ久しぶりな感じする」

「たしかに。でも引退してからまだ一カ月くらいっすよね」

「案外、学校で全然会わないもんな。遊晴とかはときどき喋るけど。てか景、怪我治ったんだろ？　よかったね」

「なんとか、治りました」

僕はもう痛みのない右足を机の下から出して、振ってみせる。柿間さんがへえという感じで頷くと、マリオが「それより柿間さん、見ないうちに髪伸びましたね」と笑った。怪我の話がすぐに終わって、密かにほっとする。三年生と怪我の話はしたくなかった。

「前髪だろ？　バレーやってないと、邪魔だなって思う瞬間ないんだよなー」

柿間さんは横に流した前髪を摘み、照れたように笑った。それから僕の隣に座る。

「そういえば、景。遊晴に聞いたぞ」

もう昼飯は終えているらしく、柿間さんが持っているのはブリックパックのカフェラテだけだった。ストローに口をつけ、身を乗り出す。

「え、なんです？」

「最近、梅太郎と喧嘩してるんだって？」

そう言って、面白がるような目を向けてきた。正面のマリオがぷっと噴き出す。

「喧嘩じゃないですよ」

と、僕は仕方なく答えた。「なんか目をつけられてるだけで」

「もう、バチバチですよ」

と、マリオが勝手なことを付け加える。でも少し意外だった。遊晴とかマリオが気づいているとは思わなかった。とはいえ冷静に考えてみれば、部活っていう狭いコミュニティの中の話だ。気づかないわけないか。

「理由とかきっかけは、ま、なんとなく想像つくわ」

柿間さんは言った。「ずっと、いつか衝突するだろうなって思ってたし」

「僕と梅太郎ですか？」

「うん。ほら性格がまさに正反対って感じだろ？　それに、梅太郎はずっと景のこと気にしてたからな」

「気にしてた？」

「梅太郎はお前のこと、ライバル視してるからね」

柿間さんの代わりにマリオが答えた。柿間さんはストローをくわえながら、うんうんと頷いて、

「一年の頃からずっとね」

と補足した。当事者のはずの僕だけ、ついていけない。味噌汁に口をつけながら考えて、それでもわからなかったから、「どういうことですか？」と柿間さんを振り返る。

「ほら、一年のゴールデンウィークの合宿だよ。大野さんが足攣っちゃって、梅太郎と景の二人が出た試合。景も覚えてるだろ？」

それならよく覚えている。足が攣った先輩の代わりに、最初にコートに入ったのは梅太郎で、その次のセットから僕が試合に出た。

「梅太郎はあの試合がずっと忘れられない。まえにそう言ってた」

「忘れられない？」

「あんとき、最初に出た梅太郎は活躍できなかった。チームの足を引っ張った。そうだったじゃん？　それで次のセットから景が出た。そしたら景は練習どおりのプレイをして、活躍した。俺もちゃんと覚えてるよ。あれから景に対する先生の評価は上がって、レギュラーの誰かが離脱したとき、最初に呼ばれるのは梅太郎じゃなくて景になったよな」

懐かしそうに、柿間さんは目を細めた。

「あれがきっかけで、梅太郎はずっと景のことを追いかけてるんだよ。尊敬してて、同時にこいつにだけは負けたくないって思ってる」

「だから、景の不甲斐ない姿を見るのも耐えられない」

ちゅるん、とうどんを啜って、最後にマリオが言った。「そういうわけですよね」

メンチカツの残りを口に放る。どう感じればいいんだろう。梅太郎にライバル視されていると知って、僕は喜んだ方がいいのか。嬉しいと思うのが自然なんだろうか。でも僕は、そんなの知らないですよ、全部梅太郎の勝手じゃないですか、と言い返したくなっていた。

高校に入って初めて出た試合で、僕は別に梅太郎を蹴落としてやろうとか思ったわけじゃない。ただ必死で目の前のボールに食らいついて、その結果、思ったとおりに、いや思っている以上に身体は動いたけど、それだけだ。バレーをしているときの必死さは、いまも変わっていない、はずだ。

そこまで考えて、ふと違和感を抱く。初めて出たあの試合のことは当然覚えている。忘れたわけじゃないんだけど、でも蘇る記憶はどういうわけかすっかり色褪せて、手触りを失っていた。リアルな感覚がどこかに消えてしまった。別人の身に起きた出来事、もしくは授業で習う歴史上の出来事のようにしか感じられなかった。

「合宿の話なんかしたら、なんか現役時代が懐かしくなってきた」

そう言って柿間さんは、マリオに笑顔を向けた。

「そうだ。三年生って、どんな感じなんでしたっけ。進路とか」

「関町《せきまち》は服飾系の専門に進むらしいね。内海《うつみ》はもう推薦で大学が決まりそうだって。あいつ成績良かったからなあ」

柿間さんは春高予選まで残った三年生の名前を挙げた。

「で、俺はとことん受験勉強」

苦々しげに柿間さんは顔を歪める。「経営の勉強したいから、それに強い大学に行きたいんだけど、正直どうなるかはまだわかんないね。そんなに目標は高くないんだけど、まあ始めたのが遅いから。今年は厳しいかもなあ。お前ら、いまのうちに高校生活楽しんでおいた方がいいぞ」

　一カ月前まで、ボールを床に落とさないためだけに毎日を過ごしていた先輩が目の前で大学の話をしている。それさえ不思議な光景だったから、一年後自分も同じ立場に置かれるなんて信じられなかった。

「でも聞いてください。今度のクリスマス、合宿で潰れるんすよ」

　マリオが嘆くように言った。彼女できたらしくて、と僕が横から説明すると、あちゃあ、と同情するような視線をマリオに向けた。

「ただマリオよ、結局高校生活で一番楽しいことってなんだと思う？」

「もちろん部活だよ、いましかできないからな、わはは、とか言うんでしょ、どうせこの人は」

「景。マリオって、こんな嫌な奴だったっけ？」

　さあ、と僕は首を傾げる。柿間さんは気を取り直すように咳払いして、「でもそのとおりで」と続けた。

「部活やってて、バレー部に入ってて本当よかったなって、最近めっちゃ思う。現役のときは三年間で二回くらいしか思ったことなかったけどな」

「部活が楽しいのは知ってるんすよ。でもそういう話じゃないんすよお」

　マリオは手で顔を覆い、天井を見上げる。柿間さんは笑って「それならもう知らん、じゃあな」と立ち上がった。

　しかしそのまま去りかけて、「あ、これだけ言っておくわ」と振り返った。

「三年はみんな、お前らの代には期待してるよ」

先輩はブリックパックを潰しながら、照れくさそうに続けた。

「お前ら、絶対もっと強くなるから」

なんだよあの人熱いなあ、とマリオが言うのが聞こえた。

5

再来週の月曜から学期末試験が始まるから、次の日曜の練習を最後に、試験が終わるまで部活はオフになる。そして試験が終われば、すぐクリスマス合宿だ。

日曜は一日練習だった。十六時くらいにチーム練習が終わると、僕はこっそり体育館を出た。コートの外でストレッチをするのも、空いたコートで自主練するのも、どっちも自分の居場所じゃないような気がしたからだった。

冷えた空気に身体を縮こませながら、部室棟に繋がる渡り廊下を歩く。練習中に体育館を抜け出してその辺をうろちょろしていたのはほんの少し前のことだが、こんなに寒くはなかった。

寒いけど、でも体育館の中よりは息がしやすかった。

部室棟はひっそりしていた。男子バレー部の部室に入り、なんとなく奥のベンチに腰を下ろす。なにをしにきたんだっけ。なにしにきたわけでもない、一人になりたかったんだ、とすぐに思い当たる。

午後の練習は、実践的なメニューが主だった。北村は遊晴や塩野と、守備範囲やブロックの位置を確認していた。北村がなるべくプレイに関わらないことがチームの最善。そう言われていた稲村東戦のときとは、まるで違った。そして僕はその姿を反対側のコートから、相手チーム役として眺めていた。こっち側にいるのは、僕以外全員一年生。態度には出さないけど、でも気を遣われているのははっきりわかる。怪我の影響がまだ長引いている先輩、もしくは怪我をきっかけに調子を崩した先輩。そういう、ちょっと腫れ物に触るような感じで見られていた。

突然、部室の引き戸がガラッと開いた。誰か来たと気づいた瞬間、バツが悪いような、恥ずかしいような心持ちがして、思わず腰を少しだけ浮かした。

「うわっ、びっくりした」

戸口に立つ北村は、扉に手をかけたまま声を上げる。

「……なにしてるの、こんなとこで」

「いや。なんか取りにきたの？」

僕は北村の顔を見ないようにしながら、またベンチに座った。ゴムチューブを探してて、と北村は答えて、壁際のラックを漁り始める。肩の筋肉を鍛えたりするときに負荷を加える道具で、いま北村が顔を突っ込んでいる場所ではなくその上の段にあると僕はわかっていたが、あえて口にしなかった。

怪我した日の夕方、あのときも部室で僕は北村と二人きりになった。遠い昔のように思える。一カ月以上前だから、実際遠い昔だ。

北村が、あった、とラックに突っ込んでいた手を引き抜いたとき、僕の脳裏には「バレー部に入ってて本当よかった」というこの間の柿間さんの言葉が浮かんでいた。

「……北村はなんで、高校でもバレーを続けたの？」

北村は怪訝そうに振り返る。

「なに、いまさら」

「気になった。いまさら」

「去年の合宿でも聞いてきたよね、それ」

去年のゴールデンウィークの合宿で、ごうんごうんと震える洗濯乾燥機の前で、たしかに僕は同じことを訊いた。でも北村の答えは覚えていなかった。

「あのとき、お前ちゃんと答えなかったでしょ」

「いや答えたよ、景が覚えてないだけ」

「なんて言ってたっけ」

「バレーやりたかったから」

僕は顔を上げて北村を見て、すぐその手の中のゴムチューブに視線を逸らした。

北村は口を閉ざしたまま笑った。僕と自分自身、両方向に放たれた嘲笑に思えた。

「俺、変なこと言ってないよな。俺がバレーしたいって言うの、そんなに意外かな」

「そりゃ意外でしょ」

気を遣うつもりはなかったから、僕は即答した。「中学のときは、試合なんかまったく出てなかったんだから」

北村はしばらく黙して、右手の指を親指から一本ずつ、左の手で揉んだ。今日の練習中に負傷したのか、小指が少し変色し、腫れているように見えた。

その小指に触れてから、北村は口を開く。

「中学の最後の試合に、俺が出たの覚えてない？」

中三の夏の記憶を辿った。かなり遠くに霞んでいたが、ひどく暑い日だったこと、僅差で負けたこと、それと中学三年間で一番のスパイクが打てたことは覚えていた。打球を弾いたレシーバーの顔も思い出せるような気がする。でも北村がコートにいたことは、言われても思い出せなかった。

そりゃあ景は覚えてないか、と北村は笑った。

「出たんだよ、試合に。ピンチサーバーで。ほんと些細なプレイだったけど。俺がサーブ打ったあと、相手レフトからスパイクが打たれた。ブロックに当たって跳ねて、俺の少し右の方に飛んできた。俺は走って、腕を伸ばして、拾った。ボールは綺麗にセッターに返った。セッターだから丸ちゃんだよ。いまなにしてんだろ、あいつ。高校どこだったっけ？」

「……それで？」

「ああ、それで丸ちゃんは景にトスを上げた。景はそれを決めた」

北村は、淡々とした口調で続ける。

「俺のレシーブが繋がって、得点になって。景からしたら、それがどうしたって感じだろうけど、なんて言うんだろう、自分がチームに参加している感じがすごくして、気持ちよかった。久しぶりにバレーを楽しいと思った。その瞬間まで、中学でバレーなんかやめてやるつもりだったけど、あの一点があったから、高校でもバレーやろっかなって気になれた」

ただの一点。些細なプレイ。セットポイントでも、逆転の一手でも、流れを引き寄せた得点でもなく、そもそも自分で決めたわけでもない。でもそれだけで景色が一変する感覚は、僕も知っていた。いや正確に言えば、知っていたはずだった。

「だから入りたてのころは結構モチベーションもあったんだよ。最初の合宿で景が試合に出たじゃん？　あのとき、中学から知ってる景が高校でも通用してるの見て、嬉しかった。俺もやれるのかもって思った。まあ全然だったわけだけど」

またあの合宿の話かよと思ったが、同時に、コインランドリーで話したとき北村がスプライトを飲んでいたことを思い出す。なにかいいことがあった特別な日には、バランスを取るために苦手な炭酸を飲む、という北村の変な癖だ。

「最近は景の代わりに試合に出て、それで何回かまた楽しいって思える瞬間があった。そのおかげで、俺はバレーが好きなんだって、ちゃんと思い出せた」

バレーが好き。バレーしたかった。景と一緒。北村の発した言葉は奔流となって頭の中をかき乱し、次第にこの部室みたいに雑然としてきて、わけがわからなくなってくる。

「景」

北村が躊躇いがちに放った一言で我に返った。北村は扉の前で振り向く。

「……あんまり俺のこと、舐めないでほしい」

　透明な手で平手打ちを受けたように感じた。全身の筋肉が一度に硬直する。透明な手はそのまま僕の肩を掴んで、押さえつけてきて、僕はそのせいで身じろぎ一つできなかった。

　北村は部室を出ていく。夕闇に沈んだ近くの木立で、小鳥が叫ぶように鳴いた。


　自分の息遣いとアスファルトを蹴る乾いた音が、一定のリズムで耳に届く。それに合わせて、目の前で白い息が弾む。二十一時過ぎの街が後ろに流れていく。

　赤信号に捕まり、その場で足踏みしながらネックウォーマーを口元まで上げた。タイトなアンダーウェアの上に部活でも使う速乾性のTシャツを着て、その上にウインドブレイカーを羽織っている。下は、タイツとジャージを重ねている。手袋ももちろん着けている。十二月の夜にランニングをするための、万全の態勢だった。これで今日は、どこまでも遠くに行ってやろう、と思っていた。

　走るのは好きだ。それも短距離より、長距離の方が自分には向いていると思う。バレーボール選手としては短距離型の方がいいのかもしれないが、無心で長い間、ひたすら脚を前に出していくだけの行為は、たぶん性に合っていた。

　でも今日は、なかなか無心になれない。ひりひりする露出した耳を、手で包んで温めながら、普段だったら走っているうちになにも考えなくなるのに、と思った。いや普段だったら、と考えるほど、最近は走ってないか。夏にレギュラーになってから、毎日の練習で精一杯で、部活から帰ってきて、そのあと外に走りにいくなんて考えられなかった。

信号が青に変わって、また走る。幹線道路に沿って駅の方角へひたすら走る。冷たい耳の奥で「バレーが好き」という北村の言葉が蘇った。ムカつくし苛立つし、でも驚いていて、正直眩しくも感じていた。僕はそんなこと、好きかどうかなんてこと、いままで一度も考えたこともなかった。一度も考えずに、毎日だらだらと冷めた調子で、春高予選の稲村東戦の前にはチームの熱に乗り切れないとか思って、バレーしていた。

ガソリンスタンドやコンビニやドン・キホーテの前を通るたび、視界の明暗が切り替わる。夜は歩行者が少ないから、ときどき車の流れが途絶えると、街の中で自分の存在だけ浮いているように感じられた。車が通れば、浮いた存在は消える。

思い返せば、怪我をしたあと、それで日常がちょっと変わったとき、高揚していた気もする。退屈な毎日が変わる気配に興奮していた。いまの僕には、そんなのありえない、と否定し、笑い飛ばすことはできなかった。

心中とは裏腹に、足は軽くアスファルトを蹴り付けていた。右足もしっかり、ブレることなく地面を捉えている。いらだちに任せて、スピードを上げた。心臓が跳ねる。

しかし急に、これ以上走りたくないと思ってしまった。

走るのを止めると、途端に車の走行音がうるさく聞こえてきた。適当に角を折れて、住宅街に入る。幹線道路の音が遠のいた代わりに、今度は自分の心臓の拍動が街中に響いているような錯覚を覚えた。ぶらぶら歩いて鼓動が落ち着いてくると、近くの家の光った窓の向こうから、テレビとかシャワーの音が漏れ聞こえてきた。高架を走る電車が、静かな街をときどき震わせていく。

もう、駅のすぐ近くまで来ていた。駅前といってもこの街はただのベッドタウンだから、この時間になると人通りはまばらだった。

家から遠くに来すぎた。帰るのがめんどくさい。でもバスに乗るお金は持ち合わせていないし、仕方ないからどこかで少し休憩して、また走って家に帰ろう。

そう思ったとき、あ、と気がついた。

たぶんこの細い道をまっすぐ進んだら、サイゼリヤの横に出る。

店を覗いてみようと考えたわけではないし、ましてや真島に会えると思ったわけでもなかったが、わざわざ避けるように別の道に進む気も起きなかった。

そのまま歩いていくと、やっぱりサイゼリヤの裏手に差し掛かった。そこには、小さな公園があった。

以前この場所にあった家を取り壊したあと別の家を建てるの大変だから、とりあえず公園にしちゃいました、といった感じの、実際はそんなことはないんだろうがそんな雰囲気の、狭い空間だった。ブランコが一つと、上に座るとゆらゆら揺れるタイプの遊具が二台。遊具はそれだけで、あとは中央に電灯、端に円筒形の公衆便所が設置されている。どれもくすんでいるし、さらに園内は木立が妙に鬱蒼としているせいで、全体的に陰気な感じだった。

でも休憩場所を探していた僕にはちょうどよかった。しばらく携帯でもいじってから、また走り出そう。そう決めて公園に入ったが、物音に気づいて足を止めた。

金属製の重たい扉が開く音だった。音のした方に顔を向けると、サイゼリヤの裏口から誰かが出てきた。顔は暗くて見えない。服装もよくわからない。

でもその背格好を見て、僕はとっさに逃げるように公園の外に出た。

隣のアパートの陰に隠れて、そっと覗く。人影は裏口から出てサイゼリヤの表に回るのではなく、柵をまたいで、植え込みの切れ目から公園に入ってきた。

電灯の光で青白く浮かび上がったその人物を見て、こういう時の直感は恐ろしいくらい当たる、と痛感した。やっぱりそれは、真島綾だった。

制服ではなく私服だったが、見慣れたリュックを背負っている。彼女は公園の奥の、またがってゆらゆら揺れる遊具に歩み寄った。もう一方は遠目からでもパンダとわかったが、真島が近づいた方はなんだろう、人型に見えるけどよくわからない。表情は見えないけど彼女の足取りはたしかで、なにか目的があるみたいだった。僕は唾を飲み込んで、彼女を見守る。声をかけることも、見なかったことにして帰ることもしてはいけないように思えた。

真島は遊具の前で足を止め、背筋を伸ばす。

そして急に身体を捻り、右足を振り上げて、勢いよく遊具を蹴った。

え、と声を漏らしそうになって、慌てて口をつぐんだ。キックは強くはなくて、こん、という軽い音が辺りに響き、遊具が前後に揺れただけだった。それでも、わけがわからなかった。

真島は動きが止まるまで、揺れる遊具をじっと見下ろしていた。

また蹴るだろうか。強烈な光に照らされた彼女の姿を注視する。しかし、しばらくして遊具の動きが止まると、彼女は来た道を辿って、さっきより足早に公園から出ていった。見えなくなるまで目で追う。真島は駅の方角に消えていった。

いつの間にか鼓動が大きく鳴っていたことに、いまさら気がつく。公園にいた真島にも聞こえたんじゃないか。僕は周りを気にしながらゆっくり公園に入って、真島がさっきまで立っていた場所に近寄った。

遊具はやっぱり、腕と足をまっすぐ伸ばした人の形をしていた。マスクとマントをつけている。どこかで見たことがあるようなデザインだった。かなり古いものらしく、塗装がところどころ剝げていて、表面には細かい傷もたくさんついていた。真島が蹴ったせいで傷がついた、というわけではなさそうだった。

ふと、足元になにか落ちていることに気がつく。

スポットライトを浴びるように電灯の光で照らされていて、だから拾い上げなくても、それがなにかすぐにわかった。

少し土に汚れた、イッカクの白いぬいぐるみのストラップだった。

6

家に帰った僕は、角の生えた海獣を机の上に置いて、ひとしきり悩んだ。

当然、返さないといけない。でもどこで拾ったのか絶対聞かれるだろう。そうしたら、公園での行動を盗み見ていたとバレてしまうんじゃないだろうか。真島が人型の遊具を蹴り付けていた理由は見当もつかなかったけど、どうぞ誰でもご自由に、私が蹴るとこ見ていってください、というような行為でないことは確かだった。

悩みながら僕は、なるべく遠目にイッカクのストラップを見つめていた。ウインドブレイカーのポケットに入れて持って帰ってくるときも、そのいかにも女子の持ち物らしいふわふわ感に戸惑って、むやみに触れたらいけないと思ったし、こうして自分の部屋にあると、部屋の中のすべての物がその存在に緊張して息を殺しているような気がした。僕自身ももちろん、緊張している物体の一つだ。

翌日、僕はストラップを学校に持っていった。イッカクの白い身体を摑んで、はいと手渡すのはなんかデリカシーに欠けるなと思って、適当なビニール袋、コンビニのだとゴミみたいになるから姉の部屋に落ちていた雑貨屋の茶色い袋に入れてあった。こうしておけば、浦井に見とがめられて、いろいろ詰問されるのも避けられる。実際、昼休みにリュックから袋を取って教室を出て行こうとすると、前の席の浦井から訝しげな視線を向けられはしたが、なにも言われなかった。

真島のクラスまで来て、教室を覗き込んだ。たまたま公園に落ちてるのを見つけて、と説明するつもりだった。そのうえで、これ真島さんのじゃない？　違うかな、と付け足す。ちょっと無理があるかもしれないが、それがたぶん最善だ。

試験前のオフ期間に入っているから、昼休みはいつも疲れでぐったりしている運動部員たちが元気で、教室は賑やかだった。友達や知り合いや顔見知りを見つける。もちろんまるっきり知らない奴も結構いる。しばらく視線を彷徨わせたが、肝心の真島は見つけられなかった。

近くの席にいた知り合いに「真島さんってまだ来てない？」と声をかける。遅刻しているのかもしれない。最初に購買の前で喋ったときも、真島は昼休みなのにリュックを背負っていて、たしか長谷部が「いま来たの？」みたいなことを言っていた。

一年のとき同じクラスだったそいつは、あーと唸りながら教室を見回す。

「今日も来てないなー」

「えなに、今日もって」

「真島さん、たしかここ一週間くらい学校きてないんだよね」

「……まじで？　どうしたの、なんかあったの」

「知らねえなあ。俺、喋ったことないし」

彼は興味なさそうに言う。僕は踵を返して、急いで自分の教室に戻った。

「絵はね」という三文字だけのライン。公園で遊具を蹴っていた真島の姿。それらが頭の中で危険信号のように点滅していた。

今度は、目当ての相手はすぐに見つかった。気だるそうに来週の試験の話をしているグループに近寄っていって、そのうちの一人に「ちょっといい」と話しかける。

「なに、いきなり？」

「真島さんのことなんだけど」

「……ますます、なに？」

長谷部はそうぼやきながらも立ち上がって、廊下までついてきた。

僕は廊下の端に寄ってから、

「さっき聞いたんだけど」

と早速切り出す。「真島さん最近学校来てないって、まじ？」

そうなんだよね、と深刻そうに頷かれるか、困ったよね、と呆れた顔をするか、それか万が一、真島の欠席を知らなければ驚かれるか、そのどれかだろうと思っていたのに、長谷部はただ短く「そ」と発しただけだった。

「……えっと、なにかあったの？」

「んー、別にそういうわけじゃないんじゃない」

「じゃあなんで休んでるの」

「気まぐれだよ、ただの。中学のときもときどきやってた。ある日急に来なくなって、でも一週間くらいしたら、思い出したみたいに学校に戻ってくる。そしたら周りのみんなも、ああそういえば休んでたね、って思い出す感じ。綾の家って親が共働きだから、日中家にいてもなにか言われるとかないみたいでさ。だから遅刻もしょっちゅう」

長谷部は慣れきっているらしく、平然と言った。そのせいで、僕の頭の中で相変わらず光っている危険信号は、なんだかひどく場違いな、間の抜けた感じがしてきた。

長谷部は僕の顔を意味ありげに見上げて、ぐふと笑った。

「なに宮下、心配してる？」

とっさに、いやと顔を背ける。背けた顔を長谷部は覗き込んできて、ふうん、と面白がるような声音で言った。浦井がときどき出す声に似ていて、さっきまでとは種類の違う危険信号が灯った。

「たぶん、バイトには行ってるよ」

長谷部は同じ調子で言った。「サイゼリヤのバイト。心配なら覗いてきたら？　きっとそれなりに元気に働いてるだろうから」

教えてあげる私親切でしょ、みたいな顔を向けてくる。反応に困った僕が、へえとかああとか適当に返事をすると、ふっと息を漏らして、

「ま、心配する気持ちはわかるけどね」

とつぶやいた。「ってか悪いけど、私の方があんたなんかより全然心配してるから」

「別に競ってない」

「綾さ、中学のときより、休む頻度は高くなってるんだよね。いや正確に言うと、新人賞を受賞する前と後で比べて、後の方が休みがちになってる」

長谷部は窓の外に目を向けて、独り言のように続けた。「どうして綾は、漫画を描くことにあんなにこだわるんだろ」

昔の綾に戻ってほしい。まえに長谷部はそう言っていた。

「自分の精神をすり減らしてまで描いてさ。絵を描くのが好きなら、別に漫画じゃなくてもいいじゃん？　漫画は読んで楽しいだけじゃ駄目なのかな。このままだったら、いつか漫画読むのも嫌いになってそう。そんなの辛い。一個、最高に素敵な作品を描いたんだから、もうそれで十分じゃんって私は思っちゃうし、少なくとも、いま結果出そうと焦んなくても良くない？　綾、まだ高校生なんだよ」

僕はほとんど反射的に口を開く。でも、なにも出てこなかった。どうして反論したいと思ったのかさえ、はっきりしなかった。

「こんなの私のわがままだけどね」

長谷部はもう一度、ふっ、と鋭く息を発する。

「他人の気持ちをどうこうするなんて、たとえ友達でも、できないし」

その言葉は寂しげだったけど、同じくらい、真島に対する信頼みたいなものが滲《にじ》んでいるように、僕には聞こえた。

バイトには行っていると長谷部は言ったが、それでもシフトがあるだろうし、毎日いるわけじゃない。そんな当然のことに思い至ったときにはすでに、僕はサイゼリヤの扉を引いていて、いなかったら仕方ない、またドリアを食べて帰ろう、と思いながら店内に入った。放課後に訪れるサイゼリヤは、いつかのように空いていた。

いらっしゃいませ、と近づいてきた明るい髪色の店員には見覚えがあった。バイトの美大生で、前回ドリアに半熟卵をサービスしてくれた人だ。まえは見なかった名札を見ると、「水《みず》野《の》」とあった。

水野さんも僕に気づいたらしく、「おお、また来たね」と顔を綻ばせる。

それからあっさり「綾ちゃん、呼んでくる?」と続けた。

「……いるんですか?」

「さっき来たばっかりだけど」

「じゃあ、お願いします」

「はーい、こちらの席にどうぞ」

水野さんは近くのテーブル席を示して去っていく。しかし思い直したように通路の途中で回れ右して戻ってきた。腰を屈めて、僕に顔を寄せる。

「なにかあったの?」

「え?」

「綾ちゃん。ここのところ毎日バイト来てるみたいだし、入る時間もいつもより早いし」

学校に行ってないらしくて、と言いかけて、思いとどまる。

水野さんは目線を僕から外して、壁に向けた。数週間前、僕と真島が座った席の方の壁で、西洋画がかかっている。絵の中では、二人の幼い天使がつまらなそうに頭上を見上げていた。

「私にとっては『システィーナの聖母』だけど、君にとっては違うのかも」

水野さんは、ぼそっとつぶやいた。

本物の『システィーナの聖母』はもっと大きくて、店内に飾られているのは一部に過ぎない。主題の聖母、題名にもなっている肝心な部分は、初めからないかのようにカットされていて見えない。このことを教えてくれたのは金髪の女子大生の店員、つまり水野さんだと、たしか真島は話していた。

「健闘を祈るよ、ドリア君」

じゃあ呼んでくるね、と水野さんは店の奥に消えていく。ドリア君が僕のことだと気づいたのは彼女が去ったあとで、それだとサイゼリヤに来る男子高校生のほとんどがドリア君になるんじゃないか、という気がした。

天使の絵をぼんやり眺めながら、待つ。切り取られた肝心な部分を、僕なら見ることができるのだろうか。仮にできるとして、いまの僕にそれを理解する余裕があるのだろうか。あの絵の下の席に座っていたときはまだ松葉杖がないと歩けなかったけど、でも気楽だった。

そんなことを座ったままぐるぐる考え、怪我してからこんなふうに考えることが増えたとか思ったりしていたら、

「久しぶり」

と、声が降ってきた。

思いの外、声には乾いた明るさがあった。バイトの制服姿の真島綾は、僕を見下ろして表情を緩める。

「学級委員的なこと?」

「え？」

「学校行ってないから、先生に言われて様子見に来た、みたいだなと思って」

「違うけど、でも一応用事はあって、来た」

真島は、外行かない？　と言った。水野さんが店長にかけあってくれて、十五分なら時間があるらしい。僕は頷いて、立ち上がった。真島は先導して奥にずんずん歩いていく。

とりあえず長谷部の言うとおり、それなりに元気そうだった。

7

真島はバックヤードに入り、ロッカーから上着を取って制服の帽子を置くと、裏口から外に出た。僕は他のアルバイトの人たちから向けられる好奇の目に縮こまりながら、あとを追いかけた。

外に出ると、まず赤く色づいた木立が飛び込んできた。葉を落とした梢は空に鉛筆で描き入れたみたいな細い影を作っている。

外行こうと言われたときからなんとなく予想していたが、そこはやっぱり、昨日ランニングで辿り着いた公園だった。

真島は慣れた足取りで膝くらいの高さの柵を乗り越え、植え込みの間を通って、公園に入っていく。この動作を、昨夜は入り口のところから見ていたんだなと思いながら、僕もならった。

今日も公園には誰もいなかった。

「寂しい公園でしょ」

言葉と裏腹に、得意げに真島は言った。「駅前なのに。子どももあんまりこないし」

「たしかに、遊具も少ない」

「この寂しさが、なんか秘密の場所みたいで、私は好き」

真島は、背中にまたがってゆらゆら揺れるタイプの遊具に近づいた。パンダではなくもう一方の、人型の方。真島が蹴った方の遊具だ。

「私はここを、偽パーマン公園って呼んでる」

昨夜蹴っていた遊具に、真島はぽんと手を置いた。「この遊具がその由来」

すぐにぴんときた。その人型の遊具の方が、真島の言うキャラクターを模していたのだ。目だけを覆った青いマスクに赤いマントという出たちで、空を飛ぶように両手両足を伸ばしている。

でも、ちょっと首を傾げたくなるような見た目だった。僕も別にパーマンに詳しいわけじゃないけど、どことなく違和感があって、以前ネットの記事で特集されていた、地方のうらぶれた遊園地のマスコットキャラクターを思い出した。有名なアニメキャラクターに似せて作られたそれは、胴の長さや顔の造形が微妙に違っていて、どこか不気味だった。

この遊具の場合は、

「なんか、面長じゃない？」

僕の感想に、真島は満足そうに頷いた。

「ね。どう、他にもある？」

「目つきも悪い気が」

「そうそう。塗装も剥げちゃってるしね」

「ヒーローって感じじゃない」

「派手な目出し帽を被った強盗が空飛んでるみたいでしょ？」

真島は小さく笑うと、遊具の背中に横向きに座った。「だから偽物。偽パーマン。ヒーローものに偽物は不可欠だし」

偽パーマンの隣のパンダを勧めてきたが、パンダの背中は薄く汚れていたし、それに真島との距離が近くなりすぎると思ったから、僕はちょっと離れた、ブランコを囲む柵に腰を下ろした。低い鉄棒みたいなブランコの柵は座るのにちょうどいい高さだったが、冷たかった。

「……学校、行ってないんだって？」

柵の冷たさに慣れてから、僕は言った。

「行きたくなくなっちゃって」

「でも、思ってたより元気そう」

「そりゃ、学校行ってないから」

真島はからっと、健康的な声で言った。それから説明を付け加えるみたいに、

「別に、学校が嫌いってわけじゃないんだけど」

「じゃあ、嫌いな奴がいるとか？」

「いや、もっと曖昧で。なんていうか、学校そのものの全体的な空気感にときどき嫌気が差しちゃうんだよね。朝、制服で混み合っている鹿坂とか、休み時間に本読んでる人のすぐ近くで騒いでる人とか、そういうの見るとああ嫌だ嫌だって。それで、嫌ならじゃあ行かなくていっか、って思う。だいたい三カ月に一回くらいかな。定期開催。オリンピックみたいなもの」

「オリンピックよりはすぐ来るね」

適当な反応がわからなくて、変な受け答えをしてしまう。その恥ずかしさを埋めたかったのもあって、「バイトは好きなの？」と訊いた。

「好きっていうか、お金を稼ぎたくて」

と、真島は言った。「いまは手描きで原稿描いてるんだけど、ゆくゆくはデジタルで描きたいから、タブレット買うためにお金を貯めてる。漫画描いてること親には隠してるから頼れないし、自分で稼ぐしかなくて。うんだから、そういう目的があるから、バイトは苦じゃないな。むしろ漫画家の下積み時代って感じがして悪くないでしょ？」

そう照れくさそうに笑うと、バイトの制服の裾を引っ張って、皺を伸ばした。

「漫画描いてること、親に隠してるんだ？」

「うん。わかんないけど、もし反対されたら嫌だなって思って隠してる。嫌って言うか、なんだろう、反対されたらその瞬間に自分の足元が崩れるんじゃないかっていう不安がある」

そっか、とだけ僕は返した。それから背負ったリュックを前に回して、中に手を突っ込む。

教科書や弁当に潰されないように、リュックの上の方に入れておいたビニール袋を取り出した。

「それで、用事なんだけど、真島さんに渡したいものがあって」

「渡す?」

「この公園で拾った」

不自然に聞こえてないか不安に思いながら、袋の中身を取り出して真島に差し出す。

一目見て、あ、と彼女は漏らした。

「イッカク。……ここに落ちてたの?」

「そう。ちょうど、その偽パーマンの下辺りに。この前、夜にランニングしてて、たまたま休憩でこの公園入ったら見つけて」

昨日と言ってはいけないような気がして、拾った日についてはぼやかした。

「そうなんだ。よくわかったね、私のだって」

「まあ、なんとなく覚えてて」

「そっか。届けてくれてありがとう」

イッカクを受け取った真島はしばらく観察してから、「あ、紐が千切れたんだ」と小さくつぶやいた。でもそれ以上、あのとき千切れたのかもとかは言わず、すぐポケットに押し込んだ。

用事はあっさり終わった。サイゼリヤ訪問の目的は達成して、もうやるべきことは残っていない。でもなぜか、帰ろうとは思えなかった。まだ真島とは話したいこと、話さなきゃいけないことがあるような気がした。

「……あと、この間のライン、ごめん」

と、僕は言った。

「ライン？」

「漫画の感想。めっちゃ薄いこと言っちゃって」

「あー。ううん、全然そんなことない。そんなことないし、私の返答も酷かったよね。せっかく感想送ってくれたのに、ごめん。自分のもどかしい思いを宮下くんに押し付けてしまった」

真島は律儀に頭を下げる。

「深海から抜け出せない、って聞いた」

僕は言った。言った、というより、言葉がするっと口から抜け出た感じだった。

真島は顔を上げて、不思議そうに僕の顔にじっと目を注ぐ。

「深海？」

「深海」

僕が頷くと、真島は、深海、深海、と探るように小声で繰り返した。

「長谷部から聞いたんだけど」

漫画を描いているとときどき深海にいるような気分になる。長谷部はそう言っていたはずだけど、もしかして深海じゃなくて海底だったかな、と自分の記憶が疑わしく思えた。

やがて、ああ、と真島は漏らした。それからなぜか楽しそうな笑顔を浮かべて、空を仰いだ。

木々に切り取られた空は、橙と紺の混じり合った色をしている。

「長谷部は、私が行き詰まってる、みたいな意味で、深海の話をした？」

「うん」

「そっかそっか」

「違うの？」

「違うっていうか、まるっきり逆」

長谷部意外とそそっかしいから、と真島は笑った。

「深海にいるような感じがするのは、漫画がすらすら描けてるとき。一番順調なときは、そんな感覚があったの。自分の描いている世界にどんどん潜っていって現実世界が遠のいていく、っていうか。ペンを動かしながら、心地いいんだけど、ちょっと息苦しさもあって、でも簡単には浮上できない。浮上したいって思うことすらない。どんどん、深く深くへ潜ってく。そんなふうに、まえは漫画を描いてた、はず」

真島の声は徐々に弱々しく、頼りないものになっていった。

それでも真島は、僕に話す、というより、自分の内側の部分を言葉として吐き出すように、ぽつぽつと続けた。

「まえの感覚を取り戻したくて、美術準備室にこもることもあった。漫画を描くと辿り着くのが深海なら、準備室は潜水艇みたいなものだったから」

「もしかしてあの夜、フェンスを乗り越えてたあの夜も」

「あーそうだね。あの日も準備室にただこもってた。いつも同じ。ストーリーはまとまらないし、絵を描いても、描きたい話、描きたいキャラじゃないって消すだけ。潜っていこうと思っても、浅いところで留まって、気づいたら浮かび上がってる。毎日毎月、ずっとその繰り返し」

冬の公園の地面に向かって、真島は淡々と言った。自分のことではなく、まるで他人の噂話をするように僕には聞こえた。

だから、かもしれない。僕のことを話しているように一瞬錯覚した。怪我を経てすっかり変わってしまった、もとに戻れなくなってしまった自分を持て余す。練習の日も試合の日もその繰り返しで、出口は見つからない。

「漫画はいつから描いてるの？」

唐突に、真島のことをもっといろいろ知りたいと思った。僕たち以外誰もいない、この偽パーマン公園でなら、真島はなんでも話してくれるような気がした。

「中学に上がったぐらいから、かな」

真島は足元に落ちているどんぐりを拾い上げて答えた。「漫画は小さい頃から、小学校に入ったくらいからずっと好きだったんだけど」

それから真島は内緒の話を打ち明けるように含み笑いをしながら、

「昔、うちの近くに住んでた伯父さんが床屋やってたんだ」

と言った。

「全然繁盛してなくて、お客さんは一日に数人しか来ないんだけど、でも置いてある漫画の数は県内一だっていつも自慢してた。日本一じゃなくて県内一って言うの、妙にリアリティを出そうとしてる感じがするでしょ？　本気で一番を狙ってる感じ。でも実際、それだけ大量にあったの。天井まで届く本棚がいくつも並んでて、ぎっしり詰まってた。床屋というより、もう古本屋かってくらい。近所だったから私はよく遊びに行って、ハサミの音を聞きながら、何時間も漫画を読んだ。少年漫画も少女漫画も、とにかく全部。女子小学生には不適切な、グロくて卑猥な奴も読んだ。ああそう、だから、うちの親は伯父さんの床屋に私が行くのを禁止してて。両親どっちも働いてるから親の目を盗んでいくことなんて簡単だったし、伯父さんも内緒で歓迎してくれたんだけど、お母さんなんかは、お義兄さんのとこで漫画なんか読んじゃいけませんって感じだった。そういうのって子供心に強烈でしょ？　だから私、いまでも親に漫画を描いてること打ち明けられないんだと思う」

真島は拾ったどんぐりを手から落として続ける。

「私が中学生になったときに伯父さんの床屋は潰れた。まあ全然繁盛してなかったから当然なんだけど、伯父さんは漫画を全部売って、引っ越しちゃった。私はそれを機に、今度は自分でも描こうって思った。ノートの端に落書きしたりは小学生のころからよくしてたけど、漫画を描いたことはなくて、だから漫画を描こうって思いついたときは、びっくりした。世紀の発見だった。そっか、読むだけじゃなくて自分で描いてもいいんだって気づいて」

ふと、真島が話しながら、足元の土を掘るようにスニーカーを動かしていることに気がついた。爪先が茶色く汚れるのも厭わず、執拗にぐりぐりと、スニーカーの先を地面に押し付けている。

足を上げたとき、土に白い粉が混じっているのが見えた。割れて粉みたいになったどんぐりだ、とややあってからわかった。真島はまた別の場所に足を下ろし、ぐりぐりと動かす。落ちているどんぐりを踏んで、すり潰していく。

表情は真剣そのものだった。遊具を蹴っていたときと同じような、ほの暗いものを感じて、僕は彼女のスニーカーの動きから目が離せなくなった。

「『システィーナの聖母』、あるでしょ？」

足の動きを止め、真島は出し抜けに言った。僕は頷く。

「あの幼い天使の絵。あの絵を描いたの、ラファエロなんだけど」

「ラファエロ。世界史で習った気がする」

「ルネサンスの画家。ほら、『アテネの学堂』とか」

そう言われてもどんな絵か思い浮かばなかったけど、題名には聞き覚えがあったから、ああ、と調子を合わせた。

「でね、水野さんが教えてくれたことなんだけど、ラファエロはあの絵を描いた翌年、大聖堂かなにかの建築主任になるの。上流階級からの絵画の注文も大量に受けていたから、とんでもない仕事量になった。だから、他の画家を集めて工房を作って、組織的に絵画を描くようになっていった」

真島の話がどこに向かっているのか読めなかったけど、不思議と不快な感じはしなくて、僕は「それで？」と素直に先を促した。

「だから『システィーナの聖母』はラファエロにとって一区切りだったのかもしれない。水野さんはそう言ってた。忙しくなる前の最後、自分一人の手で描き上げた作品」

水野さんの想像だから本当にそうかはわかんないけど、と真島は言う。

「でもそれを聞いて、『システィーナの聖母』を見るのが辛くなった。いま思えば、馬鹿みたいだけど。でもやっぱり、自分の漫画のことをどうしても連想しちゃって。もう高校二年も終わりかけで、これからどんどん忙しくなっていくのに、私は受賞したあの漫画を描き上げたっきり、それきりなにも結果を残せていない。もしかしたら、あの受賞作が最後になるのかもしれない。そんなふうに考えた。五百年も前の絵画を見て、感傷的になった」

馬鹿みたいだね、ともう一度言って、真島は小さく鼻を鳴らす。それからまた、足元のどんぐりを踏んだ。今度はすり潰さず、そのままどんぐりの上に足を置いていた。

「ごめんね、宮下くんには関係ないのに変な話して」

「いや、全然」

「さっき水野さんに『頭でごちゃごちゃ考えているものの大半は、口に出すとわかりやすくなる』って言われて、それでいろいろ話してみた。たしかに、なんかわかった気がする」

公園には風がほとんど吹き込んでこない。その、あるかなしか程度の風に紛れてしまいそうな声で、真島は続けた。

「……好きで始めたはずなのに、いつの間にか、どうして描いてるのかとか全部、わけわからなくなってるんだね」

耳に届いた真島の言葉は、なんの前触れもなく、僕を揺さぶりつけた。僕の身体と共鳴した。耐えようとして思わずブランコの柵を握ったけど、刺すような冷たさに手の芯が痺れ、その痺れは腕を伝って、全身に伝播していった。

真島はポケットから携帯を取り出して、画面を一瞥する。

「そろそろ戻らなきゃ」

そう言って、僕に微笑みを向けた。

「ありがとね、イッカクを届けてくれて」

僕は頷き、唾を飲み込んでから口を開いた。どういうわけか、言っておかないと、と切実に思った。

「真島さんの漫画のことで、この前送った感想では言わなかったんだけど」

真島に見つめられ、気恥ずかしくなった僕は目を逸らした。

「……ずっと頭から離れないフレーズがあって」

「どんな?」

「一番最後の、幽霊のレイコの台詞」

それだけで伝わったようだった。ああ、と真島はため息のように漏らした。

——この部屋もこの街も、私にとって切っても切り離せないもの。だから、私はどこへも行けない。

修学旅行中に出会った幽霊と主人公たちが別れるシーンでの一言。修学旅行中の生徒の霊である「レイコ」は京都の街を出られない。だからどこへも行けない。でもそれでいいの、とレイコは続ける。

どうしてその台詞が頭から離れないのか。それは説明しなかった。

日は傾いて、空は夜の割合がいつの間にか優勢になっていて、公園の電灯もいつの間にか点いている。真島の頬は、しもやけになったように赤く染まっていた。僕たちが黙っていたのは、実際は二秒くらいだったんだろうけど、とてつもなく長い時間に感じた。

「そっか。ありがとう」

やがて、真島は言った。

それからもう一度携帯を確認すると、偽パーマンから離れた。僕は、じゃあ、とぎこちなく手を挙げる。

「また学校で」

真島は頷いて去っていく。その後ろ姿を見送りながら、彼女の最後の言葉の響きを耳の奥で転がした。いままで生きてきた十七年間で、たぶん何万回と聞いてきたありきたりな言葉だけど、こんなに特別に聞こえたのは、初めてだった。

冷たかったはずのブランコの柵は、気がつけば淡い熱をまとっていた。

第四章　八秒

1

期末試験は勉強量に見合っただけの手応えを残して、まだ答案は返却されていないけどたぶん点数もその手応えどおりに終了した。

試験期間中、真島の姿は二回くらい見かけた。三カ月に一度の学校に行きたくない時期は終わったのか、それともその時期でも試験にはさすがに出席するのか、どっちなのかはわからなかったけど、でも朝制服で鹿坂を上る姿を見て、僕はなんとなく安心した。

試験最終日の午後から部活は再開した。明日からの遠征に備えて、ボール感覚とジャンプ力と体力を取り戻しつつ、遠征で取り組むべき課題を確認する、そんな練習だった。

全体練習が終わると、体育館の空気はゆっくりほどけていく。

コートでは何人かがネットを挟んでミニゲームをしていた。まだ動き足りないらしい一年生と、なぜか遊晴もその中に混ざっている。こっちこっち、と手を上げてトスを呼んで、利き手と逆の左でスパイクを打っていた。

「遊晴は元気だな」

脚のストレッチをしていた塩野が笑った。「練習中もめちゃくちゃ動いてたのに」

今日までの試験で寝不足になっていた僕には自主練する体力はなくて、舞台に座って靴紐を緩める。着替えて体育館を出るころには、また明日もバレーするんだと思い出してうんざりするんだろうけど、いまはなにか大きなことを成し遂げたような達成感があった。練習後はいつもそうだ。この達成感に毎回はぐらかされていれば、日々は割と平穏に流れていく気もした。

遊晴は左手で打つのに飽きたらしく、ヘディングしたり背面になって打ったりしはじめたが、唐突に「もう無理だ、ジャンプできない限界だ」と床に大の字になって喚いた。なにやってんだよ、と塩野は呆れた声を漏らす。

「誰か暇な奴、俺と交代して！」

遊晴は寝転がったままコートの外に叫んだ。「マリオ！」

「俺は無理！　もう帰る！」

「じゃあ北村！」

「えーなんで俺」

「だってまだ靴脱いでないから。いいじゃん、カモン！」

まじかよ、とぼやきながら、でも案外嬉しそうに、ストレッチしていた北村は立ち上がってコートに入っていく。入れ替わりで遊晴がよろよろと出てきて、僕の隣に座った。

「お疲れ」

上体を倒して目をつぶった遊晴に声をかけると、ふいいと細い息を漏らしながらピースサインを向けてくる。

北村が一年のスパイクをブロックで止めた。拳を握って、ガッツポーズをとる。僕は着替えようと腰を上げた。

「景」

寝転がって目を閉じたまま、遊晴が言った。もう一度座るよう手招きされる。僕が隣に来ると、遊晴はむくりと起き上がった。

「塩野、気にしてるみたいだね」

さっきまでの元気から一転、眠そうな目をコートに向けて遊晴が言った。塩野は先生と合宿の話でもしにいったのか、いまは近くに姿が見えなかった。

「なにを？」

「景と、梅太郎のこと」

梅太郎ももう帰ったらしく体育館にいない。

「この前塩野から、梅太郎と景のことなんとかならないかなって相談された」

遊晴は言った。「あいつらが喧嘩してるとチーム全体の雰囲気に響くから主将としてどうにかしたい、ってさ」

どうしてそんなことを直接僕に話すんだろうと思いながら、

「喧嘩はしてないよ。向こうが勝手に僕に幻滅して怒ってるだけで」

と僕は答える。幻滅かあ、と遊晴は目を細めた。

「それなんだよな。梅太郎は景に期待しすぎてる」

味方になってくれたのかそうでないのかよくわからなくて、反応に困った。

するとと遊晴は、

「景ってさ、和泉とちょっと似てるところあるよ」

と、出し抜けに言った。

「え、和泉って、あの？」

「そう、あの。稲村東の。あ、ちなみに褒めてるわけじゃないよ」

遊晴は無邪気に笑った。「貶《けな》してるわけでもないけど。ただ、感想として」

「……どんな部分が？」

「んーと、簡単に言うと、バレーを楽しそうにやらないところ」

遊晴は僕の反応を面白がるように言った。僕はつとめて平静を装って、なんだそれ、と返した。遊晴は満足げに鼻を鳴らして笑う。

「和泉がバレーしてて楽しそうなところなんて、中学時代一回も見なかった。てかたぶん、稲村東でのあいつを見てるかぎり、いまもそうなんじゃないかなー」

春高予選で明鹿のコートを睨みつけていた和泉隆一郎の姿が蘇る。たしかに「楽しむ」ことは、ほとんど対極にいるように見えた。でもそれは春高予選の準々決勝という舞台だったのだから、当然かもしれない。

「でも当たり前だけど上手いよね」

「最初はクソ下手だったよ」

遊晴は懐かしむように言った。「背も部で一番低かったし、小学校でバレーやってなかったし。あいつ、小学生のときは熱心にピアノ教室通ってたらしいぜ。あの坊主がピアノ弾いてるの、面白くない？　中学でバレー始めて、突き指したからもう弾けませんって言ってすっぱり辞めたらしいけど。それからは誰よりもバレーの練習に打ち込んでた。打ち込んでたっていうか、俺がバレー上手くならないと世界が終わる、みたいな切迫した、中学生らしくない恐ろしい感じで」

「ばか真面目みたいな？」

「というか、とことん負けず嫌い。負けたり、周りと差があったりするのが許せなかったんだろうな、性格的に。中学の練習、週七であったのに、部活後も公園でパスしようぜとか部員を誘って、もちろん全員に断られるから、最終的には近所の小学生つかまえて、無理やりパスの相手させてた。結果さ、たしかにどんどん上手くなってったけど、でも最後までやっぱり楽しくなさそうだったな。正直部でも浮いてたし。本人は、まあそこそこアホだから、気づいてないみたいだったけど」

「遊晴が和泉と仲が悪いの、納得いった」

僕が思わずそう呟くと、「仲悪いのなんで知ってんの」と遊晴は不思議がるような顔をする。僕は春高予選のとき、和泉の背中に中指を立てていた遊晴の姿を鮮明に覚えていたけど、あえて言及しなかった。

「まあたしかに、俺と和泉じゃタイプが全然違う」

遊晴は愉快そうに言った。「俺はバレーしてるときが生きてて一番楽しい」

ふと、遊晴はなんで明鹿に進んできたんだろう、と疑問に思った。

ただ負けず嫌いだった和泉は中学時代バレーに打ち込んで、でも最後の大会ですっぱりバレーと縁を切って、高校では別のことをやる。ちょうど中学に上がってピアノを辞めたみたいにバレーは辞める。対して、バレーが楽しくて仕方ない遊晴はさらに高いレベルで楽しもうと、バレーの強豪校に進む。そういう形の方が自然に思えた。

でも現に、遊晴は明鹿のバレー部にいるのだ。いまは県大会の上位に行くチームになったけど、それは遊晴のおかげで、遊晴が入学した当初は決して強豪と言えるような学校ではなかった。

入部したてのころはよく考えた疑問で、もうすっかり気にしなくなっていたけど、改めて考えると不思議だった。

「勝ちたかった」

遊晴がぽつりと漏らした。「春高予選で稲村東をぶっ倒してやりたかったな」

そう言って、舞台から投げ出した脚をぶらぶら揺らす。稲村東戦のあと、体育館の外でうずくまっていた遊晴は見たけど、でも彼の口から直接悔しいと聞いたのは初めてだった。

「ほら、俺もたいがい、負けず嫌いじゃん？」

遊晴はいたずらっ子のような笑顔を向けてくる。

思えば、僕は遊晴のことをほとんど知らない。こんなふうに遊晴と二人だけで落ち着いて喋るのも、入部してから初めてかもしれない。

いつの間にかコートのミニゲームは終わっている。誰がどこから見つけてきたのか、コートの中の部員はフリスビーを投げ合っていて、下手くそ、とか、どこ投げてんだ、とマリオが外から野次を飛ばしていた。

「お、俺もやりたいな」

遊晴がわくわくが抑えきれないといったふうに立ち上がって舞台を降りると、へいパス！と声を上げた。声に反応して、遊晴の方にフリスビーが投げられる。しかしフリスビーはふわっと浮いてしまって、遊晴はジャンプしたけど届かず、舞台上の僕の頭上に飛んできた。手を伸ばしてキャッチする。

「景、パス！」

北村がコートの端で手を振っていた。僕は立ち上がる。フリスビーを摑んだ右腕を、苛立ちをぶつけるように思いっきり振った。しかし上手く力は伝わらなくて、フリスビーは左に切れていった。コート外にいたマリオがそれをキャッチし、「どこ投げてんだ！」と抗議した。

「なんだこれ！　むずいわ！」

上手く投げられなかったことがなんだかやけに悔しくて、僕は叫んだ。

「おい、遊ぶなら帰れ！　明日から遠征だぞ！」

塩野が戸口のところで怒鳴った。

2

十二月二十三日、遠征に発つ日の朝は早かった。学校に一度集合してから、杉内先生の運転するバスで移動する予定になっていて、僕は六時にはベッドを抜け出した。

しかし、リビングに降りてみると、早朝なのに家族全員揃っていた。

父は寝室と洗面所とクローゼットをばたばたと忙しそうに行き来していた。母は支度を終えているらしく、食卓に座って悠々と紅茶を飲んでいる。僕と同じタイミングで起き出してきた姉はあくびをしながら、インスタントコーヒーを淹《い》れた。

「なんかあんの今日、みんな」

冷蔵されていた白飯を温めながら、姉に訊いた。

「今日からお父さんと旅行行くって言ったでしょ」

答えたのは食卓の母だった。紅茶を飲みながら、テレビに目を向けている。里山の四季、みたいな環境映像がゆったりとしたピアノの曲とともに流れていた。僕も姉も家にいないから、鬼怒川温泉に行く予定だったという。そういえば、そんなことを聞いたような気がする。

「姉ちゃんはどこ行くの？」

「彼氏と北海道」

「なんだ、みんな遊びに行くのか」

「あんたわかってないねー。遊びじゃないんだよ、彼氏との旅行っていうのは」

食パンをトースターに入れながら、姉が呆れたように言った。冗談なのかどうかは、僕にはわからない。

「景は合宿だっけ？　いいな。羨ましい。結局、高校の合宿が一番だよ」

「どういうこと」

「アルコールと生々しい男女関係が関わらない」

温まった白飯を茶碗に移し、しらす干しをかける。昨日のだけど残ってるよ、と母が火を入れ直してくれた味噌汁を茶碗の隣に並べた。

「景、今回の試合の相手は強いのか？　足はもう大丈夫なのか？　あ、俺の分のパンも焼いてくれ」

母とは対照的に、準備に忙しい父が声をかけてきた。最後の言葉は姉に向けられたものだったが、姉は「えーもう私のできちゃったし」と答え、母も「もう食べる時間ないでしょ」と指摘した。僕は父が口にした質問の全部に対して、まとめて「うん」と返す。

パンの行方に寂しげな表情を浮かべていた父は、満足そうな笑顔を浮かべて、

「頑張れよ。全員倒してこい」

と言った。ひょろりとした体型の父がそんなことを言うのは、なんだか可笑しかった。脂肪も筋肉もつきづらい僕の体質は父譲りだろうといつも思う。

それから父は「鞄にまだシェーバー入れてないんじゃない？」と母に言われて、慌ただしく洗面所に消えていった。母も、トイレ行っとこ、と席を立つ。

僕は白飯をかきこみ、味噌汁に口をつけてから、隣の席の姉を横目で窺った。右手の親指を器用に素早く携帯の上で動かしながら、狐色の食パンをかじっている。大学生と高校生では生

活リズムが違うから、食事どきに一緒になるのは久しぶりだった。

「姉ちゃん」

「あん?」

「この前母さんに聞いたんだけど」

僕は言った。「僕に高校でもバレー続けたらって勧めたの、姉ちゃんなんだって?」

携帯を見たまま、姉は上の空で「そうだっけ」と答えた。

「らしいよ」

「あーそうだったかも」

「なんで、続けた方がいいって思ったの」

姉は顔を上げて、珍妙な動物でも見つけたかのような目を向けてきた。

「……どうしたのいきなり」

別にちょっと気になっただけ、と応じると、姉はテレビに向き直って、考えるような間を空けた。画面の中では、小鳥が周囲を警戒するように、木の上で首を振っている。

「まあ、たぶん深い意味はなかったね。悪いけど。ただ景は実際、私と違って、一つのことを続ける方が向いてるでしょ?」

姉はあっさり言った。そうなのかな、と僕は味噌汁のワカメを噛みながら思う。姉に比べたら、そうかもしれないけど。

姉は小学生のときは問題児だったが、中学では飽きたからとか言って優等生になった人だ。

部活だって、ソフトボールやったり、ダンスやったり、大学ではテニスサークルかなんかに入っている。決して、一つのことをずっと続けるタイプではない。

「私は部活のレギュラー争いとか苦手だったけど」

姉は冷蔵庫から小分けのヨーグルトを取ってくる。

「あれ、試合出てたんじゃないの？　中学のソフト部のときとか」

「いや出てたよ。でも気分は良くなかった。自分とベンチにいる同級生に大した差なんてないのに、私の方がちょっと上手い、ちょっと打てるってだけで、その子がソフトボールできない。ソフトやりたくて部活入ってるのに試合に出られない」

「部活ってそういうものじゃん」

「そういうものって表現、私嫌い」

姉はあっさり言ってのける。「ま、でも景はそんなこと気にしないでしょ」

「考えたこともなかった」

「あんたは純粋にずっと、バレーボールにハマってるんだろうね」

やばそろそろメイクしないと、と姉はヨーグルトを口に流し込む。洗面所からは父が戻ってきて、あれ電車何分だっけ、あれ母さんどこだ、とおろおろしている。家はまた、にわかに慌ただしくなった。

僕は田んぼで喉を鳴らす蛙の映像をぼんやり眺めながら、白飯を飲み込み、バナナを食べて、菓子パンをかじる。牛乳を飲み干して立ち上がりながら、この遠征で答えを出さないといけない、とふと思った。

なにに対する答えなのか、自分でもよくわからなかったけど、とにかく強くそう思った。

3

明鹿高校から高速道路を使って一時間半ほど。線路の代わりに国道が街を貫いていて、その道路沿いのイトーヨーカドーやユニクロの駐車場が広く、あと畑も少し多いから広々とした印象はあったが、それ以外は地元とほとんど変わらない景色の中に、会場の大松高校はあった。

何校も受け入れるだけあって、設備の整った学校だった。体育館の天井は高く、床は大会で使うアリーナに敷かれているような、弾性のあるスポーツシートだ。食事は、朝は弁当だが、昼と夜は温かいものが食堂で食べられる。校内に大浴場もある。シャワーだけだったら寒さで死んでたな、とマリオは嬉しそうだった。

しかし理想的な合宿環境かと思われたが一つだけ致命的な欠点があって、それは寝床がないことだった。改装中で合宿所が使えないらしく、この三日間は貸し布団を空き教室に敷いて雑《ざ》魚寝《こね》だという。さすがに暖房はあるよね頼むよ、とマリオは不安げに漏らしていた。

一時間半もマイクロバスの座席でじっとしていたので、ウォーミングアップを丹念に行う。他のチームもアップを始め、コートは徐々に騒がしくなっていった。遊晴や梅太郎は何人か知り合いがいるらしく、他校の選手とときどき言葉を交わす。

この遠征で答えを出さないと。家を出る前、そう感じていたはずだったのに、いざ大松高校に着いてみるとそんな決意は見事に萎《しぼ》んでいった。塩野や梅太郎が「あのデカい奴、厄介そう」とか話しているのを耳にしても、空虚に自分には関係ないこととして響いてしまって、代わりにアップしながら頭の中を占めているのは、寒いなとか、朝早かったから途中で眠くなるかもしれないな、とか、そういうくだらないことばかりだった。

先生に呼ばれたのは、スパイク練習が始まるころだった。

後輩の一人に「景さん、先生が」と声をかけられ、振り返ると杉内先生がコートの外で僕を手招きしていた。駆け足で先生のもとに向かう。

「この合宿で、今度の新人戦のレギュラーを確定させる」

駆けつけた僕に、先生は静かに言った。細めた目はコートに向けられたままだった。

「はい」

「景と北村、どっちが大会に出るのかも当然決める」

「はい」

寝ぼけまなこに突然目薬をさされたような気分で、しかしそれがバレないように返事をする。

「だから、この合宿では景も試合に出す。試合に出て、自分の価値をコートで示しなさい。北村はそれができたし、一年のときの君もできていた。いつでも出られるように、準備しておきなさい」

一年のときの君。先生は、一年の最初の合宿、ゴールデンウィークの合宿で、僕が当時の三年生の代わりに、急遽試合に出たことを覚えているのか。

はいっ、と返事をして、頭を下げた。

しかし胸の内に広がった高揚感は、浜辺に寄せた波のようにすぐ引いた。不安だけがあとに残る。あの試合の感覚はいつの間にか見失って、まだ取り戻せていなかった。出ていたのは僕じゃなくて他の誰かだったんじゃないか、という気すらしていた。

試合に出すと言われて不安を感じている自分が、本当に馬鹿馬鹿しくて、笑えた。

「それと」

立ち去ろうとすると、杉内先生は思い出したように付け加えた。

「覚えておきなさい。不調のときは、成長できる最大のチャンスだ」

皺に囲まれた小さな目は柔和そうで、しかしその奥には厳しい光が湛《たた》えられていた。その厳しい光は真っ直ぐ、射抜くように僕に向かってくる。

先生のその目を見つめ、もう一度頭を下げた。

右足首を包むサポーターが視界に入った。サポーターを家に忘れてこなかったことに、ひとまず安心した。


今回集まったのは、各県の春高予選で、ベスト八やベスト四で敗退したチームばかりだった。つまり明鹿とは同等か格上で、どちらかというと格上の方が多い。楽に勝てるセットは一つもないだろう、とみんな予想していて、それだけにチームには緊張感があった。

初日の午前中は試合の始まる時間が遅かったから二セットだけ試合して、昼休憩となった。その二セットのうち、一セット目は北村が出て、二セット目は僕が出場した。復帰直後の練習試合以来の試合だった。

始まる前にエンドラインに並んだとき、不思議なくらい気持ちは凪《な》いでいた。周りも、この遠征では僕と北村どっちも試合に出ると予《あらかじ》め知っていたらしく、復帰戦と違って、コートにいる僕を特別気遣ったり、盛り上げたりはしなかった。

サーブレシーブで崩されたらスパイクは決め急がず粘り強くラリーしよう、序盤はサーブでどんどん攻めて相手にクイックとかコンビを簡単に使わせないようにしよう、そういう試合前に確認すべきことをコートで話し合い、円陣を組み、ハイタッチを交わした。梅太郎とは一度も目が合わなかった。僕でも北村でもどっちが試合に出ても関係ない、という空気を放っている。塩野が困ったように梅太郎をちらっと見た。塩野が梅太郎と僕の関係を気にしてる、と昨日遊晴が言っていたのを思い出したけど、僕は別になんとも思わなかった。主審の笛が鳴って、試合が始まる。

筋肉は強張らず、滑らかに動いた。ボールに対して遅れずに反応できた。今日はちゃんとサポーターをつけているから、足首がぐらつくような不安もない。

でも途中で気づいた。北村と同じだ、と思った。春高予選で僕の代わりに出た北村と変わらない。六人のうちの一人、数合わせとして僕はコートにいる。

スパイクは決まったけど一本だけで、それも打ち損じた打球が運よくブロックに当たってコート外に出た得点だった。心から喜べなかったし、喜んでいた周りも、本心では僕の得点というよりラッキーと思っていそうだった。

僕がコートにいる意味とか価値が、ない。

飛んでくる相手のサーブに備えて、膝に手をつき、腰を落とす。身体は重く、頭は芯の方が霞んでいた。そのくせ、湧きあがった余計な思考はなかなか消えなかった。自分の身体は二本の脚と二本の腕と、一つの胴と一つの頭にばらばらに千切れていて、それぞれ個別に動かさないといけない。そんな錯覚を覚えた。

無回転のサーブが滑るように飛んでくる。

笛が鳴ったことにも気づいていなかった。正面。でも一瞬反応が遅れた。鋭く、胸元に飛び込んでくる。身体を少し引きつつ、伸ばした腕を組んで軌道に合わせる。頼む、なんとか上がってくれ、と念じる。

しかし、ボールは腕で不快な跳ね方をして、コート外に飛んでいった。

相手の得点を告げる笛は、はっきり聞き取れた。

ごめん、と手を挙げ、チームメイトに謝る。次だよ次、と塩野が声を上げた。

遊晴が近づいてくる。僕の背にぽんと手を置いた。

「落ち着いていこうぜ」

いままで聞いたことがないような、穏やかな声だった。下唇を嚙み、頷く。鼻の奥がつんとしたが、気づかなかったことにして、深呼吸する。

まだ試合は終わっていない。いまのは仕方なかった。いいサーブだった。難しいボールだった。でも、コート外に弾くボールじゃなかった。集中していなかったせいだ。余計なことを考えていたせいだ。

気づいたら、試合は終わっていた。一点ずつ取り合うシーソーゲームだったが、明鹿は後半流れを捉え損ねて、そのまま負けた。ああ負けたか、としか思えなかった。

結局、遠征の初日は僕と北村が一セットごとに、交互に出場した。

だから一日を通して、出たのは五セットくらいだった。どの試合も、内容はほとんど変わらなかった。目立たず、活躍せず、勝敗にもほとんど関与しない。

十七時過ぎ、すべての試合が終わり、ついさっきまでボールが弾んで、靴が擦れて、声が上がって騒がしかった体育館はひっそりと静まり返った。僕は靴紐を緩める。北村は少し離れたところに座って、太腿の前面を伸ばすストレッチをしていた。前髪に半分隠れた目はじっと脚に注がれ、口は真一文字に結ばれている。

ろくに活躍しなかった僕が、それでも一日試合に出続けることができたのは、北村の調子も良くなかったからだった。スパイクは決まらないし、サーブレシーブはミスする。僕も北村も大差なかった。

北村から視線を剝がす。きっといまの僕も、似たような表情をしているんだろう。

夕食後、二年生から先に風呂に入った。大浴場はホテルや旅館みたいに綺麗ではなかったけど、それでも湯船に浸かるだけで一日の間に蓄積した疲れや寒さがほぐれていった。

風呂から上がるとデザートや夜食を買いに、近くのコンビニに行く。日の暮れた知らない街を歩くのはそれだけでテンションが上がるイベントで、疲労の溜まった脚がいつもこのときだけは軽くなった。

しかし今夜は、街は暗く、空気は冷たいと感じるだけだった。成り行きでみんなについて外に出てきたことを早々に後悔した。でも学校に残っているメンバーを考えると、コンビニに行った方が、気は楽だ。梅太郎は寒いと言って、北村は別にいいやと言って、布団を敷いた教室に残っていた。

二年と一年合わせて十人ほどで歩いていた片側一車線の道は、幹線道路の抜け道になっているのか案外交通量が多く、車が通るたびに風が発生して、首を縮めた。車が去って顔を上げれば、住宅の向こう、遠くの大型のショッピングセンターの辺りだけ、浮かび上がるように光っている。駐車場の照明だろう。この合宿の外でも時間は流れているという当たり前の事実を目の当たりにして、一瞬動揺した。

少し後ろを歩いていたマリオは赤くなった剝き出しの指先を、携帯の画面上で忙しなく動かしていた。隣に並んでなにげなく覗くと、

「見るなよ！」

と、素早く画面を隠された。「彼女とのラインだぞ」

「あ、ごめん」

「これだから彼女いない奴は困る。デリカシーがなくてなあ」

マリオは大袈裟にため息を吐くと、僕から距離をとり、また携帯の画面に目を落とした。

「送っとくからな。景にライン見られそうになったって」

「ん？　ちょっと待って」

「もう遅いぞ。お前が悪いんだから」

「そうじゃなくて。僕が見たって言って通じる相手なの？　てか僕の知ってる人なの、マリオの彼女って」

「……え？」

「え？」

まじで知らないの、と訊かれ、知らない、と返す。するとマリオの困惑の表情はだんだん驚きに変わっていった。マリオが誰と付き合っているのか、僕は結局聞きそびれていて、どうせ僕の知らない女子だろうなと決めつけていたのだった。

「誰なの」

「長谷部さん」

マリオは言った。僕は思わず足を止めた。

「……まじ？　あの長谷部？」

「学年に二人もいないと思う。景と同じクラスの、長谷部だよ」

驚きで、口を半開きにしたまま固まってしまう。マリオはにやにやと口元を緩めた。まじかあ、とか、いやそっかあ、とか楽しげにつぶやいている。

「嬉しいな。もう付き合って割と経つから、新鮮に驚いてくれる奴に久々に出会えて、俺嬉しいよ」

それから浮かれた様子で続ける。「どう、付き合った経緯、気になるんじゃない？」

そりゃあ、という僕の返事とほとんど同時に、マリオは話し出した。

体育館とか部室棟でよく見かけて、ずっと可愛いと思っていた。仲良くなりたいと思ったから、インスタをフォローして、春高予選が終わったタイミングで、思い切ってDMした。なんとか共通の友人を含めて夕食を食べに行くところまでこぎつけ、そのとき行ったオムライス屋で見事意気投合して、それから帰りに待ち合わせたり、一緒に勉強したりするようになり、

「それでお付き合いを開始した次第です」

とマリオは締めくくった。もう何度も話しているのか、淀みない説明だった。

そういえば、と思い出す。一度長谷部に、辻谷くんってどんな人、と聞かれたことがあった。まだ僕が怪我をしていたときだ。それ以外にも、例えば僕が部活を早退した日、たまたま長谷部に会って二人で帰る羽目になったことがあったけど、あれは彼女がマリオを待っていたからと考えれば腑に落ちる。

「彼女がいるっていうのは、いいことだぜ」

ばん、と勢いよく、マリオは僕の背中を叩いてくる。

「なんだよ、浮かれんな」

「こういう合宿のときも、マリオくんお疲れー、みたいな連絡くるしね。ハートとともに」

マリオは携帯を振って言った。長谷部がハートの絵文字を打ち込んでいる姿を想像しようとしたが、無理だった。

「長谷部に、マリオくんって呼ばれてるんだ?」

「ああそう。最初は辻谷君だったけど、付き合ってからはずっとマリオくん。恭平って呼ばれたことはないなあ」

「それたぶん、僕のせいだ」

「へ?」

辻谷くんってどんな人って長谷部に聞かれたとき、マリオっていうあだ名を口にして、そうしたら、へえそれが下の名前なんだ、と長谷部は納得した様子だった。で、僕はあえてそれを訂正しなかった。そう思い出したが、面白いからこのことはマリオに伝えないでおく。ずっと辻谷マリオだと勘違いされていればいい。

コンビニに着くと、スウェットのポケットで、むーむー、と僕の携帯が唸った。音に気づいたマリオが「お、なんだ。景も彼女か?」と揶揄ってくるが、手で追い払う。

店先で立ち止まって画面表示を見ると、浦井からの着信だった。

自動ドアを抜けていくみんなから離れ、受話ボタンをタップする。

「やあやあやあ」

一言目から、浦井が上機嫌であることは明らかだった。

「……どうしたの、突然」

「遠く離れた地で元気にやってるかなって心配して」

「なんだそれ」

「いま大丈夫？　昨日の夜は、遠征前日で寝てるだろうと思って、かけなかったんだけど」

「大丈夫かと言われるとちょっと」

その場にしゃがみ込んで、携帯を持ち直した。さっきまで携帯を持っていた方の手は、上着のポケットに突っ込む。「コンビニの外で凍えてる」

「ああ、かわいそうに」

「だから手短にお願いしたいんだけど、なんの電話？」

「昨日試験終わったあと、教室に真島綾が来た」

「……へえ、なにしに？」

「景を探しに」

遠く離れた地から、浦井は続ける。「渡したいものがあるって言ってた。もう景は部活行ってたから、体育館に行ったら、って俺は言ったんだけど、真島は、そこまでのことじゃない、次会ったときでいいって言ってた。でももう授業ないから、年明けになっちゃうよねえ」

渡したいもの。記憶を辿ってみたけど、心当たりは全然なかった。イッカクのストラップからの連想で、僕も偽パーマン公園になにか落としてきたんだろうか、と考える。

「時節柄、クリスマスプレゼントだね」

浦井が勝手に納得したように言うから、

「絶対違う」

と否定した。「そういうのをあげるタイプの人じゃない」

「言い切らなくても。わかんないだろ？　希望を持とうぜ」

そういえば忘れていた。こいつは、僕が真島のことを好きだと、ずっと勘違いしているんだった。よくわからないけど、異性を好きになるっていうのは、さっきのマリオの話みたいなことだろう。可愛いとか気になるとか思ってアプローチかけて、それでデートに行って浮かれて、みたいな。僕は明らかにそういう感じじゃないでしょ、と言い返したかったが、無駄だとわかっているし、どこかで揚げ足を取られそうなのでやめた。

代わりに、「それだけ？　もう切るぞ。寒いし」と僕は言った。

「あ、待って待って。もう一個、用件がある」

「まだあるの？」

「教室にきた真島から、一つ伝言を託された」

携帯を逆の手に持ち替えて、空いた手はポケットに入れて、「伝言？」と聞き返した。

「システィーナの先が見えそう」

「え？」

ちょっと考えてみて、もう一度口を開く。「どういうこと？」

「俺が知るわけない。でもたしかにそう言ってた」

浦井は呆れたように言った。「これこそ、心当たりないの？」

「ないよ。わかんない」

「そっか。まあ俺がわかるわけないからな。気になるなら、電話で聞いてみればいいよ。聞いたら明日の夜、バイトが終わったあとは電話する時間空いてるって言ってた」

わかった、と反射的に返事しかけて、思い留まった。

「明日の夜？　電話？　どういうこと？」

「宮下のために聞いておいてあげたんじゃないか」

得意そうな声で言った。「感謝してくれよ」

「……待って。ちょっと待って。僕が、電話するの？　真島さんに？」

嫌な予感がして、さらに問い詰める。浦井はとぼけたように、というかおそらく自覚的にそういう声を作って、

「ま、そこは君自身に任せるよ。遠征で忙しいだろうし。ただ俺は真島綾に、宮下が折り返し電話すると思うんだけど、二十四日の夜って時間ある？　って聞いただけ」

「なんで二十四日」

「そりゃもちろん、クリスマスイブだから。電話するならせっかくだし、そういう日がいいよね」

僕は電話の向こう側にもれなく聞こえるよう、わざと大きくため息をついた。怒りと呆れと苛立ちを込めたため息だ。なんだよ？　と浦井はまたとぼける。君自身に任せる、なんて抜か

したけど、浦井の言い方だと、僕が明日真島に電話をかけるのは確定事項みたいなものだ。少なくとも、真島は僕の電話を待つだろう。もし電話をしなかったら、かけなかった僕はきっと悪者みたいになる。

「……さすが浦井だね」

皮肉を込めて言ったつもりが、浦井は「どうもー」となぜか照れくさそうに返してきた。

「その手厚いサポートの原動力はなんなんですか」

「手厚いサポート？」

「他人の、男女の関係に口出す行為。好きでしょ？」

浦井は、口出すなんて失礼だなあ、と笑った。

「でもまあ、そうだね。俺は人が悩んだり、葛藤したりしてるのを見るのが好きだから。恋愛なんて、わかりやすく悩みと不安が詰まってる。間近で見てるとすごく面白い」

「性格が悪いね」

僕は言下に言ってやった。しかし「それは認める」と軽く受け流される。

「それに、俺も真島綾に興味がある」

「興味？」

「俺からすれば、異星人みたいな感じなんだよ」

浦井は一転して、真面目くさった調子で言った。

「真島なんか特に。それに宮下だって、そう」

「僕？」

「本気で悩んだり葛藤したり、つまりなにかに夢中になってる。そういう対象がない俺からすると、君たちは異星人だ」

浦井の口ぶりは、自分を卑下するようでも、その「異星人」を羨ましがるようでもなく、なんだかのんびりとしていた。僕は「うん」と「ああ」の中間みたいな言葉を返す。コンビニの白い照明に息が紛れる。

「というわけで」

と、浦井は言った。「俺の用件はその二つだけでした。気が向いたら、真島に電話しなね。じゃあ、ちょっと早いけどメリクリ、メリクリ」

めでたしめでたし、みたいに浦井は言うと、一方的に電話を切った。

冷えた手と携帯をポケットに突っ込む。しゃがんだ状態のまま、脚も凍りついてしまったような気がしたから、ゆっくり立ち上がって、またしゃがみ、そのまま何度か屈伸運動をした。それから暖房の効いたコンビニに入った。

身体が冷えたのでホットのミルクティーと、腹は空いていなかったのであとはグミをかごに入れる。どういうわけか他の部員もまだ店内にいて、店の奥で顔を寄せ合っていた。

「塩野、どうしたの？」

輪の中心にいた塩野に声をかける。塩野はそれで我に返ったようで、眺めていた携帯をしまうと、

「迷惑だから買った奴はほら帰るぞ」

と、主将らしく部員に注意してから、僕に向き直った。

「こんなことあるんだな」

声には呆れたような響きがこもっている。しかし表情に余裕はない。

「こんなこと?」

「……明日から、合宿に稲村東が来るらしい」

苦笑いして、塩野は言った。

4

「ほんとに稲村東じゃん」

翌朝、体育館に入ってきた真っ赤なジャージの一団を見て、どこかの高校の誰かが興奮気味に漏らした。

どうやら稲村東は、同じく春高に出場する高校とここの近くで泊まりがけの練習試合をしていたらしい。しかしその相手校で風邪が流行り始めたらしく、急遽合宿を切り上げた。そこで、それでしたらぜひ、と大松高校の監督が声をかけたようだった。それを昨夜杉内先生が北村に伝え、北村がコンビニに行っていた塩野に連絡した。

春の高校バレーは正月に開催されるから、だいたい一週間後。もう目前に迫っていた。その春高に出る、それも注目校として雑誌にも大きく取り上げられる稲村東が突然来たのだ。当然、他の高校は色めきたっていた。アップのときから、ちらちらと目をやり、スパイクつよ、だの、セッターうめえ、だの漏らす声があちこちで聞こえた。

ただ、明鹿バレー部の反応は違って、例えばマリオは「クリスマスイブに、サンタみたいな格好で来やがってよ」と吐き捨てるように言っていた。

「いやあ、まさかねえ」

アップを終え、試合開始まで数分といったところで、遊晴が改めてしみじみと言う。一セット目、稲村東と最初に戦うのは、これもまたどういう偶然か僕たちだった。

「メンバーは予選と一緒っぽいな」

梅太郎がちらっと相手のベンチに視線を送る。たしかに、見覚えのある顔が揃っていた。そしてその中でもひときわ、短く刈り揃えられた頭が目立っている。感情の読めない、というかそもそも感情がないような顔をして、和泉隆一郎は腕を交差させ、肩のストレッチをしていた。

「和泉とは喋ったの？」

僕がその坊主頭を顎で示して遊晴に訊いた。遊晴は曖昧に首を揺らした。

「まあさっき、挨拶はしたけど」

遊晴は眉を下げた。「春高前だからかな。いつもより怖い。だから喋ってない」

集合、という塩野の号令で円陣を組んで、戦術や昨日の課題を確認していく。

僕はちらっと梅太郎を窺った。今朝から口数が少ない。いまも口を出さず、黙って塩野や遊晴の話を聞いていた。

稲村東に次は負けねえ。梅太郎がそう言っていたのは、春高予選で負けた直後だ。

「相手は稲村東だけど、やることは変わらない」

最後に塩野は言った。「ただ向こうは春高前だから、怪我だけはさせないように」

だね、と遊晴が応じる。稲村東をぶっ倒してやりたかった、という合宿前の遊晴の言葉がふと蘇った。

全員でかけ声を出し、レギュラーメンバーはコートに向かった。

僕はベンチに残る。


春高予選のときは、松葉杖を抱えて、ギャラリーから見下ろしていた。

いまは、相変わらずコートにはいないけど、僕も体育館の同じフロアに立っている。

こうして同じ目線で見ると、よくわかる。稲村東の坊主頭のセッター、和泉隆一郎の動きは、思っていた以上に洗練されていた。やっぱり遊晴の技術とは種類が違って、自由奔放という言葉が似合う遊晴とは対照的に、和泉は基本に忠実で、ブレがなく、安定していた。ミスなんて想像つかない。そういう堅実なプレイスタイルは、スパイカーにトスを運ぶセッターというポジションにおいて最適だった。

梅太郎がブロックの横を抜いて、スパイクを叩き込む。しかし稲村東のリベロに軽々と上げられる。上がったボールの落下点に素早く入った和泉は、軽くジャンプする。無駄のない、最小限の動作。和泉がボールに触れるぎりぎりまで、どこにトスが上がるかわからない。レフトにいるエースが助走距離を確保しているのが見えた。

和泉は鋭く、自分の真後ろ、ライトにトスを送った。ベンチにいる僕の身体も、びくっと反応してしまう。

梅太郎がブロックに飛ぶ。センターのマリオは判断が遅れる。間に合わない。梅太郎の腕の横を通って、スパイクがコートにどかんと突き刺さった。レシーバーは誰も反応できなかった。

点が決まって、和泉は特段喜ぶわけでもなく、興味をなくしたようにコートから目を外した。淡々と、冷静に一点ずつ、その一点にはなにも心を動かすことなく積み上げていく。和泉隆一郎はそういうバレーをしている。僕にはそう見えた。楽しくなさそう、と遊晴に言われるのも納得だった。

梅太郎が悔しそうに手を打ち合わせ、天井を見上げる。落ち着いていくぞ、と塩野が声を張った。梅太郎はその塩野に向かって、指を一本立てた。もう一本俺にトスをくれ、という意味だろう。

稲村東のサーブで試合が再開する。鋭く変化する無回転のサーブが梅太郎の近くに飛んだ。腕を出す。しかしレシーブは乱れた。塩野が走って、乱れたボールの真下に移動する。

「レフト！」

梅太郎は手を上げて、トスを呼んだ。塩野は、高く余裕のあるトスをレフトに送った。稲村東のブロックが梅太郎の前に並ぶ。スパイクがブロックに阻まれた場合に備え、明鹿のメンバーが、ジャンプした梅太郎のそばで腰を落とし、構える。

梅太郎のジャンプには、なにも悪いところはなかった。高さもトスとのタイミングも、問題ないように見えた。空中で梅太郎の太い腕がしなる。トスを叩き、ばちん、と弾けるような音が響く。

しかし直後、ずさっ、と音を立て、ネットが揺れた。

スパイクはブロックの横を抜けたわけでも、ブロックに阻まれたわけでもない。ネットを越えずに、明鹿のコートに落ちたのだった。

梅太郎が顔を歪める。ああ、と苛立ったような声を出した。

いいよいいよ切り替えるぞ、と言うチームメイトに手を上げて、梅太郎は「すまん」と謝る。その声はベンチからもわかるくらい固かった。梅太郎がスパイクをネットにかけるなんて、滅多にないことだった。

「ああ、梅太郎さん、叩きつけにいったなあ」

近くにいた一年が知ったような口をきく。でも、同感だった。ブロックもレシーブも隙がない稲村東に対して、きっと梅太郎は、なんとかして決めにいこうとした。その結果、力んでしまって、ミスになった。

点差は徐々に、でも着実に離されていく。春高予選と似た展開だった。

次のサーブも、梅太郎の守備範囲に強烈に飛んだ。明らかに狙われていた。

梅太郎の組んだ腕は、今度はしっかり軌道を捉えた。ネット近く、セッターの定位置にレシーブが上がり、しゃあ！　と吼える。塩野は誰を選択するか。

ふわっとしたトスが、後衛の遊晴に上がった。バックアタックだ。

後衛のプレイヤーも、センターラインから三分の一のところに引かれた線を踏まなければ、ジャンプしてスパイクを打つことができる。遊晴が得意とする攻撃だった。

明鹿のエースはいつもどおり、軽やかに跳ねた。重力を感じさせない跳躍。これで明鹿は流れを引き戻す。エースの得点で、稲村東の連続得点を食い止めることができる。誰もがそう予感したと思う。

だから遊晴のスパイクがブロックに阻まれて、明鹿のコートに垂直に叩き落とされたとき、みんな固まっていた。

ブロックを決めた稲村東の選手は拳を突き上げ、「よっしゃあ！」と叫ぶ。このセット一番の喜びようだった。そいつは背が高く、そばで呆然としている遊晴と比べると、二人が同じ高校生とは思えなかった。その身長差のせいか。塩野のトスのせいか。梅太郎のレシーブのせいか。偶然か。

とにかく明鹿のエースのスパイクは、稲村東に完璧に止められてしまった。


夕飯の雰囲気は最悪だった。

大浴場を使う順番の関係で他の学校と時間がずれて、食堂に僕たちしかいなかったせいもあるだろうけど、それにしても静かだった。全員黙々と、試合に出ていたメンバーは喋る気が起きなくて、ベンチにいた一年はそんな先輩たちに気を遣って、ひたすら生姜焼きとキャベツを口に入れ、白米と味噌汁をかきこんだ。

結局今日、稲村東には一勝もできなかった。僅差でもなくて、午前と午後一セットずつ試合して、どっちも十点近い点差での負け。午後の方は僕も出たけど、これは敵わないな、とか思っているうちに、あっという間に試合は終わっていた。

でも、ここまで空気が悪くなっているのは、負けこんだせいだけじゃない。

夕方、試合がすべて終わったあとのことだ。体育館の隅でそれぞれ靴紐を解いたり、ストレッチしたりしていたとき、ふらっと和泉隆一郎が近づいてきた。

明日帰るのって何時だっけ、と塩野に話しかけていた遊晴の前で、和泉は足を止めた。黙って、遊晴を見下ろす。

「おー和泉、お疲れー。どうした?」

先に口を開いたのは遊晴だった。

「どういうことだ?」

「……はい?」

「俺は明鹿がいるって聞いたから、それを楽しみにここへ来た」

和泉は、床に座る明鹿の面々をぐるりと見回した。かつてのチームメイト同士の対峙に注目していたみんなは、蛇に睨まれた蛙のように、もっと身近な喩えでいうと、杉内先生が年に一度か二度怒ったときのようにぴたりと動きを止め、息も詰めていた。

「なんだよ急に。怖いなあ」

遊晴は乾いた笑い声を上げた。

「あまりがっかりさせないでほしい」

しかし和泉の声はひどく冷たかった。遊晴の軽薄な笑顔が固まる。

「俺たちは、春高直前の大事な二日を、ここで費やすんだ」

もう一度僕たちに視線を走らせると、和泉はくるりと回れ右をして離れていった。全員、唖然として、彼のぴんと伸びた後ろ姿を見送る。

遊晴は春高予選のときみたいに、その背中に威勢よく中指を立てることはしなかった。軽薄な笑顔で固まったまま、じっと和泉の後ろ姿を見つめていた。

「今日のミーティング、このままここでしない？」

沈黙を破って遊晴が言い出したのは、だいたいみんな食事を終えたころだった。「他の学校いないし。教室より、食堂の方が暖かいし」

そうするか、と塩野も頷いた。

全員揃って手を合わせたあと、部員たちはばらばらと立ち上がって食器を厨房に運んだ。手分けして机を拭いてから、元のとおりに座り直す。

「じゃあ、ミーティングを始めよう」

塩野の合図で、僕と北村も含め試合に出たメンバーが一人ずつ、いつものようにその日の反省点を述べていく。ほとんどが試合後の円陣でも話題に上がったような課題点だったが、みんな、レギュラーに入っている一年生なんか特にどこか遠慮しているような、なにかを避けているような口ぶりになっていた。

最後に、梅太郎と遊晴が残った。

梅太郎が先だった。ブリックパックのプロテイン飲料に口をつけると、

「明日には調子は戻ると思う。なんとかする」

とだけ言った。それきり口を閉じ、またストローを、ずっ、と吸う。

梅太郎は今日一日、一セット目に稲村東と戦ってから、というかあの試合で中盤にスパイクをネットにかけてからずっと、調子が上がらなかった。

この遠征に集まっている学校は、稲村東を除いても格上ばかりだ。だから当然、どのチームも梅太郎の不調を見逃さなかった。絶対にあいつに気持ちよくバレーをさせない。絶対にあいつを復調させない。たぶんそういう意図で、梅太郎はサーブで執拗に狙われ、徹底的にブロックでマークされた。その結果梅太郎はミスを重ね、そのたびに、僕はまるで自分が失点しているかのように感じて、足先が痺れた。

「それだけ?」

一拍置いて、塩野が言った。

「それだけ」

「それだけじゃ駄目でしょ」

苛立ったように口を挟んだのは、めずらしく遊晴だった。「なんとかするじゃなくて、具体

的にどうするかじゃないの？」

　梅太郎は答えない。他のメンバーも黙っている。今日は誰もが梅太郎の不調に引っ張られるようにして、プレイの質が落ちていた。遊晴だって、稲村東戦でのブロックを引きずることはなかったけど、それ以降、好調という感じではなかった。

　一日が終わってみると、明鹿高校が落としたセットは、昨日より圧倒的に多かった。

　遊晴は諦めたように、ふう、とため息をついた。

「じゃあいいよ、俺の番ね」

　これまでに出たチームの反省点を確認するように挙げて、一つひとつに補足する。書記係の一年生が携帯にメモしていく。反省点は昨日の倍くらいになっていた。

　遊晴がひととおり話し終えると、塩野が「じゃあ明日は」とまとめに入ろうとした。

「あ、ちょっと待って」

と、それを遊晴が遮った。「もうちょい喋ってもいい？」

　塩野は少し戸惑ったみたいだったが、いいよ、と促す。

　遊晴は、ありがと、と頷いて、ゆっくり口を開いた。

「みんな知ってると思うけど、俺、和泉隆一郎と中学でチームメイトだった。俺がエースで、あいつがセッターで。全国も出た」

　全員が知っていることを改めて話し出したから、ぽかんとした顔がテーブルを囲んだ。

「それでいま、和泉はああして稲村東でセッターしてる。スポーツ推薦で進学してね。でも、俺の方には稲村東から声がかからなかった」

理解するための間が一瞬空き、それからマリオが「へえ」と意外そうな声を上げた。

遊晴はさらにいくつかの学校の名前を挙げる。どこも有名な、県内の古豪や他県の強豪校だ。

「この辺には誘われたけどね」

「まじか」

「でも蹴った」

わお、とマリオは大袈裟に驚いてみせる。

「それを蹴って、明鹿に？」

塩野が訊いた。うん、と遊晴は返す。

「稲村東から、和泉には声がかかって俺には来なかったとき、ああ俺は高校バレーに求められてないんだな、って思った。それならちゃんとした大学に進む方を優先しようって決めた。明鹿は偏差値低くないし、進学実績も結構いい。だから勉強して、受験した」

予想外の答えで、僕は塩野やマリオと顔を見合わせた。興味なさそうに俯いていた梅太郎も、顔を上げている。

「……なんで遊晴には声がかからなかったんだろ」

「チビは求められてないんだよ」

北村の疑問に対する返事には、遊晴らしくない、自嘲めいた響きがあった。

遊晴のスパイクが、稲村東の長身選手のブロックに叩き落とされる。今日の初戦の光景が、おそらく全員の頭によぎった。少なくとも、僕の頭には鮮明に思い返された。

　目の前の遊晴はいつもより小さく見える。

「中学のときから俺は上手かった。チームで一番上手かった。でも身長あって上手いやつの方が、バレーは強い。そんな奴、県内だけでもごまんといる。高校に進んだらもっと増える。県内一の高校から声がかからなかったのがその証拠だよ。だからバレーは諦めて、勉強しようって思った。そっちの方が将来のためになる」

　中三の時点で将来のため、とか考えていた遊晴に僕は驚く。

「……それで、なにが言いたいんだよ」

　そう言ったのは梅太郎だった。極力抑えたつもりだったんだろうけど、苛立ちはその声に滲《にじ》み出ていた。

　たしかに話逸れてたね、と遊晴は照れたように言った。

「俺が言いたいのは、それでも俺はこうしていま、バレーしてるってことで」

　遊晴は梅太郎を見返す。梅太郎はさっと顔を背けた。

「将来のためとかかっこつけたけど、実際は勉強頑張るつもりで明鹿入って、でもなんとなく興味本位でバレー部覗いて、そしたらバレーしたくなっちゃった。で、入っちゃえって。俺、割と適当なとこあるじゃん？」

「それは知ってる」

　と、マリオが大きく頷く。

「でも、俺は俺の選択を一つも後悔してない」

場の空気が、糸をぴんと張ったように変化した。いつの間にか厨房から洗い物の音もしなくなっていて、完全に静まり返った食堂で、明鹿高校男子バレー部の全員が、エースの言葉の続きを待っていた。

「……でも、後悔はしてないけど、悔しいことはいっぱいあるんだ」

やがて遊晴は言った。「春高予選で稲村東に負けたこととか、今日こてんぱんにされたこと、和泉にあんなふうに言われたことも、全部、死ぬほど悔しい。やり返してやる、って思ってる」

すごい、と思った。ただただ純粋に、僕はそう思った。どうすごいのか言葉にするのは難しかったが、敵わない、とか、こんなふうにはなれない、っていう感覚が近い気がして、これがずっとエースとして生きてきた奴なんだな、と気づかされた。

「梅」

と、遊晴が梅太郎に呼びかけた。

「……んだよ」

「俺たちは一人でバレーしてるわけじゃない。一人の不調は問題じゃない。今日は、お前の不調をフォローできなかった、全員の責任だ。俺たちはコートの中の六人、リベロ含めて七人。ベンチも含めて、全部で十六人で戦ってる」

遊晴は全員の顔を見回した。

「そのメンバーで俺たちは、明日稲村東に勝ちにいく」

塩野やマリオや、北村も力強く頷いた。

梅太郎だけは、机の上で組んだ手に目を落としている。斜め前に座っていた僕は、その唇が少し動いたことに気づいた。

「そんなことわかってる」

そうつぶやいたように、僕には見えた。

5

ミーティングが終わって教室に戻ると、僕はすぐ、歯磨きセットを手にトイレに向かった。母はあれしなさい、これしなさいと滅多に言わない人だったが、一つだけ、「夕食のあとすぐ歯を磨け」とは口酸っぱく言われてきて、だから僕も姉も父も、本能レベルでそれは習慣づいていた。

僕のあとから、マリオもふらっと教室を抜け出してくる。マリオは説明するように持っていた携帯を掲げた。昨日コンビニから帰ってきたあと、教室の隅の方で彼女に、まだ正直信じられないけどつまり長谷部に、電話していたのを思い出す。

「今日も？」

「お前、今日なんの日か忘れてんの？」

「ああそっか」

「まじかよ、お前一瞬忘れてたな？　今日はクリスマスイブだぞ。それも俺にとっては、付き合って初めての。会えないんだから、電話くらいしないと」

マリオは嘆くように言った。そういえば姉も彼氏と北海道に旅行だ。クリスマスってそういうものなんだろうか、と異文化に触れるような感覚で思った。いや、そもそもクリスマスが異文化だけど。

電話くらいしないと、と聞いて昨日の浦井との会話を思い出したが、それは一旦脇に置く。考えるのは後回しにする。

「それで、どこ行くの？」

「外行く。昨日教室で電話してたら、うるさいって梅太郎に蹴られたし。まあ寒いけどしゃあない。今日は、梅太郎を刺激できないよ」

他のチームが泊まっている教室があるんだろう、暗い廊下の先から、げらげらと笑う声が聞こえてきた。あっちもクリスマスパーティかなあ、とマリオが間伸びした声で言う。こんな陰気なクリスマスイブを過ごしているのは、世界中で明鹿のバレー部だけじゃないか、と思えてきた。結局さっきのミーティングは、遊晴の言葉に梅太郎がなにも返さなかったから、変な感じで終わってしまった。

「ミーティングのこと、どう思った？」

廊下を歩きながら、僕は訊いた。

「んーまー、困ったよねえ」

マリオは唸るように答えた。「今日の試合は、俺だって調子悪かったし」

「全員不調だった」

「梅太郎だけが調子悪くて、それでただ子どもみたいに拗《す》ねてるだけだったら、一発がつんと言ってやって終わるんだけどねえ。遊晴の最後の威勢いい発言もさ、俺聞いててうるっとしたんだけど、でも落ち着いて考えてみれば、遊晴だってちょっと空回りしてる感あったし」

「そう？」

「たぶん、あいつも焦ってんだよ。そりゃあ稲村東は春高予選で負けた相手、もっと言えばあいつにとっては中学のとき行きたくても行けなかった強豪校で、そっちに進んだ昔のチームメイトに煽られて。悔しいし、焦るよな」

　俺は俺の選択を一つも後悔してない。遊晴の力強い言葉が蘇った。底冷えする廊下を背中を丸めて歩きながら、あれは自分に言い聞かせてたのかも、と考える。

　まあでも、とマリオは一転、明るい声を出した。頭の後ろで手を組む。

「そんなに心配はしてないけどね」

「そうなの？」

「どうせ明日にはどうにかなってる」

　それが自然界の絶対不変の真理だ、とでもいうような口振りだった。

「みんなそれぞれ一晩いろいろ考えて、もしくはなんにも考えないで寝て、明日を迎えるだろ。そしたら、明日には変わってるよ。梅太郎はもちろん、俺も景も、みんな誰でも」

最後は歌うような調子だった。その言葉には、たしかにそうかもしれない、と思わせる力があった。遊晴の言葉とは別の種類の力強さだ。

唐突にマリオは足を止める。廊下の窓に顔を寄せて、

「ああやっぱり雨降ってんじゃん」

と舌打ちした。「どうしよ、外行けない。百パー風邪引く」

「クリスマスイブだし、夜更け過ぎに雪になるかもね」

なにげなく言うと、あれ失恋の歌だぞ、縁起でもない、やめてくれ、とマリオは両手で耳を塞いだ。

泣きそうな顔を作るマリオを見て、ふと気になったことがあった。

「……マリオはさ、長谷部さんのどこを好きになったの？」

口にしてから、あ、これ失礼な質問だったかもと気づく。しかしマリオは顔をしかめながら、真剣に答えを探している様子だった。

そして、そのまま黙り込んでしまった。

「え、難問なのこれ」

打てば響くように答えが返ってくると思っていたから、僕は戸惑った。マリオはちょっと待てとばかりに、手のひらを向けてきた。そして、

「……うん、むずい」

「え、まじか。好きなところとかって、はっきりしてるもんなんじゃないの？」

「いや正確に言うと、簡単な答えならいくつも出るんだよ」

マリオは水中で酸素を求めているみたいに、苦しそうに言った。「顔も背の高さもショートカットの髪も、全部俺のタイプだし。それに気が強くて人に流されにくいところとか、でもカフェで店員の人にちゃんと頭下げるところとかも」

「それでいいじゃん」

「……いやでもね。じゃあ、そういう要素があれば誰でもいいのか、長谷部さんじゃなくてもいいのかって言うと、それは違う。絶対違う。だから難しいんだよ。結局ほら、感情の話だから。うん、そうだ。感情の話だ」

マリオは、自分の発した文句に納得したようだった。一方で僕は置いていかれている。

「感情の話だから、曖昧なんだよ。惹かれてるところはさっき言ったようにいくつもあって、言葉にもできるけど、それは曖昧な全体の一部分で」

理解できるようでできなくて、僕は二、三回小さく頷いた。

「例えば、景なんかと喋ってないで早く電話したい、っていう気持ちも全体の一部」

マリオは携帯を持ち上げ、にやりと口の端を持ち上げた。

「悪かったね」

僕はマリオを追い払うように手を振った。

「景、いつ俺は、長谷部さんのことを下の名前で呼び始めればいいんだろう」

「知らないよ。早くいなくなれ。それで梅太郎に見つかって怒られろ」

「今日見つかるのはまじでやばい」

立ち去ろうとしたマリオは、そうだ、となにかを思い出したように振り返って、人差し指を向けてくる。とっておきのサプライズを用意しているときみたいな表情で、僕は嫌な予感を覚えた。

「景も、自分の気持ちに正直になった方がいいぜ！」

「……なんだよ、いきなり」

「もし景にも、電話したい相手がいるなら、迷ってないでかけるべきだってこと」

マリオは訳知り顔で言った。「だって今日は、クリスマスイブだぞ？」

それからはしゃいだ声で、バイバーイ、と廊下の角を曲がっていった。


誰もいないトイレで、歯ブラシをしゃこしゃこ動かす。

鏡と向き合いながら、マリオの発言の意味を考えていた。電話したい相手がいるなら、迷ってないでかけるべき。適当に放ったなにげない一言かもしれない。でもマリオの彼女は長谷部で、長谷部の親友は真島だ。マリオも真島綾については当然、ある程度は知っているだろう。それがつまりどういうことなのかを考える。僕がどうしたいかは、とりあえず考えない。

頭上の電灯が、じー、と音を立てていた。寝たのか怒られたのか、他のチームの騒ぎはもう聞こえてこない。代わりに僕の心臓がうるさかった。

そのとき、誰かがトイレに入ってきた。

廊下にあるトイレだし誰かが入ってくるのは当たり前なのだが、あまりに静かな中で考え事をしていたせいで異常に驚いて、身体がびくっと震えてしまった。入ってきた人も驚いたように足を止めた。鏡越しに目が合う。「あ」と漏らしかけた。歯ブラシをくわえていたから声は出ず、代わりに喉の奥がぐっと鳴った。

相手はマスクを着けていたが、その丸っこい頭の輪郭と薄い眉、その下の落ち窪んだように見える目元は見間違えるはずがなかった。

和泉隆一郎は軽く会釈する。僕もそれに返す。

彼は便器の方には行かず、僕の隣の洗面器の前に立つと、水色の平べったいメッシュのポーチからなにやら取り出した。横目で窺うと、ポーチを洗面台に置き、取り出したものをその上に丁寧に並べていた。普通の歯ブラシ、先が細く筆のようになっている歯ブラシ、デンタルフロス、歯磨き粉、それらが医療ドラマで見る手術の道具のように整然と並ぶ。

最後に、こん、とプラスチック製の小さなコップを置いた。

鏡の中で、また視線がかち合った。その冷徹な目に射すくめられ、気まずくなって僕は顔を背ける。早く出ていこうと思って、蛇口を捻り、口から出した歯ブラシをすすいだ。

「明鹿の、何セットかライトで出ていた選手か」

水音に混ざって、声が飛んできた。

慌てて和泉の方を向いて、口の中がまだ歯磨き粉だらけだと気づく。僕の顔に注がれる視線を痛いほど感じながら口をゆすぎ、スウェットの袖で口元を拭こうとすると、

「洗面所に来るときは持っておくべきだ」

と、和泉はタオルを差し出してくれた。

「……ありがとうございます」

こわごわとタオルを受け取る。和泉はポケットから別のタオルを取り出した。

「君も二年生だろう？　俺も二年だから、タメ口でいい。稲村東の和泉だ、よろしく」

「明鹿の宮下、です。よろしく。タオルありがとう」

ごしごし拭くわけにもいかないと思って、タオルは口元に当てる程度にし、すぐに畳んで返す。和泉は、感情を感じさせない目でそれを見下ろし、

「使った面を内側にして畳んでなかったら、俺は別の洗面所を探していた」

と言って、受け取った。直後マスクの下から、くつくつと聞こえてくる。ぎょっとしたが、どうやら笑っているらしいと気づいて、それで冗談だったんだとわかった。

話しやすい人では決してないけど、少なくともいまは、夕方の遊晴のように「がっかりだった」とか言われる心配はしなくてよさそうだった。

「よくわかったね。僕のこと」

それで僕は、歯ブラシに歯磨き粉をつける和泉に言った。会話の糸口というわけだけでなくて、本心だった。何セットかライトで出ていた、と言われて僕は心底驚いていた。

「明鹿は春高予選で見てる」

和泉は平然と言う。「それに、バレーしている人間の顔は基本的に全員覚える」

そんなまさか、と笑ってしまいそうになるが、和泉なら本当に全員、相手校の選手をレギュラーはもちろん、ベンチまで記憶していたとしても、おかしくないかもしれない。やりかねない、と思った。

「そういえば、さっき食堂でミーティングをしていたな」

和泉はマスクを外しながら言った。「今日の話か？」

「まあそんなところ」

全部説明すると長くなるし、和泉は遊晴が「勝ちに行く」と言った相手だ。話したら手の内を明かしてしまうようで、僕は適当に言葉を濁す。

でも、和泉に聞いてみたいことはあった。

「さっき、中学のときの遊晴の話を初めて聞いた。なんで明鹿に来たのか、とか。和泉くんも知ってた？」

ああ、と和泉は頷いた。

「俺も卒業前に聞いた。そのときは、そういう選択肢もあるのかって驚いた。ただ、どうせ高校でも結局バレーをやるんだろうとはわかっていた」

「へえ」

「あいつは、根っからのバレー馬鹿だろう。あそこまで楽しんでバレーする奴を、俺は他に見たことがない。だからバレーを辞めるとは到底思えなかった」

「和泉くんは遊晴と全然タイプが違った、とも聞いた」

合宿前に遊晴から聞いた話を思い出していた。和泉隆一郎はとことん負けず嫌いで、誰かに劣っていることが受け入れられない性格で、だからたとえ部内で浮いても、努力し続けた。

そうだな、と和泉は口許を歪める。苦笑したらしかった。

「まあ俺にはわからなかっただけで遊晴も内側にはいろいろ抱えてたんだろうが、だけど中学時代あいつを見ていて、自分が思い悩みながらバレーやってることが、何度も馬鹿みたいに思えたな」

今日の試合での和泉の姿が浮かぶ。自分の上げたトスをチームメイトが打ち切って、チームの得点になる。しかし和泉は無感動な様子だった。それは冷静というより、いま思い返すと機械的とも言えた。

僕と和泉は、バレーしてて楽しくなさそうなところがちょっと似ている。

この前、遊晴はそう言っていた。

「和泉くんは」

高校バレー界の注目選手といつの間にか落ち着いて会話できていることに気が大きくなったのかもしれない。それに、隣で歯ブラシを持つ和泉は少しだけ無防備に、普通の高校生らしく映っていた。

「バレーしてるとき、どんなことを考えてる?」

誰になにを訊いているんだ、と、すぐに後悔と恥ずかしさが押し寄せた。しかし引っ込みがつかなくて「無心、ではない?」と質問を足してしまう。

昨日も今日も、試合中の僕は考えすぎていた。でも、怪我する前は違った気がする。意識は無心というかフラットな状態で、ほとんど自動的に身体は動いていたような。それが遊晴の目には楽しくなさそうに、かつ和泉と似ているように見えるのなら、この質問は聞いておかなければならないと思った。

「試合中という意味でいいか？」

和泉は歯ブラシを持ったまま、じっと鏡を睨みつける。僕が頷くと、

「それなら、無心ではない。無心はありえない」

と、言い切った。

「もちろん、思い悩むこともしない。反省や後悔は雑念だ。修正だけすればいい。試合中に必要なのは、雑念を排除した上で思考し、行動を最適化することだ」

「最適化？」

「八秒だ」

和泉は鏡越しに僕を見据えた。意味を摑もうとしたけど、すぐにはわからない。

「……笛が鳴ってから八秒以内にサーブ打たないといけない、ってルールの？」

違うだろうな、と思いながら口にした。案の定、和泉は首を横に振る。

「俺が言ってるのは、もう一つの『八秒』だ。聞いたことないか」

「うん、たぶん知らない」

「バレーボールにおいて、点が決まってラリーが途切れ、次のラリーが始まるまでの時間。そ

れが、だいたい八秒くらいだと言われている」

初めて聞く話だった。ラリー間が何秒かなんて考えたこともなかった。

点数が決まってから、試合再開の笛が鳴るまで。得点に喜んだり、サーブレシーブの陣形に移動したり、サーブを打つ選手にボールを渡し、ボールを受け取ったサーバーが床にボールをついたりする時間だ。言われてみれば、八秒くらいかもしれない。

「で、その八秒が？」

「その八秒間で、考えるんだ」

頭をフル回転させる、とも和泉は言った。「次のラリーで生じうる可能性について、この短時間ですべて洗い出して検討する。そのときのローテーション、ポジション、事前のデータとその日の相手の調子と傾向、自分の調子、味方の調子と傾向。それらをもとに八秒間で考える。パターンを整理して、次の行動を最適なものにする。ラリー中の判断速度が極限まで高まるように」

和泉にとっては当たり前にやってきたことなんだろう。その淀みない自信に満ちた口ぶりから、そして試合中彼の坊主頭の中で無数の思考が渦巻いている様子を想像して、これが一流の選手か、と圧倒される。

でも同時に、僕にもできそうだ、とも思っていた。少なくとも、試すことはできそうだった。ラリーとラリーの間の八秒で、反省とか後悔とか余計なことを考えず、次のプレイの予測を立てる。そんなふうにバレーする自分は割と簡単にイメージができて、無心になることより、ずっと簡単に思えた。

「反省や後悔は、試合が終わってからだ」

和泉は言った。「存分にやればいい。悩んだり、苦しんだりはコートの外でやることだ」

「いまの和泉くんでも悩んだりするんだ」

和泉の喉元からまた、くつくつと聞こえた。

「悩んでばかりだ。自分が下手くそだと思うことも、今日はバレーしたくないなと思うことだってある。ときどきじゃない。頻繁にある。バレーを始めてからずっとそうだ。同じことの繰り返しだ。ただ、俺はそれでいいと思うことにしている」

和泉はゆっくりと続けた。

「悩みながら、もがきながら、それでも決してバレーを離さないやつが一番強い」

ぱちり、と頭の奥でなにかが弾けた感覚があった。正体はわからないけど、ポップコーンがフライパンの上で一斉に飛び跳ねるような、スイッチが切り替わって一瞬のうちに広い部屋の隅々まで照明が灯るような、そんな感覚だった。

「なんだか堅い話をしてしまったな」

和泉は手に持っていた歯ブラシをようやく、口に含んだ。

「明日、明鹿と試合できるのを楽しみにしている」

くぐもった声で言った。「遊晴も、今日俺が試合後にかけた発破で奮起するだろうからな。あいつも俺と同じくらい負けず嫌いだ」

僕は少し笑って、そうだね、と返す。和泉の言う「明日の明鹿との試合」に、僕は出ているんだろうか、と一瞬そんな疑問が頭をよぎるが、すぐに払いのける。

「また明日」

僕が言うと、和泉は礼儀正しく目礼した。僕はトイレを出た。

暗く静かな廊下を歩きながら、記憶を辿る。

決してバレーを離さない。

似たような言葉を最近聞いた気がする。いや聞いたというか、どこかで見たような。

細かい雨が窓を叩く。僕は足を止め、冷たい壁にもたれて考えた。窓の水滴は徐々に集まって大きくなって、滑り落ちる。

僕は携帯を取り出し、ラインを開いた。

6

真島綾とのトーク画面を開いてから電話をかけるまで、実際にどれくらいの時間がかかったのかはわからないし、知りたくもなかった。

何度か文章を打ち込み、そのたびにこれまでの不甲斐ない記憶が蘇ってきて消した。気が滅入ってテトリスのアプリに指を伸ばしかけて、やめた。意味もなく、携帯の電源を入れ直してみたりした。その間、ずっと廊下を歩き回っていた。不思議なことに、寒いとは一度も思わなかった。

　そんなことをしていたせいだろう。ようやく廊下の突き当たりの階段、マリオが向かったのとは別の階段に座り、通話ボタンをタップしたとき、あれ僕はなんの話がしたくて電話をかけてるんだっけ、と思ってしまった。頭にあったのは、「迷ってないでかけるべき」というマリオの言葉だけだった。

　しかし、もう呼び出し音は鳴っていて、切るわけにはいかない。僕が電話をし、そして途中で切ったという履歴が残ってしまう。

　出ないでくれ、と念じつつ、電話が繋がるのを待った。矛盾しているのはわかっているけど、本当にそういう気持ちだった。階段の踏板につけた尻から、体温が逃げていく。

　六コール目で、呼び出し音は途切れた。泣きたいような気持ちになった。

「……もしもし」

　唾を飲み込んでから僕は言う。幸い、声が裏返ることはなかった。

「もしもし」

　電話の向こうから聞こえてきた真島の声は、微かに笑っていた。

「ベストなタイミングだ」

　難破船からずっと遭難信号を出していて、やっと繋がった。声を聞いて、そんな感覚を覚えたのは、自分がいま知らない街の知らない学校の階段に座っていて、ついさっきまでよく知らない他校の選手と喋っていたせいだろうか。

携帯を持ち直して、口を開く。

「ベストなタイミング？」

「ちょうどバイトが終わったところ」

「じゃあもしかして、いまはあの、偽パーマン公園？」

うん、と言った真島はきっと、偽物のパーマンの背中に座っている。偽パーマンの背中に横向きに座って足を投げ出し電灯を見上げている。そう想像して、「寒くない？」とか「そっちは雨降ってる？」とか聞いた方がいいのかな、とよぎったが、なんか身の丈にあってないダサい発言のような気がしてやめた。

「……浦井から昨日、伝言聞いたよ」

とりあえず、その件に触れた。あー、と真島は照れくさそうな声を出した。

「別に、わざわざ電話をかけてもらうほどのことじゃなかったんだけど」

「浦井が、宮下から電話かけさせる、みたいなこと言ったでしょ？　だから電話しないわけにはいかなくて」

思わず早口で、この電話の責任をすべて浦井に押し付けてしまった。

「面白い人だね、彼」

「変な奴だよ」

「伝言の意味はわかった？」

システィーナの先が見えそう。試験の最終日、真島は僕の教室に渡したいものがあるからという理由で現れ、僕は部活でいなかったから、その言葉を浦井に託した。

わかんなかった、と正直に答えると、

「そっか、残念」

と、真島はむしろ嬉しそうに言った。

「渡したいものがある、っていうのも聞いた」

「そう。宮下くんにお礼がしたくて。お礼っていうか、恩を返したい」

恩を返したい。どこかで聞いたことがある響きだった。

「……罪を滅ぼしたい、みたいだ」

あれはまだ十一月だった。体育館の昇降口で告げられた言葉を思い出し、僕は少し笑ってしまう。本当だね、と真島も笑ったのが電話越しにわかった。

「それでお礼って？　僕、なにかしたっけ」

「したよ」

真島は言った。「おかげで、また私描けそう」

あまりに普通の調子で言うから、すぐには理解が追いつかなかった。意味がわかると今度は、もっと劇的な、ドラムロールとかファンファーレとか、そういう演出でもつけて言うべきことじゃないか、と困惑した。

「……本当に？」

「うん。次の作品が描けそう。キャラクターも出来たし、ストーリーも固まった」

僕は適当な言葉を探す。

「アイデアって、やっぱり、突然生まれるものなんだ？」

「突然じゃないよ。キャラもストーリーも、何度か考えたことのあるアイデア。でも初めて、形になりそうな気がしてる。気がしてるだけじゃなくて、これは間違いなく形にできると思ってる」

ようやくシスティーナの先に行ける、と真島は付け加える。

「システィーナの先？」

「『システィーナの聖母』の先に。新人賞を取った作品は、私の最後の作じゃない」

やっと僕は伝言の意味を理解した。

偽パーマン公園で真島が言っていたことだ。あの公園で交わした会話なんて、もう何年も前のことに思えるけど、あのとき真島は『システィーナの聖母』を描いたラファエロの話をした。ラファエロは、『システィーナの聖母』を書いた翌年から多忙になり、絵画は工房で他の画家の手伝いのもと描くようになる。だからもしかしたら、確証はないけど、『システィーナの聖母』は、ラファエロが最後に自分一人の手で描き上げた作品なのかもしれない。

「また、深海に潜っていける」

冗談めかしたふうに、真島は言った。

陽光がぼんやりと届く海の底で、彼女は机に向かっている。首元で銀色の魚が身を翻し、足元で足の長い蟹が砂地を掘る。真島は夢中でペンを動かしていて、描き上げられた原稿が一枚、また一枚と、ふわふわ漂いながら浮かんでくる。端正な線で構成された絵。真島は一人、顔も上げずに没頭している。

そんなイメージがふと浮かんで、携帯を握る右手に力がこもった。身体が内側から熱を放つ。

「この前、公園で喋ったとき、感想を伝えてくれたでしょ？」

真島は言った。「心に残ってる台詞があるって。終盤の、幽霊の台詞」

「うん」

「私の漫画の、絵以外の部分についての感想、あれが初めてだったから嬉しかった。でも、それだけじゃない。その部分をあとで自分で読み返してみて気がついた」

心臓が激しく鳴り、拍出される血の勢いで指の先まで震えているように錯覚する。手に汗が滲んで、携帯のケースが湿った。もしかして、と思っていた。

「『この部屋もこの街も、私にとって切っても切り離せないもの。だから、私はどこへも行けない』」

真島は滔々《とうとう》と読み上げた。それから、照れ笑いが聞こえてくる。

「……自分で自分の描いた台詞を音読するの、めちゃくちゃ恥ずかしい」

僕はなにも返せなかった。偶然の一致に身体も脳も固まっていた。電話をかける直前、僕が思い出していたのも、ちょうどその台詞だった。和泉の発した「バレーを離さない」という言葉から、それを連想していた。

「あのとき、宮下くんは、『私はどこへも行けない』の方に注目してくれてた」

真島は続ける。「でも、読み返して目が離せなくなったのは、その前の部分」

「『私にとって切っても切り離せないもの』」

僕の呟きは、誰もいない階段にぴんと鋭く響いた。

「そう。その部分。私こんなこと書いてたんだ、って読み返して驚いたくらい、それくらい本当になにげない台詞だった。でも、それに私は救われた。救われたって言うと大袈裟だけど、なんだか腑に落ちる感じがした」

遠くの街から届く真島の声は静かで、でも弾んでいた。その声音は、炭酸の底から、ふらふら揺れながら上ってくる小さな泡を思わせる。

「……切っても切り離せない。私にとって漫画はまさにそう。好きとか嫌いとかじゃない。もちろん好きで始めたことだけど、いつの間にかそんな簡単に割り切れるものじゃなくなってる。たしかに、描いていても苦しいことばかりだよ。でも私にとって漫画を描くことは、ほとんど生活の一部だって、そう気づいたら、これからも描いていける気がした」

息継ぎするように黙ってから、

「自分の書いた台詞でそんなこと思うって、変だけど」

と、真島はまた笑った。

僕は黙って、携帯を握りしめる。真島にとっての漫画を、僕にとってのバレーボールに置き換えていた。

切っても切り離せない。好きとか嫌いとかじゃない。生活の一部。

テトリスで凸の形のブロックが空いた部分にちょうどぴったりはまるような感覚だった。列が揃って、溜まっていたブロックが消えていく。ずっと靄に覆われていた部分が晴れていく。

もしもし、という真島の呼びかけで僕は我に返った。

「うん、聞いてる」

「それでね、そのことに気づかせてくれたのは宮下くんだから、お礼をしたいと思った。それが渡したいもの」

クリスマスイブだから、という浦井の冗談は振り払った。浦井とかマリオの浮かれた考えに影響されてはいけない。

「なんだろう」

「バレー部のポスター」

あ、と僕は声を漏らす。

「一度、作ってって頼まれたものなわけだし、お礼にはなってないかもしれないけど、でも描いた。結構いいの描けたと思う」

「え、もう出来てるの？」

「試験期間中に描いた。勉強する気まったくなかったからさ」

「そっか、そっか。うん、ありがとう」

「今度学校で見せるよ。楽しみにしてて」

「わかった」

僕は頷く。「楽しみにしてる」

雨が強まったのか、雨粒が校舎を叩く音がふいに大きく聞こえてくる。いっとき、空き教室にいるチームメイトや他校の選手のことを忘れて、僕と真島だけがこの知らない夜の学校に忍び込んでいるような気分を覚えた。真島はいつかみたいに、一人分の距離をあけて、僕の隣に座っている。

廊下の先から「そろそろ寝るぞ」という誰かの声が聞こえてきて、現実に引き戻された。いまは二泊三日の遠征中で、ここは合宿先の大松高校だ。明日も試合がある。

「じゃあ、また学校で」

真島が電話の向こうから言った。

「うん、じゃあ」

「次会うのはたぶん、年が明けてからだ」

「ああそっか、本当だ」

「良いお年を」

「じゃあ、良いお年を」

「というかその前に」

真島は、くすりと笑った。「メリークリスマスだ」

その声は、すぐ隣で発せられたもののように聞こえた。

いつの間にか、電話は切れていて、僕は暗くなった携帯をだらりと投げ出した手に持っていた。頭の中心の方がぼんやりと霞んでいる。そのくせ、心臓は必死に自らの存在を主張するように跳ねている。なにがそうさせているのかは、はっきりしなかった。とりあえず、とりあえずいまは、はっきりさせないままでいいと思った。

凝り固まった脚を揉んでほぐしてから、立ち上がった。

どうして僕は、高校でもバレーを続けたのか。どうしてずっとバレーをしているのか。その答えはもうわかる。

でも、一つでいい。なにか一つ、具体的に言葉にできれば。

真っ黒な廊下の窓に僕の姿が反射していた。細かい雨滴で輪郭が滲んでいる。

そのなにかは、きっとコートの中でしか見つからないんだろう。

7

朝起きたら一面雪景色、なんてことはなかった。

昨夜の雨は、夜更けを過ぎても雨のままだったらしい。その雨も朝には止んでいて、空は晴れ渡っていた。正月みたいな天気だ、とさっき誰かが言っていて、食堂の前の洗面台で歯を磨きながら、本当にそんな感じだと僕も思った。窓の向こうには朝日に照らされた知らない街が広がり、その向こうには低い山が横たわっている。校内には、冷たく澄んだ空気が満ちている。

隣の蛇口の前に気配を感じた。ちらっと見て、僕はまた窓の方に顔を戻す。

「稲村東、午前中で帰るらしいな」

口に入れた歯ブラシをがしがし動かして、梅太郎は言った。よだれが垂れそうになったのか、ちょっと上を向く。

「聞いた」

短く返事して、口をゆすぐ。今日も、初戦は稲村東だ。全員がその事実を朝起きた瞬間から意識していたんだろう、着替えているときも、朝飯のときも、まるで大会前のように雰囲気は張り詰めていた。

「だから稲村東とは、一セットで終わりだね」

僕は窓の外に視線を向けたまま言った。「あのチームとはもう二度と試合は出来ない」

稲村東も、年明けの春高が終われば三年は引退して代替わりする。だから、一月末の新人戦でもし当たることがあっても、そのときのメンバーは二年以下だ。だから今日の初戦が、春高予選で負けた相手と試合する、最後のチャンスだった。それを意識している奴も、たぶん結構いる。

僕は実のところ、そんなことどうでもいいと思っていた。春高予選で負けたから、とかはどうだっていい。ただ、あんなにレベルの高いチームと試合するチャンスは滅多にない、とは昨夜布団に潜り込んだときから思っていた。

目の端で、梅太郎が意外そうにしたのがわかる。

「景が、そんなこと言うんだな」

僕は歯ブラシの水を切って、口を開いた。

「僕、今日の稲村東戦出るから」

「……は？」

「この前、梅太郎が言ってただろ。先生に試合に出してほしいって直接頼めって。あとでそれを、やる」

梅太郎の横顔を窺う。明日にはなんとかなる、とマリオは言っていたけど、梅太郎は一晩経って、気持ちを切り替えたんだろうか。歯を磨いている姿では、よくわからない。

「……なにがあったんだ？」

梅太郎が訊いた。しかし説明するつもりはなかった。うまく説明できる自信もないし、説明したいとも思わない。

陽の光が蛇口に反射して、眩しい。ステンレスの洗面台に触れると、氷のように冷たかった。

「今日の稲村東の試合」

僕はちょっと考えてから、続ける。

「北村にも、お前にも勝ちに行く」

振り向いた梅太郎の口の左の端には、歯磨き粉が付いていた。それを見ながら、まだなにか足りないと思う。自分の中の一番大事なスイッチを完全に切り替えるためには、あと一言足りない。窓の外に求めている一言があるんじゃないかと、朝靄に霞む街に視線を走らせる。やがて思いついた一言に、僕は思わず笑ってしまいそうになった。実際、口許は緩んでいたと思う。

振り返って、梅太郎の両目を捉えた。

時を遡って、一カ月前の梅太郎に言い返しているような感覚だった。

「……僕が出れば、稲村東にも勝てるから」


稲村東と明鹿は、それぞれのベンチで円になっていた。

塩野と遊晴が中心になって、ブロックとレシーブのフォーメーションや稲村東の注意すべき攻撃について確認しあう。パイプ椅子に座る杉内先生は、数十分前に僕が、稲村東との試合に出してほしいと言ったときと変わらず吟味するような目を向けて、部員たちのやりとりをじっと聞いていた。杉内先生は僕に、「わかった。景が出なさい」とだけ言った。

ウォーミングアップは万全だった。身体はまんべんなく温まっている。調子はいまのところ良くも、悪くもない。まるっきり普通の日だ。そのことがむしろ僕を安心させる。

「ちょっといいか」

戦術的な話し合いが終わったタイミングで、梅太郎が手を上げた。

「どうした？」

塩野が促す。梅太郎は一度浅く頷いてから、

「……今日の調子はどうだか、正直わからない」

と言った。

円になっていた部員はまず梅太郎を見て、そのあと遊晴に目をやった。

だけど、と梅太郎は続ける。

「昨日と同じようにやっぱり調子が上がんなかったら、今日の俺にできることをやる。それも全力でやる。だから、よろしく」

一瞬間が空いた。沈黙を破ったのは、もちろん遊晴だった。

「頼むぞ、梅太郎」

遊晴は笑顔で言った。梅太郎は頷き、それから「塩野」と呼びかけた。

「なんだ？」

「俺のスパイクの調子が上がらなかったら、そうなったらトスも俺じゃなくて、遊晴とか」

梅太郎はちらっと僕を見た。「景を頼ってくれ」

今度は部員全員の視線が僕に集まった。僕は背筋を伸ばして、すべて受け止めた。

塩野は梅太郎に顔を戻し、了解、と言った。

「本当に戻ってきた、って感じ？」

隣にいたマリオが囁いてきて、僕の背中を、ぽん、と叩く。

「うん、本当に戻ってきたって感じだと思う」

「頼もしいね」

マリオはもう一度、同じ場所を叩いた。軽やかな感触が背中に残った。

円の反対側にいる北村と目が合った。

北村は、なにも言ってこなかったし、僕からもなにか言おうとは思わなかった。僕たち二人の距離感は、ずっと、中一の頃からずっとこんな感じで、だいたい変わってない。変える必要はない。

いま、北村は無表情で、でも目の奥は微かに笑っている。

塩野が、よし、と発し、ゆっくりと円陣を見回した。

「稲村東に、勝ちに行こう」

円を組む全員が、おお、と声を上げた。


試合に出る七人のうちの一人として、エンドラインに並ぶ。ネットを挟んで和泉隆一郎と目が合った気がした。軽く会釈する。向こうも坊主頭を傾けた。笛が鳴って、コートに入る。

プレッシャーも不安もなかった。ただコートに立っているという感覚だけが、身体の中にあった。

試合が始まって、進んでいく。稲村東はやっぱり強い。でも今日の明鹿は食らいついていた。遊晴のスパイクで明鹿に点が入って、ラリーが途切れる。僕は前衛に上がった。ネットの前に立つ。昨日和泉と交わした会話を思い出す。

ラリーとラリーの狭間。およそ八秒の凪《なぎ》。その間、次になにをすべきか思考する。ちょうど、ジャンプする前に助走をするように、次のプレイのために、さまざまな可能性を洗い出す。攻撃してくるスパイカーの枚数は何枚か。クイックはあるか。それぞれ、どこから打ってくるか。コースはどこか。フェイントはあるか。ブロックアウトは狙ってくるか。ツーアタックはあるか。

　笛が鳴った。八秒はあっという間だった。まるで、僕が怪我でバレーできなかった期間のように、気づけば過ぎていた。

　塩野のサーブが、レシーバーの間へ滑らかに打ち込まれる。

　稲村東の堅いレシーブは乱れない。セッターの和泉の頭上に、放物線を描いてボールが落ちてくる。和泉は、冷徹な視線を素早く自チームのスパイカー陣、そしてこちらのブロックに走らせる。ネット越しに視線が一瞬交錯した。圧を感じる。誰を使う？　どこに上げる？

　軽やかで速いトスが、レフトに運ばれた。それに気づくと同時に、もしくはその一瞬前に、僕の身体も反応していた。隣のマリオもついてくる。

「せーの！」

　強烈なスパイクはマリオの手のひらに当たって跳ねた。ボールはコートの後方に飛んでいく。

「梅！」

　遊晴が叫ぶ。後衛にいた梅太郎が走った。コートの外に飛んだボールを追いかける。地面に触れる寸前で、ボールは上がった。わっ、と明鹿のベンチが沸く。ボールはネットの側まで、セッターの塩野が待つ位置までぴったり返った。頼む、と立ち上がりながら梅太郎が声を上げた。

　僕は助走距離を確保する。塩野のトスがふわりと上がってきた。

　地面を蹴る。跳ねる。太腿の筋肉、肩の筋肉、前腕の筋肉。繊維の一本一本が滑って、細胞が燃えた。筋肉に直接記憶されている動作が、自然と再現されていく。ジャンプの最高到達点の視界にブロックが入ってくる。

一瞬の出来事だった。手のひらで、熱が爆《は》ぜた。

打球はブロックの腕の横を抜けていく。その先で稲村東の選手が構えている。その腕を僕のスパイクは弾き飛ばした。

コマ送りの動画のように、一瞬は引き伸ばされて見えた。そして唐突に気づいた。この感覚だ。空からいきなり降ってきたみたいに気がついた。この一瞬の感覚があるから、僕はバレーが離せなかった。

歓声が上がる。自分に向けられたものとは、すぐには気づかなかった。

トスを上げた塩野が嬉しそうに笑う。マリオが拳を突き上げる。遊晴が「復活したな」と言う。ベンチの北村と目が合った。顔を歪ませて、ナイス、と言っているように見えた。

梅太郎が近づいてきて、手を挙げる。

「ナイススパイク」

「ナイスレシーブ」

僕は梅太郎の手に、自分の右手を打ち合わせた。得点の手応えと一緒に、そのハイタッチの感覚が手のひらに染みた。

八秒ののち、また笛が鳴る。

いまこの瞬間に、すべてがまた始まった気がした。ラリーとラリーの間の八秒が終わると同時に、怪我してからずっと止まっていた、大袈裟にいえば世界が、甲高い笛の音とともに流れ出したように思った。

サーブが打ち出され、またラリーが始まる。

次の一瞬には、そんな想像も霧が晴れるように消えていた。

坪田侑也（つぼた・ゆうや）

二〇〇二年、東京都生まれ。現在、慶應義塾大学医学部在学中。二〇一八年、『探偵はぼっちじゃない』で第二十一回ボイルドエッグズ新人賞を受賞。翌年、同書を上梓してデビュー。本作が第二作となる。

八秒《はちびょう》で跳《と》べ

二〇二四年二月十日　第一刷発行
二〇二四年十月十五日　第二刷発行

著　者　坪田《つぼた》侑也《ゆうや》
発行者　花田朋子
発行所　株式会社　文藝春秋
〒一〇二―八〇〇八
東京都千代田区紀尾井町三―二三
☎〇三―三二六五―一二一一

印刷所　精興社
製本所　加藤製本
ＤＴＰ　言語社

ISBN978-4-16-391801-3